GW01164245

La Divina Disimulación

La Trilogica Divina Zetan, Volume 1

Martin Lundqvist

Published by Martin Lundqvist, 2020.

This is a work of fiction. Similarities to real people, places, or events are entirely coincidental.

LA DIVINA DISIMULACIÓN

First edition. November 5, 2020.

Copyright © 2020 Martin Lundqvist.

Written by Martin Lundqvist.

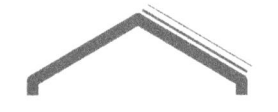

Capítulo 1: Introducción

Abraham Goldstein estaba mirando a través de las ventanas de 3000 metros de altura de torre Goldstein construidas en el centro de la Antártida. La Torre Goldstein fue la segunda estructura más grande en la Tierra construida en forma de pirámide para soportar su tremendo peso y hacer que el edificio esté a salvo de los ataques. Desde lo alto de la Torre Goldstein, Abraham Goldstein pudo ver todos sus dominios, las exuberantes tierras de cultivo, los vastos parques serenos y los complejos residenciales donde vivían sus fieles seguidores. Abraham suspiró, a pesar de ser dueño de todo esto, no estaba satisfecho, quería tener más y ser más poderoso.

Teniendo 250 años de edad, Abraham espera que fuese posible regenerar su ADN una vez más para que se sintiera como un hombre joven otra vez. Abraham sabía que no había garantías, ya que estaba al margen de lo que se podía lograr con la tecnología de regeneración de ADN. Independientemente de lo que hizo, la muerte se arrastraba más cerca.

Abraham exhaló y se relajó. Mañana sería un día trascendental, y si hubiera vivido durante 250 años, sobreviviría otro día.

Abraham estaba excitado por la mañana siguiente, debido a informes de que el Programa de detección Divina estaba listo. Había ordenado a sus científicos que quisiera ser la primera persona en utilizar la tecnología innovadora. Con suerte, se resolverían todas sus preguntas sobre Dios y hacer que se cumpla el ser divino.

El programa Detección Divina fue el último modelo de física cuántica y un proyecto de alto secreto de la Casa Goldstein. Escaneaba a través de la dimensión todas las capas de la realidad, y si encontraba la Dimensión Divina, podría transportar la conciencia del usuario allí, para que pudiera encontrarse con los seres divinos mientras aún estaba vivo.

Con el deseo de encontrarse con Dios con una mente fresca, Abraham entró en la cápsula para dormir en su habitación, la configuró a cuatro horas y se durmió al instante.

Capítulo 2: El Sistema Solar en 2785

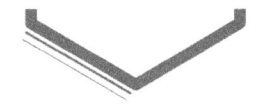

En 2785, la mayor parte del sistema solar estaba habitada. Marte fue el principal centro de población con 4 mil millones de habitantes. La Tierra tenía solo mil millones de habitantes, y vivían su vida en abundancia, ya que los ciudadanos de Terán poseían casi todo en el sistema solar.

La población limitada de la Tierra era tal porque el gobernante del Consejo Terán en el °siglo 23 decretó la esterilización o la expulsión de todos los que no eran ricos o tenían genes excepcionales. La mayoría de la gente eligió la esterilización, viviendo sus vidas pacíficamente mientras que otros habían abandonado la Tierra. Desde el °siglo 24, la población de la Tierra se mantuvo alrededor de mil millones, población ideal para evitar los conflictos civiles y el déficit de recursos.

En 2785, todos los nacimientos y muertes en la Tierra estaban estrictamente regulados, y no ocurrieron concepciones naturales. En cambio, los ciudadanos tuvieron que solicitar tener hijos. Si se aprobaba, el ADN pasaba por un proceso de optimización científica asegurando que cada individuo tuviera los mejores genes posibles. Las personas que eran ricas generalmente podían solicitar tener más de un hijo, mientras que las personas pobres y las personas con genética no deseada tenían que abandonar el planeta si querían descendencia.

El Consejo Terrano controlaba el clima en la Tierra, mediante el lanzamiento de grandes espejos y sombras que orbitaban la Tierra. Los espejos aumentaron la cantidad de luz solar en la superficie haciendo que las zonas frías como la Antártida fuera más cálidas, mientras que las sombras disminuyeron la cantidad de luz solar haciendo que la superficie fuera más fría en las regiones tropicales.

Técnicamente, el planeta Tierra todavía estaba dividido en diferentes países, pero habían perdido su significado ya que todo el poder político y económico estaba con los principales conglomerados de la compañía. Los cinco grandes conglomerados gobernaron la Tierra a través del Consejo Terrano, que consistía en:

- Casa Goldstein que gobernó la Antártida, Australia y América del Sur;
- Casa Blanca que gobernó América del Norte;
- Casa Muller que gobernó Europa;
- Casa Rashid que gobernó el Medio Oriente y África
- Casa Cheng que gobernó la mayor parte del continente asiático.

A través del Consejo Terrano, las principales facciones se reunieron y se aseguraron de que la vida en la Tierra fuera abundante y pacífica. Había habido paz en la Tierra a través del acuerdo de Paz Terrano durante 300 años. Sin embargo, fuera de la Tierra, las facciones Terran siempre luchaban entre sí indirectamente mediante el apoyo a diferentes bandos en guerras de poder en otros planetas.

Todos los principales centros de población de la Tierra estaban conectados por una red de trenes que RAN en tubos de vacío y podría alcanzar velocidades de hasta 10.000 los kilómetros por hora. De esta manera todas las principales ciudades podrían alcanzar entre sí dentro de una o dos horas.

Marte en 2785 era un planeta caótico y pobre lleno de facciones en guerra. Cuando Marte tomo características Terranos 500 años antes, fue pensado para un máximo de 200 millones de personas, y ahora tenía 20 veces más personas. La población excesiva significaba que el agua y otros recursos naturales eran limitados. Las únicas cosas que parecían existir en abundancia eran las armas y las drogas sintéticas.

A pesar de sus imperfecciones, muchos de los marcianos todavía amaban el estilo de vida marciano, ya que era más libre que el terreno. En Marte, las personas podían vivir como quisieran, mientras que todo estaba estrictamente regulado en la Tierra. Sin embargo, la libertad tuvo un precio, ya que la esperanza de vida en Marte era de 40 años, mientras que en la Tierra era de 150 años. Abraham Goldstein, que tenía 250 años, era el hombre más viejo de la Tierra, ya que era rico y podía lograr que sus científicos extendieran su vida mucho más tiempo que la mayoría de las personas.

La vida en Marte podría haber sido mejor si el Consejo Terran no hubiese temido el camino de la vida marciana, y hubiera mantenido intencionalmente el planeta débil. Los términos comerciales entre los planetas estaban extremadamente desequilibrados, y el Consejo Terrano tomó lo que quiso de Marte pagando casi nada. El Consejo Terrano extorsionó a los marcianos, intimidándolos con la tecnología Terrana superior y creando el caos cuando los marcianos se atrevieron a resistir.

La exportación de la tecnología Terrana a Marte no fue permitida, así que la mayoría de Marte tenía solamente el acceso a la tecnología de 500 años de edad. Si el Consejo Terran quería, podría haber dado a la población marciana una atmósfera segura protección de ellos a partir de la radiación de fondo estelar tóxicos. En cambio, estos recursos se gastaron en tener una flota militar masiva en órbita alrededor de Marte para mostrar a los marcianos que eran los dueños del sistema solar.

Los humanos habían evolucionado de manera diferente en diferentes planetas. Las personas en la Tierra eran todas perfectas debido a la preselección genética. Dependiendo de la cultura, podrían ser atléticos o delgados, pero en todas las culturas, tenían una complexión ideal y una postura ideal. Eran humanoides muy inteligentes, pero también muy obedientes y no cuestionadores, ya que así era como a las clases dominantes les gustaban sus súbditos. El genoma humano marciano tenía defectos por radiación y mutación genética. La mayoría de los marcianos se veían enfermos y genéticamente predispuestos a las adicciones y a las drogas artificiales. Por otro lado, eran resistentes a la radiación, los virus y las infecciones y mucho más resistentes que sus contrapartes Terran.

Debido a su resistencia a la radiación, los marcianos fueron empleados para hacer trabajos peligrosos en el sistema solar, como la construcción y el mantenimiento de las estaciones automatizadas en minería en las lunas de Júpiter y la construcción de estaciones de minería de asteroides. Muchos de ellos contrabandearon tecnología Terran de regreso a Marte, por lo que las expediciones que contrataban a marcianos no podían usar nueva tecnología debido a la paranoia del Consejo Terran. Los trabajadores marcianos siempre fueron supervisados bajo estrecha supervisión militar Terran.

Entre otros lugares habitados en el sistema solar; Venus solo se usaba para sus minas automatizadas y campos de prisioneros donde los prisioneros condenados vivían en una oscuridad y sufrimiento interminables. La esperanza de vida de cualquier persona que residía en Venus era inferior a 15 años. Del mismo modo, Mercurio estaba demasiado cerca del sol para terraformarse adecuadamente para el asentamiento humano.

Muchos de los unos esteroides fueron utilizados por los terrestres ricos como casas de vacaciones. Esto se debía a que existía la tecnología que podía ponerlos en cualquier órbita seleccionada alrededor del sol, con atmósfera artificial y gravedad artificial. Una gran cantidad de unos esteroides también se movió en órbita alrededor de la Tierra como casas de vacaciones para los terrestres ricos.

Finalmente, unos pocos planetas que orbitaban otras estrellas tenían colonias humanas. Si bien la tecnología existía para viajar tan lejos, el Consejo Terran no la veía como inversiones viables. La velocidad más rápida de viaje posible con la tecnología disponible era $1/10^{\circ}$ de la velocidad de la luz, lo que significaba que nos llevó al menos 40 años para llegar a Alfa Centauro B, la estrella más cercana. Si bien era posible viajar tan lejos congelando criogénicamente a la tripulación antes del viaje, no fue rentable hacerlo, ya que era imposible controlar a los habitantes de las colonias en Alpha Centauro, pues tomó cuatro años enviarles un mensaje y 40 años para viajar allí.

Por lo tanto, todas las colonias fuera del sistema solar, fueron fundadas por billonarios excéntricos sin herederos y sin un mejor uso de su dinero. Estas colonias eran independientes y tenían un contacto muy limitado con la Tierra.

Capítulo 3 El Divino Suicidio y el Plan de Ascensión

Abraham Goldstein se despertó cuatro horas después. Estaba lleno de energía. Tomó el ascensor 800 niveles más abajo, a un laboratorio de investigación secreto a 300 metros bajo tierra. Era tan secreto que ni siquiera los miembros de su familia lo sabían.

Abraham se reunió con Jack Brown, el científico principal del proyecto. Abraham:

- ¿Está lista la máquina?

Jack:

- Sí, debería estar en modo operativo ahora. Sin embargo, debo advertirte que aún no hemos probado el dispositivo y puede ser peligroso.

Abraham:

- Y no vas a probar la máquina para el caso. No voy a gastar 80 mil millones de créditos Terran en el juguete de un científico; ¡Este es mi juguete!

Los 80 mil millones de Créditos Terran dedicados a la máquina del Detector Divino fueron una fortuna absoluta. La construcción de toda la torre Goldstein de 3000 metros de altura había costado 120 mil millones de créditos Terran, y ese era un edificio de 800 niveles con 16, 000 habitaciones.

Jack:

- ¡Entendido, señor! Hemos escaneado todo el espectro de dimensiones potenciales, y creemos que el que está buscando se encuentra en las coordenadas Gamma; Omega; Delta; uno; nueve; ocho; cinco.

Abraham:

- Excelente, conéctame.

Jack:

- Está bien, te guardo en la dimensión divina de sólo unos pocos segundos. Lo experimentarás mucho más tiempo ya que predecimos que el tiempo se mueve muy lentamente allí.

Jack Brown puso en marcha el acelerador de partículas del Detector Divino, y Abraham Goldstein pudo sentir que su conciencia dejó su cuerpo. Estaba viajando por el espacio a una velocidad más rápida que la luz. En un abrir y cerrar de ojos, Abraham se desplomó en a un patio abierto.

Abraham se levantó y estudió el patio. Fue tan hermoso y misterioso al mismo tiempo. Miró a un estanque lleno de flores de loto. En el reflejo del estanque, podía ver la Torre Goldstein debajo como si estuviera en una estructura flotante en lo alto del cielo. Abraham quedó atónito por la fascinación, pero salió de allí. Estaba aquí con un propósito; para encontrarse con Dios. Abraham vio una gran puerta al final del patio, y su instinto le dijo que era el camino correcto. Atravesó la puerta y entró en una sala del trono. En el otro extremo de la sala, había un trono dorado lleno de piedras preciosas. Las piedras preciosas irradiaban con una luz intensa.

Después de maravillarse con la belleza del trono por un tiempo, Abraham vio a un hombre muerto con túnicas tirado en el suelo. Abraham se acercó al cuerpo sin vida y le dio la vuelta. Lo miró con asombro. El cadáver pertenecía a Yahvé, el dios de su pueblo. ¿Pero Yahvé estaba muerto? ¿Cómo podría ser esto?

Después del shock inicial, Abraham sabía que tenía que encontrar una razón detrás de la muerte de Yavhé. Se buscó la ropa de la deidad muerto, y se encontró con una carta. Fue escrita en un idioma antiguo, pero Abraham instintivamente entendió el significado del mensaje. La carta decía;

"Así es como termino mi vida, con un cuchillo en la garganta. Pensé que ser el único gobernante de la humanidad era todo lo que siempre quise, así que expulsé a los otros teólogos de mi palacio después de asesinar a Lucifer, mi mejor amigo y amante. Desafortunadamente, destruí el portal a la Tierra en el altercado con los otros Zetans. Estoy solo y luchando con la culpa y mis demonios. La humanidad ya no me necesita, y tampoco siento la necesidad de vivir. Este es mi fin.

Atentamente
Yahvé

PD. A ya que estás leyendo esto, la humanidad obviamente necesita un dios. ¡Tome mi lugar! Ve al altar, a la izquierda de mi trono y sabrás cómo.

Abraham consiguió y se acercó al altar. Lo que vio lo fascinó. En el altar, vio un plano para tres microchips diferentes:

- El chip superior era el chip de dios; que permitía al usuario conectarse y comunicarse con hasta 10,000 seguidores a la vez. También permitía al usuario controlar directamente las acciones de cualquier persona con un chip ángel implantado. El chip de Dios también tenía la característica de que el portador, podría matar instantáneamente a cualquier persona con un ángel o humano chip implantado.
- El chip del medio era el chip del ángel. Permitía al usuario conectarse con hasta 100 seguidores a la vez.
- El chip inferior era el chip humano. Permitía que dioses y ángeles entraran en la mente de cualquiera que tuviera el chip implantado en su cerebro y se comunicara con ellos.

Abraham memorizó los esquemas, utilizando el microchip para mejorar la memoria biónica que había implantado en su cerebro. El mundo se volvió borroso frente a sus ojos y regresó al laboratorio de investigación de la Torre Goldstein.

Jack Brown se acercó a Abraham cuando volvió a la conciencia:

  - ¿Encontraste lo que estabas buscando?

Abraham:

  - No, pero encontré algo más.

- ¿Puedes extraer tres esquemas de mi memoria?

Jack:

- Sí, espera un segundo.
- Sí, los tengo.
- ¿Sabes lo que son?

Abraham:

- Sí, pero eso no es asunto tuyo.
- Todo lo que necesito saber es si puedes hacerlos.

Jack:

- Sí, con nuestra máquina replicadora de partículas podemos replicar cualquier elemento del que tengamos un plano, incluidos esos esquemas.

Abraham:

- bien.

- Quiero un microchip del plan esquemático superior y 300 microchips del plan inferior. Hágalos para mañana.

- Y asegúrese de que esto se quede entre nosotros, por el bien de sus familiares.

Jack:

- ¡Sí, señor! ¡Considérelo hecho, señor!

Abraham salió de la habitación y Jack suspiró. Se sintió preocupado. Aunque era un agnóstico, los humanos no deberían tratar de alcanzar el reino divino. ¿Cuál era la historia de estos microchips? ¿Qué había pasado cuando Abraham estaba conectado a la máquina? Jack Brown nunca había visto microchips como estos esquemas antes, y solo podía adivinar lo que harían. De todos modos, Jack haría lo que Abraham había ordenado y produciría el lote. Le debía eso a Abraham.

Una década antes, Jack Brown había hecho lo impensable y se había enamorado de una mujer marciana durante una expedición de investigación de la Casa Blanca en Marte. Cuando Benjamin White, el director de la expedición a Marte, se enteró de la historia de amor, condenó a todo el equipo de investigación de Jack Brown, formado por 16 investigadores y revocó su ciudadanía terran. Hizo esto, ya que la Casa Blanca era la más racista de las facciones terranas, y le mostró a su gente en la Tierra que no estaba bien que nadie tuviera relaciones con los marcianos.

Por desgracia para Benjamin White, su traslado a desterrar de la Casa Blanca las principales teorías de física cuántica fue una cuestióname no fue apreciado por sus compañeros, y él fue asesinado ese mismo año. En ese momento no había rastros del equipo, y la Casa Blanca tardó años en descubrir que Abraham Goldstein había contratado a Jack Brown.

Afortunadamente, para Jack y su personal; Abraham era más pragmático que racista, y les ofreció un reingreso seguro a la Tierra, así como nuevas ciudadanías terranas si trabajaban para él. Incluso Jack Brown prometió que él podía tener hijos con su esposa marciana y que tanto ella como los niños se le concedería ciudadanías terrestres por Abraham cuando el proyecto fuera terminado.

Sin tiempo que perder, Jack reunió a su equipo para hacer los microchips solicitados por Abraham. Sería una tarea difícil, pero afortunadamente, todos eran expertos en el uso de la máquina replicadora de partículas y tenían acceso a todos los elementos posibles.

Capítulo 4: Abraham Goldstein hace nuevos planes.

Abraham Goldstein se sentó en su ático reflexionando sobre el evento del día pasado. Era una pena que el Señor estuviese muerto, ya que Abraham tenía mucho respeto por él y quería aprender todo desde el gran creador. Pero la muerte de Yahvé había abierto la oportunidad de Abraham para llegar a un mayor objetivo, ser mayor que cualquier otro hombre delante de él, para ser inmortal, ser un dios. Este era su destino; No fue casualidad lo que lo llevó a la Dimensión Divina, fue providencia. Yahveh quería que Abraham fuera su sucesor y era su deber cumplir.

Pero primero, tenía que averiguar si el microchip divino funcionaba. La versión divina del chip era grande y voluminosa, ya que necesitaba poder comunicarse con hasta 10,000 seguidores a la vez. Para protegerlo, Abraham había ordenado a Jack Brown que lo forjara en una corona de oro. Abraham puso la corona y el grito de dolor cuando el micro chip de fusionarse con su cerebro, y la corona fue pegada en su lugar. Una criada joven y hermosa entró corriendo.

Servidor:

- ¿Está bien señor? ¿Escuché un fuerte grito?

Abraham:

- Nunca he estado mejor.

Servidor:

- Eso es excelente señor. ¿Puedo preguntar acerca de la corona de oro, nunca te había visto usarla antes?

Abraham:

- ¡No te pagan por hacer preguntas! ¡Vete!

Abraham apretó los dientes con frustración después de que el criado se fue. Anteriormente, solía tener relaciones sus criados cuando era más joven y más viril. Él todavía quería mantener la ilusión de que él había tenido relaciones sexuales con sus servidores, por lo que contrató a chicas jóvenes y hermosas para ser sus ayudantes. La verdad es que no había tenido relaciones sexuales en los últimos 100 años. Él simplemente no podía sentir atracción física nunca más. Sus médicos le habían dicho que este era un efecto secundario común de la tecnología de regeneración de ADN; que muchas personas no podían sentir atracción sexual después de la IR natural de vida útil terminase.

Abraham pensó en su ex esposa, Lillian Goldstein, quien murió 130 años antes. Se había negado la tecnología de regeneración del ADN afirmando que, si Dios había querido que viviera más tiempo, él le habría dado mejores genes, y prolongar la vida artificialmente de uno dirigido a la miseria. Abraham lloró la muerte de Lillian, así que él estaba muy solo.

Abraham volvió al asunto en cuestión. La corona de oro divina le causó un dolor de cabeza insoportable, pero no le dio claridad espiritual ni ideas sobrenaturales. Se dio cuenta de que el propósito del chip de Dios no fue a dar en profundidad el conocimiento, sino simplemente tenía el poder de controlar los sujetos por debajo de él. Por lo tanto, necesitaba probar el chip Humano, y afortunadamente había un candidato adecuado.

Dentro del círculo íntimo de Abraham, los Ángeles, habían atrapado a un presunto espía de la Casa Cheng más temprano ese día. Este espía sería el sujeto de prueba ideal para el chip humano, ya que lo matarían de todos modos. Sin tiempo que perder, Abraham tomó el ascensor para bajar a otro nivel del sótano de la torre Goldstein, hasta el establecimiento del programa de ángel.

Capítulo 5: Una prueba exitosa

Wilfred Zhang estaba aterrorizado. Fue herido gravemente y había entendido que no volvería a ver a su familia. La peor parte fue que era completamente inocente de las acusaciones. Había viajado a la Antártida para negociar un acuerdo comercial para una pequeña empresa china independiente. De repente, hombres enmascarados lo dejaron inconsciente y lo trasladaron a esta habitación oscura.

Wilfred levantó la vista. Se sorprendió cuando vio una cara familiar frente a él, la cara de Abraham Goldstein. Wilfred estaba desconcertado; nunca podría haber imaginado que el líder de una facción importante viniera a supervisar la tortura de un prisionero. Abraham le indicó a los guardias para que contuvieran a Wilfred mientras que él puso algo en su oído. Después de eso, todos se fueron sin decir una palabra.

En la habitación contigua, Abraham observó a Wilfred y se sintió emocionado. El chip humano se había fusionado con el tronco cerebral de Wilfred. La tecnología funcionó; Podía sentir lo que Wilfred sentía, podía ver lo que Wilfred veía, y podía leer su mente. Pobre Wilfred; no era un espía, solo un hombre inocente petrificado de su muerte inminente. *"Oh, bueno, puedo resolverlo",* pensó Abraham y comenzó a transmitir a Wilfred

Abraham (como una voz en la cabeza de Wilfred)

- Wilfred, Wilfred, ¿puedes oírme?
- Este es Dios; Puedo mostrarte el camino para salir de aquí.

Wilfred (gritando en voz alta):

- qué? ¿Qué es esto, qué me estás haciendo?

Abraham:

  - No cuestiones, solo cree y sigue el camino

Wilfred

  - Está bien Dios, por favor, muéstrame el camino

Abraham:

  - Bien, serás recompensado.
  - Verás a tu familia nuevamente, y el dolor se habrá ido.

Habiendo dicho esto, Abraham indujo una alucinación en que el cerebro de Wilfred. Mientras alucinaba, Wilfred pensó que estaba en casa con su familia y que el dolor había desaparecido. No duró mucho, ya que Abraham se distrajo cuando Lucifer y Metatrón, de su programa ANGEL, hablaron entre ellos:
lucifer:

  - ¿Qué diablos está pasando? ¿Qué está haciendo?

Metatron:

  - no tengo idea

Abraham:

  - No se preocupen caballeros. Todo funciona exactamente como debería. Este hombre es inocente. Quiero que lo detengas hasta que te indique lo contrario.

  - Asegúrese de que reciba atención médica de inmediato; No lo quiero muerto.

Abraham salió de la habitación, y el anonadado Lucifer y Metatron se sentaron en silencio durante un largo tiempo tratando de averiguar lo que había que acaba de pasar.

Capítulo 6: Más personas para pruebas requeridas

Abraham Goldstein estaba de vuelta en su Penthouse en la Torre Goldstein. Él estaba maravillado por haber llevado la prueba de tecnología más exitosa del día. La tecnología divina era inspiración divina y no era imaginación ni locura. Dado que la tecnología divina funcionó, eso implicaría que todo lo demás que había experimentado en la Dimensión Divina también era genuino y no un producto de su imaginación.

Abraham había notado que había luchado por enfocar su mente para controlar la mente de la persona debajo de él. Tan pronto como se distrajo, perdió la conexión, y el poder sobre la mente del sujeto de prueba se perdía. Si bien controlar la mente de un individuo en ese momento era útil, difícilmente lo convertía en un ser divino, por lo que tuvo que intensificar su rendimiento ya que el chip divino estaba destinado a controlar hasta 10,000 personas al mismo tiempo.

El primer paso sería conectar más sujetos de prueba. Abraham estaba pensando en conseguir sus ángeles para adquirir nuevos temas, pero la realidad es que había una manera mucho más fácil. Sus asistentes femeninas tenían una cláusula en sus contratos de que debían satisfacer sus deseos sexuales si se lo solicitaban. Era hora de activar esa cláusula y darles el mejor momento de sus vidas al mismo tiempo. Abraham tenía ocho asistentes femeninas, y esta noche Jenny Lundberg del norte de Europa era la que estaba de servicio. La llamó por el intercomunicador y le pidió que fuera con un vestido sexy.

Un poco más tarde, ella llegó a la habitación. Jenny parecía ansiosa y reacia. Había sido contratada por más de tres años, y Abraham durante este tiempo nunca usó ninguna insinuación sexual. Pedirle que viniera con un vestido sexy era diferente de lo que solía ser. Al Abraham que ella conocía le gustaba pasar horas leyendo tomos antiguos en soledad y silencio.

Abraham Goldstein:

- Hola Jenny. He convocado por la cláusula honoraria 6.6 del contrato de trabajo.

Jenny Lundberg (hablando nerviosamente)

- He-he, no sé qué significa eso. No he leído el contrato desde que empecé.

Abraham Goldstein:

- Significa que tú y yo vamos a tener sexo esta noche.
- ¡Ven, no me gusta preguntar dos veces!

Jenny se quedó petrificada, y ella no sabía qué hacer. Abraham decidido que no tenía el tiempo para esperar, por lo que se acercó a ella y le puso el chip de ser humano en la oreja. Sintió un dolor agudo, pero pronto se olvidó del dolor cuando se excitó locamente. Los siguientes 25 minutos tuvo relaciones sexuales fuera de este mundo con el hombre más viejo del planeta. O al menos, eso fue lo que pensó Jenny. En realidad, Abraham estaba sentado en un sofá con un excelente whisky que controlaba su alucinación.

Aunque Abraham por primera vez en 100 años sintió cierta excitación sexual, decidió no actuar en consecuencia. Su cuerpo era un viejo recipiente al que no le quedaba mucho tiempo; no sería prudente arriesgarse a perder su futura inmortalidad tratando de complacer algo que iba a desaparecer pronto de todos modos.

Capítulo 7: El regreso de Abraham a la dimensión divina

Unos días después, Abraham Goldstein estaba en el sótano donde se encontró la máquina del Detector Divino. Había logrado implantar el chip humano en seis de los ocho asistentes. Los dos últimos se habían marchado cuando Abraham solicitó sexo y mencionó el contrato. No fue gran cosa; solo tendría que despedirlos.

El propósito del viaje de Abraham de regreso a la dimensión divina era ver si se podía controlar varios temas al mismo tiempo. Una hora en la Dimensión Divina era equivalente a un segundo en el mundo real, por lo que con un poco de suerte podría controlar varios temas al mismo tiempo sin perder la conexión. Se había dispuesto de manera que todos sus seis asistentes estarían en el spa en su penthouse. Todos obtendrían una experiencia fuera de este mundo hoy. Se conectó con cada uno de ellos, y sí, todos lo esperaban en el spa. *"Buenas chicas",* pensó y sonrió.

Jack Brown y algunos de los miembros de su equipo entraron. Jack se acercó a Abraham:

Jack:

- Traje a algunas personas más hoy en día.

- 20 minutos allí se sentirán como 50 días si lo que está diciendo es correcto.

Abraham:

- Entonces, ¿tengo 50 días de 20 minutos? Eso suena como una excelente manera de extender mi vida.

Jack:

- Hay un problema, la inmensa cantidad de energía que usa la máquina.

Abraham:

- Recibí tu memo; He ordenado que se cierre toda la producción no esencial durante los próximos 30 minutos.

Jack:

- Mucha gente se quejará.

Abraham:

- Sí, pero ese es mi problema y no el tuyo.
- No tengo tiempo para más preguntas.
- Arranca la máquina

Un momento después, Abraham llegó a la Dimensión Divina. Él tomó un asiento bajo un árbol de loto y trató una conexión con todos los temas a la vez. ¡Éxito! Desde la Dimensión Divina, podía controlar las mentes de varios individuos a la vez. Abraham se sintió como un dios. Se invocó a sí mismo y a sus súbditos en un trance orgásmico. Podía sentir cómo pasaban los días y las noches mientras estaba envuelto por los sentimientos trascendentales de la espiritualidad y el deseo. En un abrir y cerrar de ojos, regresó al laboratorio de detectores divinos.

Jack:

- Te ves feliz...

Abraham:

- Si...

- Enciende la producción nuevamente; No quiero que mi nieto llorón se queje de la pérdida de dinero.

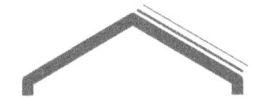

Capítulo 8: El CEO se enfurece con Jake Goldstein.

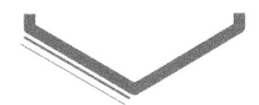

Jake Goldstein estaba furioso y le había pedido explicaciones a su abuelo, Abraham Goldstein, sobre el por qué toda la producción había sido detenida anteriormente durante el día. Abraham le había dicho con indiferencia que sería bienvenido a pasar por su ático si quería hablar.

Cuando Jake llegó al ascensor, no había un aviso diciendo que el ascensor se apagaría para ahorrar energía, pero Jake era más que bienvenidos a subir. Como la oficina de Jake estaba ubicada 20 niveles debajo del ático de Abraham, había que subir muchas escaleras. Jake Goldstein tenía 190 años y se parecía a su abuelo en tener una energía casi implacable, especialmente cuando estaba enojado. Resoplando y resoplando, alcanzó el nivel más alto de la Torre Goldstein. Abraham estaba sentado en el spa con uno de sus asistentes y flanqueado por varios guardaespaldas.

Abraham saludó a su nieto con arrogancia:

- Saludos nieto, no te ves bien, ¿has tenido un buen paseo?

Después de un rato, Jake finalmente contuvo el aliento.

- ¡Bastardo! ¡Me hiciste subir 20 niveles!

Abraham:

- Sí, el ejercicio es bueno para ti, y además, calculé que necesitábamos ahorrar energía para aumentar nuestra producción.

Jake

- Jajaja muy gracioso
- Ahora dime por qué demonios apagaste la producción durante media hora.
- ¿Por lo menos te das cuenta de lo caro que es?

Abraham:

- ¿Es hora de preguntas y respuestas? Muy bien.

- Apagué la producción porque necesitaba energía extra para mi proyecto secreto de investigación.

- Eso nos costó a nosotros 1.2 millones de créditos terrestres por minuto a girar fuera de producción, por lo que yo diría que unos 36 millones de dólares cada media hora.

Jake

- ¿CUÁL es nuestro proyecto de investigación secreto? ¿No debería yo, el CEO, ¿saber lo que nos está costando todo este dinero? Estamos perdiendo dinero por primera vez en la historia de esta empresa.

Abraham:

- Querido nieto. Tú eres el CEO porque eres mi más antiguo descendiente vivo y no te puedo molestar con las operaciones del día a día.

- Nuestro programa secreto de investigación ha hecho un avance significativo, y voy a mostrar que en la reunión general anual la próxima semana.

- Estoy encendiendo el elevador para que salves tus piernas.

- Guardias, muestren a Jake el camino al elevador, por favor.

Después de que Jake había salido del nivel del ático, Abraham le dijo a su asistente femenina y guardias de seguridad que lo dejaran solo. Prefería la soledad, para poder pensar sin distracciones innecesarias. Abraham se había sentido obligado a prestar Jake una pantalla pues odiaba que la gente lo cuestionara

A Abraham no le gustaban la mayoría de sus descendientes y sus familiares. ¡Y había muchos de ellos! Como Abraham había vivido durante 250 años, tenía diez generaciones por debajo de él. Como los Goldstein eran la familia más rica del mundo, todos calificaron para tener muchos hijos, y todas estas generaciones tuvieron cónyuges. En total, los miembros vivos de la familia extendida de Abraham representaban 300 individuos, y lamentablemente el único que le había gustado a Abraham era su esposa y sus hijos, y todos habían muerto de edad y enfermedad.

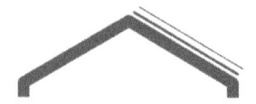

Capítulo 9: Reunión General anual de la casa Goldstein

Abraham Goldstein estaba sentado en el trono de oro de la dimensión divina de la meditación. Abraham estaba esperando que comenzara la reunión general anual de la Casa Goldstein. Se esperaba que los 300 accionistas más grandes, en su mayoría miembros de la familia, acudieran a los procedimientos, que se llevaron a cabo en el auditorio principal de Goldstein Tower.

¡Abraham tuvo una sorpresa para los miembros de su familia! Los días antes de la reunión, sus ángeles habían secretamente implantado un chip de tecnología divina humana en la cabeza de todo el mundo. Esto se hizo durante la noche después de rociarse en el sueño, induciendo gas en las habitaciones de los delegados. Como el gas tenía propiedades sedantes, Abraham esperaba que nadie hubiera notado el dolor cuando el chip se fusionara con el tronco encefálico.

Por primera vez desde que Abraham encontró la Dimensión Divina, se sintió molesto. Como un segundo en el mundo real era equivalente a una hora en la Dimensión Divina, no fue fácil esperar a que llegaran a la reunión los últimos rezagados. Abraham sentía como que había estado esperando durante semanas y esto lo enfureció.

Finalmente, todos habían llegado, y Abraham hizo una entrada única como una alucinación masiva:

Abraham:

- Bienvenido a la reunión general anual de 2785 AD de la Casa Goldstein.

- Voy a ser breve. Se han quejado del inflado presupuesto de investigación en estos últimos años.

LA DIVINA DISIMULACIÓN

- El proyecto de investigación ha sido un gran éxito, y ahora te estoy hablando desde la Dimensión Divina.

Abraham esperó una reacción de la multitud.
Eventualmente, Jake Goldstein se levantó:

- La dimensión divina! ¿Qué demonios es eso? ¿Una que quiere decir que usted está sentado en otra habitación y es un holograma en el escenario? ¡Hicieron que gastáramos 180 mil millones de créditos terrestres sobre la mejora de la tecnología de holograma!

Abraham:

- Tonto de mente estrecha. Está experimentando tecnología innovadora pero no tecnología de holograma. Estás experimentando la tecnología que he logrado tener

Jake (girando hacia la multitud):

- Como pueden oír, Abraham ha perdido la cordura. Sugiero que designamos a un nuevo presidente y luego posponer el resto del XX reunión.

Un fuerte murmullo estalló entre los delegados. Abraham les silencio con un rugido ensordecedor:

- ¡SUFICIENTE!

- Jake! Las escrituras dicen que deberá obedecer a los ancianos. Has roto contra esta regla; sufrirás

Aplauso

Abraham llevó la mano, y Jake cayó muerto al suelo con una hemorragia cerebral, pues la divina Tecnología tenía chip de rotura de su tronco cerebral.
Siguió un largo silencio, antes de que algunos delegados corrieran hacia Jake Goldstein e intentaran resucitarlo. Abraham volvió a hablar:

- No tiene sentido! Él está muerto, y más de ustedes lo seguirán si no se inclinan ante mí; su nuevo dios

Al escuchar esto, Josef Goldstein, un hombre piadoso, se tragó el miedo y se puso de pie:

- Esto es blasfemia. No eres dios ¡eres solo un tirano y un asesino! Solo hay un dios, Yahveh, y cualquiera que diga lo contrario no es un verdadero Goldstein.

Abraham atrapó a Josef en su mirada. Rugió:

- Yahveh ya no existe!
¡Porque he visto el trono de Dios y está vacío!
- ¡Ahora inclínate ante mí o sufre!

Josef:

- Nunca me inclinaré ante ti, monstruo.
- Puedes quitarme la vida, pero nunca me quitarás el alma.
- ¡Arderás para siempre en el infierno por tus crímenes!

Abraham:

- Muy bien, que así sea

aplaudir
Abraham aplaudió y Josef cayó muerto al suelo.
Abraham levantó la mano para silenciar a los petrificados delegados, y él continuó su discurso.

- Vine aquí hoy con intenciones pacíficas. Vine aquí para mejorar nuestra causa. ¡Pero me desafiaste! Ahora más de ustedes sufrirán.

- Lisa Goldstein, no estabas contento con el dinero que te pagamos, así que nos robaste, la muerte para ti.

LA DIVINA DISIMULACIÓN

- Aaron Goldstein: a pesar de estar casado con una mujer hermosa, tu corazón anhela hombres, la muerte para ti.

- Chris Goldstein: Fornicaste con la esposa de tu hermano, Margaret; Muerte a los dos.

Aplauso
Abraham se llevó la mano, y todo el mundo ha mencionado cayó muerto al suelo. Él continuó hablando:

- Yo soy tu nuevo dios, y el resto de ustedes se salvará si se inclinan ante mí.

Todos en la sala se arrojaron al suelo inclinándose hacia Abraham. Satisfecho con esto, Abraham continuó.

- Bien, se han salvado por ahora. Pero cuidado, puedo ver cada uno de tus pensamientos, y si alguna vez consideras moverte contra mí, tu muerte es segura.

- Mi nieto de quinta generación, Isaac Goldstein, será el nuevo CEO, mientras que yo me ocuparé de mis asuntos espirituales.

- La empresa tenía un nuevo objetivo y será ayudar a mis divinos asuntos. Por lo tanto, todos los futuros lucros irán a mis metas y no a sus dividendos.

- Gracias por escuchar, damas y caballeros, me voy ahora, pero los vigilaré.

Después de terminar de hablar, Abraham desapareció de la habitación. Después de que se resolvió la confusión inicial, se llamó a los médicos a la sala de reuniones, pero no pudieron hacer nada para salvar a las víctimas.

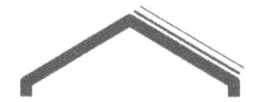

Capítulo 10: Abraham Goldstein visualiza el Proyecto Edén

Abraham Goldstein observó el amanecer en su enorme jardín privado. El amanecer y el atardecer de la Antártida fueron dos de los mejores momentos del año para él. Como la Torre Goldstein se encuentra en el Polo Sur, el sol en el equinoccio de primavera en el 23 ^{a}de setiembre, se mantuvo durante seis meses, y se fijó en el equinoccio de otoño el 21 stde marzo. A Abraham le encantaba ver las luz natural del sol al artificial con el que tuvo que conformarse durante la temporada de invierno.

150 años antes de que Goldstein había tenido Colonizada a la Antártida, se habían puesto en marcha varios grandes satélites en órbita con espejos para reflejar la luz del sol a la superficie de la Antártida para que fuese habitable. Al cambiar el ángulo de los espejos, que podían controlar la cantidad de luz solar que alcanzaba la superficie que afecta el clima local. La luz solar que alcanza la tierra a través de

los espejos no se parecía al sol, pero se parecía a varias estrellas luminosas. Durante el verano, los satélites todavía reflejaban la luz solar en la superficie, ya que el sol antártico no era lo suficientemente fuerte como para dar la temperatura deseada.

Abraham se sentía incómodo y no podía disfrutar de la salida anual tanto como otros. Había hecho muchos enemigos, y lo único que les impedía rebelarse era que pensaban que él sabía cada movimiento que tomaban. Pero de hecho, no lo hacía. En su forma humana física, sólo podía conectar con una persona a la vez, y que tomó un una gran cantidad de enfoque efectivamente le impide hacer cualquier otra cosa.

Abraham reflexionó sobre cómo moverse hacia la sala. Sabía que independientemente de los enemigos externos o no, sus años físicos pronto terminarían, y para entonces necesitaba estar en la Dimensión Divina. La mejor manera de permanecer en la Dimensión Divina sería mantener funcionando el Detector Divino, mientras su cuerpo estaba congelado criogénicamente.

Abraham se dio cuenta que se había movido demasiado rápido. No había suficiente electricidad disponible para mantener tanto las instalaciones de producción y La máquina etectora funcionando al mismo tiempo. Si la producción no estaba funcionando, no se podría mantener el contenido de los ciudadanos, y la mayoría de ellos no tienen un chip implantado por lo que no tendría nada que temer en cuanto a su poder divino. Si hubiera un levantamiento público contra él, nadie lo apoyaría y él perecería sin lograr sus objetivos.

La solución más sencilla para Abraham sería obtener algunos reactores de fusión más para obtener suficiente energía tanto para las instalaciones de producción como para la máquina de detección de Divina. Esta solución podría ser implementada en un año y sería alcanzable. Pero También sería profunda mente insatisfactorio. Esta solución sería una vida prolongada en la que siguiera gobernando su imperio empresarial intimidando a los miembros de la familia bajo su control. Pero, Nadie querría adorarlo, y, finalmente, habría que encontrar una manera de derribar y matarlo.

Abraham quería encontrar personas que le temieran Y lo adoraran como a un dios. Tales personas habían sido más fáciles de encontrar en los albores de la era humana, cuando la ciencia y la tecnología prevalecían menos que el misticismo y la superstición. Pero extensos experimentos sobre viajes en el tiempo durante el siglo 26 habían demostrado que el viaje en el tiempo era imposible. Pero lo que si podía usar la era la tarjeta de limpieza de memoria y su tecnología para borrar completamente los recuerdos de un grupo de personas y luego hacer que se despertaran en un planeta formado, que se parecía a la tierra prometida? Actuarían como los humanos antiguos cuando alcanzaron la autoconciencia. Y con la dirección divina de Abraham, actuarían como sus primeros antepasados, aunque mejor, ya que él los dominaría más que nunca.

¿Pero dónde crearía su réplica de Tierra Santa? Abraham no pudo hacerlo en la Tierra. La conciencia de la tecnología era la ruina de cualquier ser divino, ya que las personas con mentalidad científica aliada tenían menos necesidad de que un dios respondiera por los misterios del mundo. Idealmente, encontraría un planeta en otro sistema estelar para su plan, aunque esto conllevaba dificultades insuperables.

Los planetas alienígenas requieren tecnología avanzada para ser habitables por los humanos. O podría conseguirse terraformando a un nivel que hace que los seres humanos con sólo la tecnología antigua podrían vivir y desarrollarse. Abraham entendió que terraformar un planeta en otro sistema solar estaba más allá de su alcance.

Pero, ¿qué pasa con un asteroide? Varios asteroides con gravedad artificial y atmósfera orbitaban la tierra como lujosas residencias para algunos de los otros líderes de facciones. ¿Y si pudiera hacer algo similar pero más lejos en el Cinturón de Asteroides? Toda la tecnología para hacerlo estaba disponible:

- Se podría crear gravedad a través de propulsores de fusión en la parte inferior del asteroide MAK.
- Un generador de escudo de fotones. La nanotecnología podría ser usada para detener la atmósfera y evitar que se disipe en el espacio. La refinación de oxígeno de los óxidos de hierro y silicio podría crear el oxígeno requerido para los habitantes.
- Electrificar el núcleo de hierro del asteroide crearía un campo magnético para proteger a los habitantes de la peligrosa radiación de fondo.
- Los satélites con grandes espejos reflejarían suficiente luz solar en la superficie para calentarla. Lo que Goldstein había hecho en la Antártida 150 años antes.
- Para empezar, el asteroide necesitaría contener agua congelada para ahorrar costos, ya que era demasiado costoso transportar toda el agua requerida desde la Tierra. Una vez que la temperatura de la superficie aumentara, el agua se volvería un líquido, y se disiparía y caería como la lluvia como en la Tierra.

Abraham se sintió inspirado y miró a través de la base de datos de asteroides tratando de encontrar la perfecta roca por sus ambiciones. Después de un rato se encontró que, B528A medía 22.072 cuadrados kms, precisamente el mismo tamaño que la Tierra Santa. Fue orbitado por B528B, que mide 100 kms2, lo cual fue suficiente para establecer su base de operaciones.

El único problema con el B528A y B528Bes que eran co-propiedad del Consejo Terran. Pero Abraham estaba convencido de que no enfrentaría mucha oposición de las otras facciones si les daba algunas concesiones para que intercambiaran su parte de la propiedad con él. Para la mayoría de las personas, B528A y B528B eran solo rocas estériles flotando en el espacio, pero para él eran destino.

Excitado con su plan, Abraham estableció una propuesta para convencer a la otra líder de una facción es transferir la propiedad del asteroide s a él.

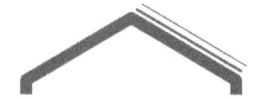

Capítulo 11: Abraham Goldstein viaja a la reunión del Consejo Terran.

Unas semanas más tarde, Abraham Goldstein salió del transporte del tubo de vacío que lo llevó desde su cuartel general en la Antártida a Hansstadt en Europa. Abraham odiaba viajar dentro de un tubo de vacío de trenes y generalmente lo evitaba. Aunque los tubos de vacío se consideran seguros, estaba sin resolver la teoría de que viajar bajo el fondo del océano en un tubo cerrado era lo más seguro. Además, el sistema de entretenimiento de realidad virtual no podía distraer de la claustrofobia que sentía.

Hansstadt era la capital de la facción Casa Muller, y la reunión general anual del Consejo Terran se ejecutaba aquí. El Consejo Terran se reunió mensualmente, pero Abraham Goldstein nunca asistía a estos eventos debido a su edad y su aversión a viajar largas distancias.

Hansstadt era una mezcla fascinante de lo antiguo y lo nuevo, y era una zona libre de impuestos propiedad de House Muller. Fue construido en los Alpes, donde la Torre Europeum, construida en la cima del Monte Blanc, constituyó el edificio más grande del mundo. Construido como una pirámide, fue apoyado en la montaña con sus 2000 metros superiores sobre la cima del Monte Blanc. Hansstadt tuvo un clima confortable con un promedio de 22 grados durante todo el año debido a los espejos orbitales que reflejan la luz solar durante los meses de invierno. 30 kilómetros más lejos de Hansstadt estaban las pistas Muller, que siempre estaban cubiertas de nieve pues sus tonos orbitales eran activos en el verano, lo que detuvo el descongelamiento. Alrededor de Hansstadt fue donde muchos antiguos palacios fueron desmontados y luego restaurados a su antigua gloria. Esto se debió a la valiosa historia de Muller, y a que muchos de sus líderes querían vivir en residencias anticuadas fuera de Hansstadt en lugar de quedarse en las modernas viviendas de Europeum Tower.

LA DIVINA DISIMULACIÓN

Abraham Goldstein, Isaac Goldstein y sus guardaespaldas se reunieron con Andreas Muller, gerente de relaciones públicas de House Muller.

Andreas:

- Buen día, Abraham. ¿Son solo tú e Isaac hoy? Asumimos que vendría con una delegación más grande.

Abraham:

- Sí, pero no era necesario. Hemos discutido los problemas de antemano, y tengo la plena confianza de la junta para tomar decisiones.

Andreas:

- Ya veo. Mis condolencias por la pérdida de su nieto, Jake Goldstein, fue un gran hombre y lo extrañaremos.

Al escuchar esto, Abraham se congeló por un segundo. Había tomado medidas para evitar que las muertes se hicieran públicas y, sin embargo, Andreas Muller lo sabía. Abraham concluyó que tenía que haber un espía en su compañía.

Andreas:

- Se ve pálido Sr. Goldstein, ¿pasa algo?

Abraham:

- No, es solo la pena de perder a mi nieto lo que me está agotando.

Andreas:

- Entiendo Es una pena que la invitación al funeral se haya perdido, a House Muller le hubiera gustado participar en el funeral, mostrando nuestros respetos.

Abraham se dio cuenta de que House Muller sabía acerca de las otras muertes que habían ocurrido en la reunión anual. Decidió contarles una historia inventada de lo que había sucedido.

Abraham:

- Quería mantener esto en secreto hasta después de la reunión del Consejo Terran, pero como ya sabes, te diré la verdad.

- Yo estaba enfermo y no podía llegar a la reunión. Cuando me recuperé, me enteré de que cinco de los miembros de mi familia habían sido envenenados.

- Elegí mantener en secreto las muertes, ya que estamos llevando a cabo una investigación encubierta para encontrar al autor.

- Una vez que las muertes se hacen públicas, vamos a tener un funeral apropiado para aquellos elementos alzados de nuestra familia.

Al escuchar esto, Isaac casi explotó pero mantuvo la calma. El viejo monstruo estaba retorciendo la realidad y fingiendo pena por sus víctimas. Aunque Abraham había promovido a Isaac, se sintió como un castigo ya que podía sentir cómo Abraham estaba jugando con su cerebro usándolo como un títere. Abraham tocó el hombro de Isaac.

Abraham:

- No te dejes llevar por el dolor, Isaac. Nos vamos a encontrar y castigar a los asesinos s. Pero ahora, concentrémonos en el trabajo en cuestión.

Isaac no respondió y Andrea s Muller habló:

- De acuerdo, caballeros. Creo que es mejor que los lleve a sus habitaciones. Estoy seguro de que necesita descansar antes de la reunión del consejo de mañana.

Andreas condujo a Abraham y su séquito a las habitaciones. Cuando se iba, Abraham dijo a sus guardaespaldas para encontrar y destruir un equipo de vigilancia en la habitación, y luego se fue a dormir.

Capítulo 12: la reunión del Consejo Terran.

El día siguiente, la reunión del Consejo se llevó a cabo en la planta superior de la torre Europeum. La parte superior - el nivel era una cúpula de cristal gigante con una visión de 360 grados de la tierra abajo. A la altura de 7000 metros, el rango de visión de 300 km en todas las direcciones en un día soleado. El vidrio cúpula a prueba de bala y prueba de explosivos pues la Casa Muller tenía muchos enemigos entre la población general. Los niveles por debajo del nivel superior se llenaron con el sistema de arma defensiva automatizado para derribar cualquier objeto no autorizado entrantes.

En el centro de la habitación había una mesa hecha de un tipo de madera que sólo existía en el sistema Alpha Centauro. Esto fue para simbolizar que Casa Muller fue el la única Terran facción, que se había llevado las cosas de nuevo a partir de otros sistemas. La sala también contenía varios objetos ornamentales hechos de materiales solo disponibles en el sistema Alpha Centauro para indicar que la Casa Muller era incomparable en lo que respecta a la exploración espacial.

Abraham se burló del concepto de gastar tanto tiempo y dinero trayendo madera a la Tierra. Hans Muller, líder de la Casa Muller y presidente del Consejo Terrano, se le acercó.

Hans Muller:

- ¿Qué te pasa, Abraham? no parecen apreciar nuestra invaluable colección de materiales interestelares?

Abraham:

- No. debe costar mil millones de Créditos terrestres a enviar este material a la Tierra. Un desperdicio.

Hans:

- Sí, El legado de mi bisabuelo no era beneficioso para nuestra facción. La colonización de Alfa Centauro cuesta una fortuna, pero ha sido pagado a ahora, y tenemos la oportunidad de disfrutar de estos muebles maravillosos.

- Es curioso que te quejes del costo de la colonización espacial ya que deseas construir una nueva colonia de asteroides.

Abraham:

- Sí, pero determino que esa colonia no tiene precio desde una perspectiva científica. La ciencia puede valer más que cualquier cosa en el universo. Una mesa, por otro lado, es solo una mesa

Hans:

- La ciencia no tiene precio para una empresa si es el único poseedor de esa tecnología. Las tecnologías que desarrollamos para la expedición de Alfa Centauro son nuestros secretos. Esta hermosa mesa, por otro lado, es para que todos la disfruten.

Abraham:

- Independientemente, mis instalaciones de investigación en la Antártida son más impresionante de esta tabla.

Hans:

- El resto de la facción parece feliz con su gasto en investigación. Qué desafortunado fueron los asesinatos en su Asamblea General Anual

De todos modos, todos están aquí y nuestra reunión está por comenzar.

La reunión comenzó y los delegados se sentaron alrededor de la mesa. La reunión fue filmada, ya que una versión editada se transmitió a los medios de comunicación después de la reunión. Las cámaras continuaron y Hans Muller comenzó su declaración de apertura:

- Bienvenido a la reunión general anual del Consejo Terran

- Damos la bienvenida a nuestros distinguidos delegados y les agradecemos por dar el mandato al consejo para tomar decisiones que sean del mejor interés para todos los Terranos.

- Primero, me gustaría enviar mis condolencias a mi querido amigo Abraham Goldstein por perder a cinco miembros de la familia durante la Reunión General Anual de la Casa Goldstein.

- El consejo está dispuesto a ayudar a encontrar a los criminales atroces detrás de estos asesinatos.

Al escuchar esto, Abraham frunció el ceño y apretó los dientes. Había mantenido las muertes en secreto, y ahora se hicieron públicas durante una transmisión de televisión vista en todo el planeta. La cámara se acercó a él, y él se dio cuenta de que estaba destinado a decir algo.
Abraham:

- Estoy agradecido por las condolencias. Los autores de estos crímenes atroces serán capturados y tratados. Ahora reanudemos con los problemas a la mano.

Joachim Muller, el joven y progresista CEO de House Muller, comenzó la declaración para el próximo número:

- Estimados delegados. Soy Joachim Muller, recién nombrado CEO de House Muller. He visitado Marte unos pocos años atrás, y me di cuenta de lo mucho que se sufre allí. Es por eso que estoy permitiendo que Agnes Bojaxhiu de Una Humanidad hable a través de un enlace de holograma.

Un holograma de Agnes Bojaxhiu apareció en la habitación. Parecía ser una visión peculiar usando ropa aburrida y desgastada que la hacían parecer un marciano pobre. Se dirigió a los delegados con un tono acusador:

- ¡Queridos opresores y fascistas en esta asamblea!

- Los marcianos están sufriendo. Su agua es tóxica, su comida es escasa y sus lugares de trabajo no son seguros. Muchos de ellos incluso carecen de atención médica básica. Pero esto puede cambiarse si ustedes, pecadores, dejan de llenarse los bolsillos y gastan dinero en ayudar a Marte. Con la tecnología Terran y las inversiones adecuadas, Marte puede darles una buena vida a 4 mil millones de personas. ¡No es demasiado tarde, arrepiéntete de tus pecados o arde para siempre en el infierno!

Hans Muller estaba furioso y apagó el holograma:

- Joachim, esto no era lo que esperaba cuando te concedí permiso para dirigir este tema. Por favor, vete ahora. Hablaremos de este incidente más tarde.

Antes de Joachim Muller haya tenido tiempo para responder, el personal de seguridad llegó y lo sacaron de la habitación. Después de una breve pausa, Hans Muller volvió a hablar:

- Lo siento, caballeros. Cuando Joachim pidió hacer una declaración, no podía imaginar que ESTO era lo que tenía en mente.

Wong Cheng, el presidente de la Casa Cheng, respondió:

- Disculpa aceptada. ¿Asumo que Agnes será deportada a Venus de inmediato?

Hans:

- Sí, será detenida y severamente castigada.

- El último orador es Abraham Goldstein, quien ha hecho una solicitud especial al Consejo Terran.

Abraham sonrió a Hans y habló:

- Quiero la propiedad de los asteroides B528A y B528B. Además, quiero una zona de exclusión alrededor de los asteroides.

- Planeo lanzar una nueva e innovadora colonia de asteroides allí.

Hans:

- El Consejo Terran puede darle los asteroides, pero no le daremos la zona de exclusión. La inteligencia mutua es la mejor manera de mantener la paz.

- En nombre de la Casa Müller, te puedo prometer no interferencia con el proyecto, siempre y cuando usted está no sea una amenaza para los intereses terrestres

Abraham:

- Como te sientes obligado a espiarme, acepto tus condiciones

- Mi proyecto mejorará las condiciones de nuestra detención de cientos de refugiados en la luna. Restablecer a las personas para vivir en el Edén bajo mi supervisión es más humano que enviarlas de regreso a Marte.

Barry White:

- Aunque estoy feliz de que adquieras algunos temas marcianos para tu proyecto, estoy preocupado por la reacción del público.

Abraham:

- Mi solución alivia las necesidades de aquellos que quieren espacio continuo y las necesidades de esos tontos que quieren que cerramos la detención de refugiados.

- No creo que a muchos terranos les importe si reasentamos a algunos de los marcianos en otro lugar.

Barry White

- Muy bien, tiene la aprobación de la Casa Blanca para colonizar B528A. Al igual que House Muller, prometemos no interferir en su proyecto de investigación de asteroides

Hans Muller:

- Muy bien, si nadie tiene ninguna objeción, declaro esta reunión terminada.

-...

- excelente. El departamento de medios del Consejo Terrano tendrá un comunicado de prensa listo para mañana. Todos están invitados a venir a nuestra conferencia de prensa donde miembros seleccionados de la prensa harán preguntas predeterminadas donde darán respuestas predeterminadas.

Capítulo 13: El Consejo Terran aprueba todo

Abraham Goldstein ve las festividades del Consejo Terran 'anuales desde su tablero en la mesa por niveles con una vista de todo el salón de baile. El salón de baile de Europeum Tower era un área extensa con seis niveles distintos donde los invitados podían sentarse dependiendo de la importancia. Abraham siendo el hombre más rico en el planeta y el líder de una facción estaba en el nivel más alto para que pudiera mirar hacia abajo en todo el mundo y todo el mundo podría mirar hacia arriba para él. Se sentía agotado pues su conjunto no tenía la mejora de la máquina del sueño, a la que estaba acostumbrado. La estimulación neural lograda por una máquina para mejorar el sueño hizo que el sueño fuera diez veces más eficiente, reduciendo la necesidad de descansar a una o dos horas por día. Sin la máquina, Abraham se sintió como un zombi debido a su avanzada edad. No podía esperar, para que este espectáculo se acabe, para que pudiera volver a casa.

Los antecedentes del baile de caridad fue que el Consejo Terran había hecho todos los países del planeta firmar el *"todo el dinero a obras de caridad deducibles de impuestos"* acto producido unos pocos siglos atrás para evitar los impuestos. Por lo tanto, cada año, la corporación más poderosa de la Tierra se reunía para eventos como este prometiendo dar la mayor parte de sus ganancias a organizaciones benéficas bajo su propio control sin obligaciones de divulgación a los gobiernos locales. Esto mantuvo a las naciones en quiebra e impotentes mientras las grandes corporaciones podían hacer las cosas como quisieran.

Sentado en esta gran multitud, Abraham se sintió ansioso. Sus acciones en la reunión general anual de la Casa Goldstein lo habían convertido en enemigo de muchos. Debido a la divina tecnología de microchip s, que podía controlar y saber si estaban conspirando contra él, lo sabía. Aquí en Europeum Tower, fue diferente. No podía decir si la gente estaba compitiendo contra él o no. Las últimas semanas, Abraham se había acostumbrado a saber lo que la gente a su alrededor estaba pensando, por lo que no saberlo lo asustaba.

Además de la ansiedad de sentarse en una gran sala llena de enemigos potenciales, Abraham estaba satisfecho con el día. El Consejo Terrano había aceptado sus planes, lo que los hacía mucho más fáciles de llevar a cabo. Ahora tenía el control total de su familia, pero el Consejo terrano y las otras facciones terranas estaban fuera de su control. Con el tiempo, Abraham se relajó y disfrutó del resto del evento sin ningún incidente.

Capítulo 14: Abraham Goldstein y la Antártida.

A principios de 2786, Abraham decidió abandonar la Antártida con su lujoso yate espacial, The Golden Divine. El destino era el Asteroide B528B donde Abraham contemplaría la creación de su nuevo comando para el proyecto Eden. La tripulación para el viaje eran sus guardaespaldas personales del programa Angel, un grupo de 30 hombres genéticamente modificados que eran muy leales a Abraham.

Sin que lo supiera la tripulación, Abraham había empacado una bolsa con chips de Divina Tecnología Ángel pues había previsto implantar a su círculo más cercano con estos chips en el momento adecuado. El chip "Ángel" fue diferente al chip "humano", que se había implantado a sus desleales miembros de la familia unos meses antes. El chip de ángel permitía que alguien con un chip de dios controlara las acciones del ángel directamente y no solo indirectamente.

Abraham se sintió un poco frustrado por abandonar la Antártida antes de que su Detector Divino fuera desmontado y listo para el transporte. Lo ideal es que. Centrará su control divino en B528B para que estuviera listo y fusión - alimentado antes de su llegada. Sin embargo, a causa del resentimiento de su familia era imposible permanecer en la Torre Goldstein por más tiempo. Abraham había asesinado a varios miembros más de su extensa familia, ya que sabía que estaban conspirando para matarlo. Dándose cuenta de que su presencia causó tanto resentimiento, había llegado a la conclusión de que tenía que dejar la Tierra. Su familia tendría que hacer lo que quisiera, pero ya no tenían que verlo.

Abraham volvió a mirar a la Tierra, que flotaba como un refugio azul en el espacio, mientras su yate volaba más lejos. Sabiendo que nunca volvería a ver su planeta natal, Abraham sintió una melancolía agridulce y no habló con nadie durante días.

Capítulo 15: Los Ángeles.

En el siglo28 , en todas las principales facciones de la Tierra habían programas dedicados a la búsqueda de individuos dotados genéticamente y el uso de estos individuos para la cría y mejora adicional del genoma humano. House Goldstein no era diferente y tenía un proyecto con el nombre en clave del proyecto Ángel.

Como estos individuos se separaron temprano de sus familias, su lealtad provenía directamente del líder de la facción, ya que fueron adoctrinados desde una edad temprana. Mientras que la lealtad no se podía garantizar, los 30 hombres que Abraham Goldstein trajo al Edén, era el más cercano que podía llegar a completa lealtad.

Los ángeles eran de una vista impresionante. Tenían cuerpos altos y atléticos con una postura perfecta. También tenían una simetría perfecta en sus rostros, lo que les daba una belleza asombrosa. También eran intelectualmente superiores y mentalmente estables. Su único defecto, era su desapego emocional completo, lo que inhibe su capacidad para formar relaciones significativas con los humanos. Esto fue por diseño ya que el desapego emocional de los ángeles de Abraham los hizo aún más leales a su causa.

A pesar de la lealtad de su seguidor, Abraham quería más control, el chip Ángel era su solución. Pudiendo controlar a los Ángeles con su mente, harían su voluntad física cuando su cuerpo se rindiera.

Un mes después, Abraham y su tripulación llegaron a B528B, el pequeño asteroide que órbita el asteroide mucho más grande B528A. No tenían mucho que ver en su estado actual, solo rocas oscuras y vacías flotando en la inmensidad del espacio. Pero Abraham vio algo diferente; vio la divina providencia. Estás rocas frías pronto serían el lugar para él para gobernar como una deidad.

Capítulo 16: Los centros de detención lunar.

Mientras el siglo 28 estaba plagado de guerras eternas entre sus naciones, guerras civiles, y el malestar entre la población civil; se entendía que las principales causas de los disturbios fue la constante falta de recursos. Las principales facciones de la Tierra también utilizan a menudo Marte como una plataforma para sus conflictos. Si bien el Consejo terrano confirmó la paz en la Tierra, no había nada en sus cartas que impidiera que las facciones terranas emprendieran guerras ayudando a diferentes bandos en guerras en otros planetas. En 2785 la Casa Blanca y Casa Rashid había sido atrapado en una proxy-guerra en Marte durante la última década desplazando y matando a millones de habitantes.

Así que era un sentimiento entre muchos marcianos el que la Tierra era el mundo natal de todos los seres humanos y que era el derecho de toda persona vivir en paz y prosperidad. Ni el Consejo Terrano ni la mayoría de los ciudadanos terranos compartieron esta noción, ya que la ciudadanía terrana casi garantizaba una vida feliz y rica debido a la acumulación de recursos y la población limitada en la Tierra. El Consejo Terrano quería mantener la Tierra segura y escasamente poblada. Para asegurar esto, ningún marciano podría quedarse en la Tierra. El Consejo Terran detuvo a un marciano de Nueva York detectado en la Tierra o en ruta hacia la Tierra.

A pesar de esto, hubo una corriente significativa de marcianos probando suerte mudándose a la Tierra. Los marcianos hicieron esto, debido a que grandes partes de la Tierra fueron deshabitadas debido a la limitada población, por lo que había una gran cantidad de lugares en los que los marcianos podrían vivir de la tierra sin ser detectados por períodos prolongados de tiempo. Vivir de esta manera era mejor que la vida en Marte, pero finalmente los atraparon, ya que el Consejo Terran buscó en las áreas deshabitadas con regularidad.

La vida en la que la detención era latente estaba destinada a ser dura e inhumana y podría servir como una advertencia para todo el mundo pensando en venir a la Tierra sin ser invitado. Situado en el lado oculto de la Luna para evitar la penetración y para detener a los refugiados de comunicación con la gente en la Tierra, las condiciones en los centros de detención eran deplorables, con el hambre, la enfermedad, y las condiciones de hacinamiento.

El Consejo Terrano ocasionalmente dejó caer alimentos y provisiones de la órbita para mantener vivos a los prisioneros. Hubo un grupo de trabajo militar situado cerca de la detención de Kaguya para evitar que personas ajenas ayudara a los prisioneros a escapar.

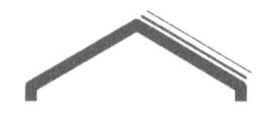

Capítulo 17: El Expediente Edén.

En 2788, tres años después de recibir la aprobación de Consejo Terran, El proyecto Edén alcanzó su etapa de lanzamiento.

El 23 de nov de 2788, 3, 000 voluntarios de la detención Kaguya fueron puestos a n naves espaciales de Abraham, y fueron congelados criogénicamente. Después de despegar de la Luna, la flota viajó a velocidad normal de tránsito hacia el Edén. El barco voló a B528A donde los pasajeros permanecieron en sueño criogénico hasta que Abraham y sus ángeles terminaron de construir la colonia.

Capítulo 18: Abraham termina la misión Lucifer.

Abraham Goldstein caminó en su nave de mando, The Golden Divine, e inspeccionó a sus futuros sujetos. Estaban congelados criogénicamente, por lo que parecían estar durmiendo pacíficamente. Abraham estaba fascinado y disgustado por sus imperfecciones. El Uso de marcianos en lugar de los terrestres fue una elección con ambas ventajas y desventajas. Lo bueno de usar marcianos, fue que el Consejo Terran no le importaba cómo los tratara Abraham, y no era probable que intervenir.

Para el Consejo terrano, los refugiados marcianos eran animales sin valor; Eran molestias de las que deshacerse. Otra ventaja de usar Marcianos era que la relación costo – efectiva es más favorable. No había forma de que pudiera haber financiado el proyecto Edén si tuviera que usar barcos y equipos que fueran seguros para los terranos. Abraham entendió que el Consejo Terrano aprobó el Proyecto Edén porque no les importaría menos si la mayoría de sus pasajeros murieran. Con los ciudadanos terranos, fue diferente. A un que el Consejo se ha centrado principalmente en ayudar a los ricos y poderosos, todavía como objetivo proporcionar una vida saludable y seguro para cualquier persona considerada digna de vivir en la Tierra.

Otra ventaja del uso de los seres humanos en Marte para el proyecto era que sus ángeles, los hombres estaban destinados a ser su manifestación física en el Edén, mirado la imagen perfecta en comparación con sus temas de Marte. Abraham siempre había imaginado que lo divino debería parecer infinitamente más atractivo y la gente y sus ángeles coincidían con estos criterios.

Sus futuros sujetos eran un espectáculo triste. 500 años de desnutrición y radiación de fondo cósmico habían transformado a los humanos que vivían en Marte en una mera sombra de su antigua gloria. La selección natural había hecho que su piel se volviera gruesa y verrugosa para protegerse contra la radiación, tenían una postura encorvada de vivir en madrigueras bajo tierra, tenían extremidades más cortas para sobrevivir a los fríos helados del invierno marciano, y parecían enfermos por adaptarse a la desnutrición constante.

Más preocupante que el estado de los futuros sujetos de Abraham fue el hecho de que su familia en la Tierra parecía estar estancada y retrasando sus planes. Era enero de 2789, y habían pasado tres años desde que dejó la tierra. Aunque Abraham sabía que la creación del Edén era un proyecto a largo plazo, necesitaba poner en marcha el acelerador de física cuántica del detector divino lo antes posible para poder transferir su alma y evitar morir. Abraham cumpliría 254 en un par de meses, y tenía la sensación de que su familia estaba retrasando el proyecto con la esperanza de que su edad fuera su ruina.

Abraham convocó en su ángel favorito, el Arcángel Lucifer. Abraham había nombrado a todos los miembros del proyecto de Ángel después de los ángeles bíblicos originales. A diferencia de la Biblia, Abraham esperaba que Lucifer nunca se volviera contra él. Al igual que todos los demás ángeles, Lucifer había sido criado en el programa de niños con talento Goldstein donde los individuos con genes favorables fueron adoctrinados para hacer la licitación de Abraham.

El programa de niños superdotados de Goldstein admitió a hombres y mujeres, pero Abraham había decidido traer solo hombres para el Proyecto Edén. El propósito de los Ángeles era obedecerle; no socializar y tener sus propias familias. Como todos sus compañeros ángeles Lucifer era heterosexual y con algunos genes de homosexualidad algo que lo detuvo cuando niño de ser admitido en programa Ángel

Abraham vio a Lucifer cuando se acercaba; En cuanto a la apariencia, Lucifer era un individuo extraordinario. Elevándose a una altura de 2 metros, Lucifer tenía un cuerpo muy atlético con una postura perfecta. Su rostro era perfectamente simétrico, y sus ojos azules luminiscentes brillaban con energía. Estaba extremadamente concentrado, decidido e inteligente. Como producto de su genética y su educación muy controlada, tenía una personalidad muy suave y controlable. No parecía tener metas ni valores personales, y vivió para servir a Abraham. Abraham consideró a Lucifer como el humano perfecto, y confió en él con todo su corazón.

Lucifer:

- Me llamaste, maestro

Abraham:

- si. Los desgraciados no creyentes de mi familia en la Tierra están estancando mis planes para alcanzar la divinidad. Necesito que los convenzas para redoblar sus esfuerzos y volver a encaminarnos.

Lucifer:

- Entiendo, Maestro. ¿Cómo deseas que haga esto?

Abraham Goldstein

- Reúne un grupo de ángeles y viaja a la Torre Goldstein en la Tierra. Intercepta su reunión de la junta y reúnete con los miembros de mi familia.

- Tome las medidas que considere necesarias. Usted puede matar a cualquier persona que se resista a mi divina voluntad, contempla la utilización de restricción; los necesitamos para hacer esto.

Lucifer:

- Entendido!

Abraham Goldstein:

- Una cosa más, en ocasiones puedes sentir que estás perdiendo la conexión conmigo. No te preocupes; Sabes qué hacer.

Lucifer

- Si maestro. Tomaré un transbordador y me iré de inmediato.

Mientras Lucifer se alejaba, Abraham estaba aliviado y preocupado. Confió en la lealtad de Lucifer, pero no estaba convencido de su habilidad. Los Ángeles eran faltos de pensamientos y personalidades propias lo cual 'los hizo particularmente útiles cuando estaban dentro del modo de control, pero Abraham no estaba convencido de que eran capaces de hacer las cosas por sí mismos.

Un problema que Abraham había enfrentado, desde que llegó al Edén, era que la tecnología Divina no tenía suficiente alcance para controlar y amenazar a los miembros de su familia en la Tierra. Inicialmente, los envíos habían llegado según lo previsto, pero después de un tiempo, su familia comenzó a retrasar las entregas y se le ocurrieron varios usos especiales para hacerlo. Abraham no estaba interesado en las excusas, quería resultados. Se espera que volver a enviar Lucifer a la tierra, serviría para convencer a su familia de que tenían que cumplir sus órdenes. Idealmente, Abraham se habría ido él mismo, pero entendió que los miembros de su familia tratarían de matarlo si él viniera. Al darse cuenta de que no había nada que pudiera hacer durante un par de meses, Abraham entró en el tanque criogénico y se durmió sin tener sueño.

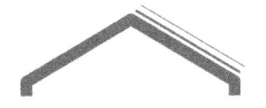

Capítulo 19: Un asalto desde arriba.

Un mes después, un transbordador con Lucifer y otros seis ángeles llegaron en órbita alrededor de la Tierra. Eligieron permanecer en órbita sobre la Antártida para poder realizar un reconocimiento antes de actuar. El transbordador era pequeño, tenía capacidades de sigilo y no había señal de radio activada, por lo que era difícil de detectar a menos que lo estuvieran buscando. Lucifer había decidido que no iba a solicitar una audiencia con los líderes Goldstein. Si se revelarán contra su maestro, lo emboscarían a él y a su grupo tan pronto como salieran del transbordador. En cambio, Lucifer decidió atacar la próxima reunión de la junta directiva de la Casa Goldstein.

El Edificio Goldstein había automatizado Defensas, que no se activaran cuando una nave amiga llegara. La fusión jetpack y exoesqueleto de armadura avanzada que los ángeles tenían, fue producida por Goldstein Corporación, y por lo tanto identificados como amigable por la IA. También había una escotilla secreta del antiguo penthouse de Abraham que podía abrir desde el exterior. Desde allí, podrían llegar a la reunión semanal de la junta, tomar como rehenes a los miembros de la junta y asegurarse de que estaban cooperando. La misión fue de acuerdo al plan, y estaba asombrado la junta Goldstein como los ángeles irrumpieron la reunión

Isaac Goldstein:

- ¿Cuál es el significado de esto? ¡Sus guardias de seguridad no deben perturbar las reuniones del consejo!

Lucifer:

- No somos guardias de seguridad; somos los ángeles del Maestro divino Abraham.

- Soy Lucifer, líder de los Ángeles y leal súbdito de Abraham

- Abraham también es tu maestro, entonces ¿por qué lo estás desobedeciendo?

Isaac

- ¿Desobedeciendo?

- El desperdicio de dinero de ese maldito tonto está llevando a la familia y a nuestra gente a la bancarrota.

- Hago lo mejor para la familia y la gente de la Antártida.

Lucifer:

- ¡Silencio campesino!
- ¿Quién eres para negarle a Abraham su voluntad divina?
- Debería matarlos a todos por su insolencia.

Isaac

- Haz eso si debes darte cuenta de que la muerte de nosotros también será tu muerte. Y te puedo asegurar que nuestros sucesores no enviarán ningún otro maestro.

Se produjo un momento de silencio con mucha tensión en la habitación. Lucifer tenía frío, sudaba tratando de descubrir cómo continuar. Él deseaba que él pudiera escuchar su voz maestra, pero fue en vano. Abraham estaba dormido en su tanque criogénico y su maestro no podía supervisarlo. La situación de Lucifer fue absuelta cuando otro ángel, Ismael, se unió a la conversación:

Ismael

- Maestro Lucifer: es hora de hacerle saber a Isaac por qué no puede defendernos.

LA DIVINA DISIMULACIÓN

Agradecido por el recordatorio, Lucifer intentó otro enfoque y habló de nuevo:

- Maestro Isaac. Aplausos que su lealtad a su familia restante y su dispuestos A sacrificarse para proteger al resto de la Goldstein familia.

- Pero tus acciones ponen a todo tu clan en peligro inmediato. Usted ve, nosotros los ángeles podemos controlar y matar a cualquiera con control mental como mejor nos parezca. Entonces, si rechazas las demandas de nuestro maestro, los mataremos a todos.

Lucifer llevó sus poderes para que los miembros de la junta podrían ver una ilusión del sol brillando en el centro de la habitación. La ilusoria esfera brillaba tan intensamente, que tenían que cubrir sus ojos para no dañarlos. Finalmente, una de las vicepresidentes, Elaine Goldstein, gritó:

- Lucifer tiene razón. Solo dale a Abraham lo que quiere. ¡No todos moriremos aquí hoy!

Isaac se dio cuenta que no quería la destrucción mutua asegurada y habló:

- De acuerdo, Lucifer. No hay necesidad de derramar sangre hoy. Sucumbiremos a las demandas de Abraham y le enviaremos los envíos necesarios.

Lucifer:

- bien; Has visto el camino recto. Mi maestro estará complacido. Esperemos que no haya más malentendidos entre usted y Abraham.

Isaac

- Dile a Abraham que sus acciones nos arruinan y que podemos seguir siendo una fuerza dominante en la Tierra si no encontramos cumplir sus requisitos.

- Abraham trabajó incansablemente para hacer la Casa Goldstein la facción más poderosa de Terran; Estoy seguro de que no quiere que sucumbamos a la mediocridad.

Lucifer:

- La Tierra ya no es importante para nuestro maestro Abraham. La humanidad es corrupta y necesita un nuevo comienzo. Y nuestro dinero financiará este nuevo comienzo. Eden es verdaderamente maravilloso, y Abraham va a gastar sus recursos bien allí.

- Ahora debemos irnos. Malphat, Hashmallim, Seraphim e Ismael se quedarán para asegurarse de que cumplas tus promesas. No nos decepciones.

Habiendo dicho esto, Lucifer y los otros dos ángeles salieron del edificio y voló de regreso en órbita. Después de eso, comenzaron su viaje de regreso al Edén. Una vez que regresaron al transbordador, Nuriel habló:

- Les mentiste, Maestro Lucifer. No tenemos el poder de matar humanos a través del control mental, solo Abraham lo tiene.

Lucifer:

- Correcto, pero nos ayudó a completar la misión.

Nuriel

- ¡Un ángel es el portador de la luz! Un ángel no miente. Los humanos mienten.

Lucifer:

- Cierto, pero aún más importante que la verdad, es ser leal a tu maestro y cumplir con sus órdenes. Mostré mi lealtad y habilidad hoy y tú también.

- Deberías entrar en la cápsula del sueño, Nuriel. ¡Tenemos tres meses de viaje por delante de nosotros y es mejor que no perdamos ninguna de nuestros físicos años sentado aquí sin hacer nada!

Dudando sobre lo que Lucifer había dicho, Nuriel con mala gana se acercó a la vaina de sueño criogénico y cayó en un sueño profundo. Lucifer permaneció despierto durante los siguientes meses, ya que tuvo que mantenerse en contacto con los Ángeles que se quedaron para asegurarse de que Isaac Goldstein cumpliera su parte del trato.

Capítulo 20: Suministros Asegurados.

Engañados por las mentiras de Lucifer, los restantes miembros de la Casa Goldstein proporcionan a Abraham todos los recursos que solicitó para su proyecto Eden. El cargamento para el proyecto corrió de forma continua durante 15 años, y el proyecto de la arruinada Casa Goldstein. Debido al proyecto Edén, la Casa Goldstein perdió todas sus posesiones fuera de la Antártida, y al final, ya no eran una de las facciones gobernantes del Consejo Terrano.

Las otras facciones concluyeron que el proyecto Eden no era una amenaza, y observaron con asombro cómo la Casa Goldstein fue destrozada desde adentro. Por ejemplo, otras facciones respondieron mediante la adquisición de las participaciones de Casa Goldstein en Australia y América del Sur a través de operaciones encubiertas y legales.

En B528A y B528B, los Ángeles, ayudados por una miríada de drones automatizados, trabajaron incansablemente para crear el nuevo mundo de su maestro. Abraham conectado al detector de la máquina divina, mientras que su cuerpo fue congelado criogénicamente. Esto transportó su mente a la Dimensión Divina. En la dimensión divina estudió la historia de la galaxia y los zetanos y lo que será el tema de los próximos capítulos.

Capítulo 21: La creación del Edén.

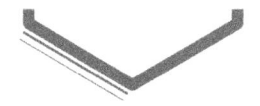

La construcción de Eden y el Centro de Control Divino comenzó en 2790 después de que la estratagema de Lucifer había asegurado todos los envíos necesarios. Los ángeles construyeron el control divino en el Centro de B528B primero, pues Abraham necesitaba obtener el control en marcha y funcionando. Abraham sintió que sus años físicos se fueron agotando y que quería inmortalidad a través de la transferencia de anillo de la mente a la dimensión divina al utilizar la máquina Detector divina. Una vez que el dispositivo crease varias centrales eléctricas de fusión-accionada, los requerimientos de energía para el centro de control Divino estaban listos.

Dado que las necesidades energéticas del proyecto eran inmensas, la base necesitaba constantemente un suministro de hidrógeno fresco para proporcionar combustible a los reactores de fusión. Como no había agua para dividirse en hidrógeno y oxígeno, Abraham compró una serie de lanzaderas automáticas que transportaban hidrógeno líquido comprimido desde la atmósfera de Júpiter hasta la base. Estas lanzaderas automáticas eran resistentes, de bajo mantenimiento y se alimentaban con el hidrógeno recogido de la atmósfera de Júpiter, dándoles propiedades como una máquina infinita.

El siguiente paso fue crear la gravitación en B528A, que era el asteroide más grande. B528A estaba destinado a ser el hábitat de los sujetos de Abraham. La gravedad se creó colocando propulsores de fusión en el asteroide y haciéndolo girar. Una vez que la gravedad estuvo en su lugar, el asteroide fue terraformado para parecerse a Tierra Santa 4000 años antes.

Un problema insuperable en todos los mundos colonizados, era conseguir un ecosistema completamente funcional como el de Edén. Incluso después de 700 años de la colonización del espacio, la humanidad todavía no era capaz de replicar los complejos ecosistemas que se encontraban en la Tierra. La mayoría de planetas colonizados eran estériles cuando se trataba de otras formas de vida a excepción de los ratones, las ratas y cucarachas que siempre seguía las sociedades humanas. Aunque la tecnología existente para crear mundos que podrían sostener la vida humana, aún se tenía el reto de desarrollar el funcionamiento de ecosistemas en planetas colonizados, entonces seguía siendo un problema sin resolver. El reto es porque es difícil de predecir qué efecto tiene la introducción de nuevas especies en un nuevo gravamen de mundo. Abraham no tenía la intención de que el sistema eco funcionara en el Edén antes de habitar la colonia. ¿Qué mejor prueba podrían obtener sus seguidores de que él era divino que el hecho de que podría introducir nuevas especies con el paso del tiempo?

Para crear la atmósfera de Eden, 20 capas de placas de nanotecnología flotante con 1 km de largo sobre la superficie de un esteroide y en los bordes de Eden. El propósito de estas placas fue a parar la atmósfera de Edén, para que se disipe en el el espacio, y para proteger a sus habitantes de la radiación de fondo perjudicial. Las placas se mantuvieron juntas mediante una corriente eléctrica de alta potencia y un campo magnético creado a partir de varios generadores en el fondo del asteroide. Las placas de nanotecnología, combinadas con el campo magnético de asteroides, tenían la misma función como campo magnético de la Tierra y capa de ozono para mantener la superficie con una atmósfera respirable y protegerla contra la radiación. Para mantener la presión atmosférica respirable, se bombeaba continuamente más oxígeno y nitrógeno para que la presión atmosférica fuera similar a la de la Tierra, aunque el Edén era mucho más pequeño.

El agua en Eden se encontró en el asteroide, ya que era posible comenzar a bombear el agua previamente congelada una vez que el asteroide se había calentado. Todos los cultivos y las plantas en el asteroide se manipularon genéticamente imitando versiones de cultivos y terrenos que se diseñaron para recrear suelos y condiciones climáticas en el Edén.

Eden era un mundo artificial y su clima siempre era el mismo. El lado habitado de Eden siempre apuntaba hacia el sol, y consistía de dos mañanas, dos mediodías y dos tardes cada día de 24 horas, pero nunca noche. Esto se debió a que el mundo giraba de norte a sur en lugar de de este a oeste como la Tierra. Los propulsores de fusión en el lado oscuro del Edén crearon la rotación, y fue necesario mantener la rotación para tener suficiente gravedad en el Edén. La gravedad creada por los propulsores de fusión era equivalente a la gravedad en la luna (1,6 metros por segundo) o más o menos un quinto de la gravedad terrestre.

La rotación de Edén de norte a sur era una característica única que no existía en otras colonias espaciales humanas. La razón de esta característica es que las noches en Edén serían demasiado frías para ser habitables para los seres humanos con la tecnología de la edad de bronce. El Edén no era perfectamente esférico, lo que hacía que la curvatura y el horizonte fueran diferentes de cómo era en la Tierra. Desde la cima del Monte Sinaí, la montaña creada en el centro del Edén; uno podría ver el conducto deferente t y la oscuridad del espacio.

El clima alrededor del Monte Sinaí, en el centro del Edén, donde se encuentran los asentamientos humanos es como alrededor de 30 grados al mediodía cayendo a 10 grados por la noche. Todos los días, el agua se evaporaba a mitad del día para caer como lluvia en la noche cuando hacía más frío. Más cerca de los bordes de la parte habitable del Edén, el clima era mucho más duro y errático. El clima cerca de las fronteras era más duro ; porque la Nanotecnología y sus placas que mantenían la atmósfera de Edén no siempre fueron 100 por ciento herméticas. Esto llevó a veces a que fuertes vientos empujaran hacia los bordes del Edén por la diferencia de presión de aire llevado a cabo internamente hacia al exterior sin efecto. Debido a la fuga de aire, el aire se bombeaba constantemente hacia Edén para mantener la presión de aire deseada.

Para asegurarse de que todos en Edén supieran qué hora y fecha era, también había un gran holograma que mostraba la hora y la fecha en la cima del Monte Sinaí. Hacer un seguimiento del tiempo era importante como Abraham previsto para castigar a todo el mundo, eso no aplicaba en los días sagrados.

Con todo lo planeado para el proyecto Edén, Abraham dejó mando a Lucifer para que pudiera retirarse a la atemporalidad de la dimensión divina, donde el tiempo no podía herirlo.

Capítulo 22: Abraham vuelve a la dimensión divina.

Abraham se durmió en el tanque criogénico, y su mente fue transferida a la Dimensión Divina. Satisfecho de estar de regreso, Abraham no tenía la intención de volver al mundo exterior. habían pasado algunos años desde que dejó la Tierra y su cuerpo se había deteriorado.

Lo ideal sería que Abraham hubiera transferido su mente a un ordenador neuronal por lo que su personalidad digital podría vivir para siempre. Hacer esto había sido una práctica generalizada en el pasado para otros líderes terran prominentes. Abraham nunca había creído en esta tecnología por dos razones:

- La primera razón era que técnicamente era lo mismo que morir y lo que se transfirió a la computadora neuronal era solo una copia y no el original.
- En segundo lugar, Abraham temía lo que sucedería con su alma si su mente fuera transferida en el momento de la muerte. No hubo respuesta concluyente a esta cuestión teológica, y como Abraham no era un hombre que podía dejar de lado el control, pues había invertido mucho en la vida - que se extiende hasta la tecnología, donde los demás ' tendrían el derecho a elegir si su mente se transfiere a una computadora neuronal cuando su tiempo se acabe.

Después de su primera visita a la dimensión divina, Abraham no tuvo temor a Yahvé y lo que sucedería con su alma el día en que muriese. En cambio, su miedo era una cuestión de naturaleza práctica. El Dios Chip que usó para controlar a los ángeles y los humanos fue diseñado para conectarse con el cerebro del huésped. No había forma de que pudiera aplicar ingeniería inversa al chip Dios.

Uno de los aspectos más notables de la Dimensión Divina fue la falta de ciclos de tiempo naturales, lo que le permitió a Abraham manipular el tiempo en la dimensión ordinaria a su gusto. Se podría ralentizar el tiempo fuera de un extremo lento, movimiento que le permitía a él controlar varios individuos al mismo tiempo, o podría acelerar el tiempo en la medida en que una hora en la dimensión divina era equivalente a un año fuera de ella. Él no podría; sin embargo; invertir el tiempo para deshacer cosas que ya habían sucedido.

El predecesor de Abraham en la Dimensión Divina, Yahveh, había sufrido la misma limitación, así que refutó la afirmación de haber alcanzado un estado omnipotente. Para los seguidores de la Edad de Bronce de Yahveh; Parecía imprudente enojarlo con este detalle, por lo que su poder ilimitado fue escrito y descrito para las generaciones futuras.

Al caminar en su nuevo dominio, Abraham se encontró con archivos que describían el surgimiento de la humanidad en la Tierra y cómo surgieron los primeros dioses.

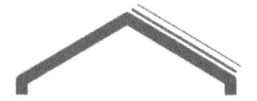

Capítulo 23: La singularidad tecnológica de los Zetanos

En el centro de la galaxia conocida como la Vía Láctea, hubo una vez una antigua raza alienígena llamada los zetanos. Los zetanos eran especies únicas, que tenían esperanzas de vida extremadamente largas, y tenían la tecnología para cambiar el IR ADN, por lo que podrían adaptarse a vivir en la mayor parte del planeta. Su debilidad era que su excepcional y larga vida también hizo que se reprodujeran muy lentamente. El Zetan promedio solo tuvo un hijo cada 200 años. Esta debilidad les impidió extenderse por toda la galaxia.

Hace 100,000 años, los Zetanos alcanzaron una singularidad tecnológica cuando descubrieron la Dimensión Divina y cómo viajar allí. El descubrimiento de la Dimensión Divina se mantuvo en secreto, y solo fue conocido y utilizado por una pequeña élite de la especie. Los Zetans usaron la intemporalidad de la Dimensión Divina para explorar los confines de la galaxia, y encontraron la Tierra. La tecnología Zetan abrió portales interdimensionales que les permitieron moverse físicamente hacia la Dimensión Divina.

Los líderes Zetan se dirigieron a la belleza de la Tierra, y decidieron dejar su huella en el mundo. Dado que la Tierra estaba demasiado lejos del territorio Zetan usaron opciones de viaje convencionales, y los líderes Zetan se habían comprometido a mantener en secreto la tecnología, decidieron dejar su huella en el planeta mediante la alteración de una especie en su imagen. Después de discusiones vívidas, acordaron alterar el genoma humano para otorgarles a los humanos un intelecto y una conciencia superiores. Los Zetanos alteraron a la humanidad al triplicar el tamaño del cerebro humano, lo que dio a los humanos mayor inteligencia y conciencia en comparación con otras especies en la Tierra. Satisfecho con su trabajo, los zetanos dejaron la Tierra para pasar a los otros planetas de la Vía Láctea.

Capítulo 24: La Creación y los Física de la dimensión divina.

La Dimensión Divina era un lugar eterno, que siempre había existido, y estaba llenando los espacios entre las dimensiones en un multiverso. El Verdadero Creador, un ser sensible que reside en la Dimensión Divina, regía las leyes de la física en cada universo. El Verdadero Creador era sobre todo pasivo, y rara vez interactuó en la vida cotidiana de los billones de distintas especies que habitaban en la Vía Láctea.

El propósito principal del Verdadero Hacedor era restablecer el tiempo en universos moribundos para que renacieran nuevamente. La creación de nuestro universo ocurrió durante el Big Bang, hace 14 mil millones de años, y no fue la primera versión de nuestro universo. Las distancias eran más cortas en la Dimensión Divina que en nuestro universo. El Zetan había usado este hecho para viajar rápidamente por la Vía Láctea, a través de la Dimensión Divina.

Una característica única con la Dimensión Divina fue la atemporalidad. Sin su Interferencia nada podría cambiar nunca allí. Pero el tiempo hacía entender a la mente que se estaba dentro de la dimensión divina. Esto significaba que el tiempo fuera o bien podría ser adelantado a gran velocidad o se desaceleraría hasta un punto muerto. La única regla que existía para el tiempo en la Dimensión Divina era que el tiempo exterior nunca podría ser revertido, por lo tanto, era imposible para todos, excepto el Verdadero Creador, viajar en el tiempo para cambiar algo que ya había sucedido.

El Verdadero Creador, que era un ser eterno y sin género, observó la brecha creada cuando los Zetans entraron en la Dimensión Divina. El verdadero artífice nunca hizo nada para detener los zetanos, ya que su principal objetivo era restablecer los universos que murieron y establecer las específicas leyes de la física. El Verdadero Creador no tenía interés en administrar la vida de los billones de especies que existían en sus universos. Técnicamente, podría haber destruido y reiniciado nuestro universo para detener el pecado, pero era un movimiento excesivo para algo que era de poca importancia.

El verdadero creador se fascinaba al ver cómo los zetanos habían entrado q la dimensión divina. La Dimensión Divina había existido durante billones de años con universos muriendo y renaciendo en ciertos intervalos y nunca ninguna especie había logrado atravesarla por completo. El Verdadero Creador concluyó que, aunque no era plausible que ninguna especie ingresara a la Dimensión Divina, finalmente había sucedido. Siguiendo a los Zetans a través de su conciencia que todo lo ve, pero el Verdadero Creador concluyó que nunca representarían una amenaza. Al darse cuenta de esto, se volvió a dormir.

Capítulo 25: Los Zetans se convierten en dioses en la Tierra.

Hace unos 10.000 años, el territorio Zetan fue invadido por una raza agresiva de gravamen llamada Xenos. Los Xenos eran una de las muchas especies que habían sido mejoradas por los exploradores Zetan en los último 100 milenios, pero los Xenos no tenían conocimiento de la forma en que fueron creados. Los Xenos eran especies extremadamente agresivas, que veían a los Zetans como una amenaza existencial, que tenían que eliminar. Los Zetans, con su tecnología superior, no tuvieron problemas para repeler los primeros ataques de Xeno en sus mundos centrales. Por desgracia, el mundo natal de Zetan Zetani estaba muy lejos de la tierra original de los Xeno, Xenora, por lo que los zetanos se desgastaban al solamente pensar una batalla interestelar. El dilema Zetan era que su increíble esperanza de vida y largos y lentos ciclos de vida, lo que hacía que fuese imposible para ellos reconstruir sus números a pesar de haber matado a tantos enemigos como sus a tantas pérdidas en cada batalla.

Los líderes Zetan eran Brahma, Yahvé, Zeus, y Odín quienes se dieron cuenta que los seres humanos de la Tierra serían excelentes, para las tropas de combate del ejército Zetan. Los humanos eran similares a los Xenos en el sentido de que tenían una vida útil corta y se reproducían rápidamente. Los humanos también eran lo suficientemente inteligentes como para usar el equipo de Zetan y eran fáciles de controlar.

El siguiente paso fue reclutar a los humanos para las fuerzas armadas de Zetan. A Yahvé se le ocurrió la solución: Los seres humanos parecían pasar mucho tiempo y esfuerzo tratando de obtener la aprobación de diversos seres sobrenaturales. ¿Qué pasaría si pudieran convencer a los humanos de que los Zetans eran los dioses con los que los humanos estaban tratando de comunicarse?

El Zetano decidió que esta era una excelente manera de obtener humanos voluntarios para sus ejércitos. Los humanos parecían soñar con ir al cielo después de su muerte, entonces ¿por qué no invertir el orden y la primera ir al cielo y luego morir?

Convertirse en dioses humanos fue fácil para los Zetans. Su tecnología era lo suficientemente avanzada como para parecer mágica para los humanos de la Edad de Piedra, y su tecnología de cambio de ADN les permitió alterar sus apariencias para que se parecieran a los dioses que adoraban varias culturas humanas. Pronto, los zetanos aprendieron que la tierra era un lugar peligroso y que la adoración humana a veces puede significar tratar de matar a los dioses. Además, la gran variedad de idiomas y dialectos humanos hizo que fuera una tarea tediosa tratar de comunicarse con ellos. Los Zetans finalmente encontraron una solución; Dejaron que los humanos prominentes trabajaran en la Tierra, y controlaron a estos humanos con tecnología de control mental. A través de la capacidad de controlar directamente sus líderes humanos, los zetanos podría alcanzar sus objetivos durante su estancia fuera del camino del peligro de los agresivos e impredecibles seres humanos.

Los individuos que gobernaban la Tierra para los Zetans se llamaban ángeles o semidioses dependiendo de su cultura. Fueron genéticamente mejorados por los Zetans para parecer físicamente superiores a otros humanos y para que fueran admirados. Los Zetans no estaban particularmente interesados en los detalles minúsculos de la vida humana diaria, y dejaron estos detalles para los Ángeles. Los Zetanos tenían dos comandos para todos sus seguidores humanos.

1. Sea fructífero y multiplique tanto como pueda.
2. Ejecute guerras constantes.

Estos comandos fueron diseñados para suministrar los mejores reclutas posibles para el ejército Zetan. Los humanos necesitaban procrear rápidamente para proporcionar suficientes reclutas, y necesitaban luchar entre ellos para que los Zetan pudieran elegir a los mejores reclutas para sus fuerzas armadas. Solo un pequeño porcentaje de guerreros humanos era lo suficientemente bueno como para alistarse en el ejército de Zetan.

El proceso de reclutamiento para el ejército Zetan tuvo lugar en ciertas fechas que eran diferentes en diferentes culturas. El día de reclutamiento fue uno de los más significativos. Durante el día de reclutamiento, los mejores guerreros se reunieron en la cima de un edificio que era visible para el resto de su tribu. En la parte superior del edificio estaban los Zetan o Zetans que fueron asignados para ser dioses de esa cultura. Los ángeles implantaron el chip humano en cada uno de sus guerreros elegidos y comenzaron a cantar. A la altura de la ceremonia, el proceso de ascensión comenzó donde todos comenzaron a levitar. Después de eso, los Zetans iniciaron su máquina para viajar a diferentes dimensiones y todos ellos desaparecieron en un instante. Los humanos aterrizaron en una zona de la Dimensión Divina adonde los Zetans habían traído armas y equipo. Los guerreros humanos entrenaron en la Dimensión Divina hasta que estuvieron listos para ir a la guerra. Ellos fueron teletransportados el campo de batalla para que pudieran combatir *"la guerra santa contra el mal"* por sus amos Zetan contra los Xenos. La mayoría de estos humanos murieron en la batalla, pero algunos de ellos se retiraron en un planeta distante y deshabitado que fue terraformado para ser el mundo humano definitivo.

Capítulo 26: El Final de la guerra Multimilenaria.

La introducción de humanos alistados cambió la marea del conflicto. El armamento y la tecnología Zetan eran superiores a la de los Xenos, y con la afluencia de reclutas humanos, los Xenos ya no podían basarse en su superioridad numérica. El conflicto se prolongó porque los Xenos estaban firmemente en contra del concepto de diplomacia y rendición. La sociedad Xeno tenía la idea de que eran especies superiores, y lucharon hasta el último individuo en cada batalla en lugar de someterse a las fuerzas más fuertes de Zetan.

Lo que era más difícil para los Xenos era siquiera considerar la rendición puesto que la mayoría de los enemigos que vieron en la batalla eran seres humanos, una raza que se considera ser mucho más inferior a ellos. Si bien esta opinión era objetivamente correcta, los humanos que luchaban por los Zetans tenían un armamento superior y podían aplastar lentamente a los Xenos en cada planeta.

3000 años después de que los Zetans hubieran introducido soldados humanos, sus fuerzas llegaron al planeta natal Xenora. Con los Xenos en el borde de la extinción del liderazgo los Xeno finalmente decidió negociar con los Zetans. La negociaciones tomaban para siempre, y los retrasos fueron un plan deliberado por parte de los Xenos. Ellos querían distraer a los Zetans de su plan: enviar una nave espacial a la estrella Alfa Omega, la estrella más grande de la galaxia situado cerca del centro de civilización galáctico. Los Xenos explotaron Alpha Omega utilizando una tecnología secreta de nuevo desarrollo. Esto creó una explosión masiva de supernova. La onda expansiva de la explosión aniquiló a los Zetan natales de Zetani, lo que condujo al final de los zetanos como raza dominante y civilización galáctica. Enfurecidos por la destrucción de su mundo natal, los Zetans no mostraron piedad hacia los Xenos y arrojaron cenizas a los Xenora. Combinado con su falta de voluntad para rendirse, los llevó a la supuesta extinción de las especies Xeno y la civilización.

Para los Zetans, el descenso fue un poco más lento, pero aún así era inevitable. Los Zetans habían perdido sus cristales Zeto primordiales, que eran cristales divinos que contenían el alma del Verdadero Creador. Los cristales Zeto habían ayudado a las habilidades de Zetanos e hicieron que persiguieran el mismo objetivo. El poder de los cristales de Zeto había unido a los Zetans y les había impedido luchar entre ellos.

Como los Cristales Zeto se habían extinguido, la civilización Zetana se separó de cada planeta. Los Zetans en los diferentes planetas eran genéticamente muy diferentes entre sí, y sin que los cristales de Zeto los unieran, comenzaron a autodeterminarse como especies separadas, y comenzaron a luchar entre sí. Por lo tanto, el centro de la galaxia todavía estaba habitada, pero ahora separaba las especies que se concentraban en sus propios planetas. Los humanos restantes del ejército Zetan reasentados en el planeta Terra Nova, terminaron luchando entre sí. Eventualmente se desvaneció a la oscuridad debido a la cantidad limitada de mujeres entre ellos.

Capítulo 27: La Lucha Zetan en la Tierra.

Los dioses Zetan se dividieron cuando se enteraron de la destrucción de Zetani. Tenían el ego demasiado alto después de milenios de elogios de sus subordinados humanos, pero previamente los cristales Zeto habían asegurado que se esforzaron por un objetivo común. Ahora que la guerra había terminado, aquí ya no había ninguna razón para que permanecieran cerca de la Tierra, pero no había ninguna otra razón para ir. Su mundo natal fue destruido junto con la mayoría de los portales a la Dimensión Divina. Todavía había unos pocos portales activos en la Tierra, pero desafortunadamente, eran difíciles de encender sin las fuentes de energía avanzadas que los Zetans habían usado en Zetani.

Habiendo perdido su propósito original, los Zetans restantes en la Dimensión Divina se sumergieron en sus roles como deidades humanas. Como dioses, comenzaron a discutir cómo los humanos deberían vivir sus vidas, una pregunta que no les había preocupado antes.

Una regla Zetan que era muy particular, sobre gobernante humanos seguidores era la soberanía que contenía increíblemente detalladas reglas de cómo los seres humanos deben vivir sus vidas. Las reglas fueron hechas a propósito para contradecirse entre sí para que Yahveh pudiera estudiar la humanidad cuando sus seguidores peleaban guerras sangrientas sobre cómo interpretar las reglas. Ver este caos mantuvo su vida interesante.

Como los cristales de Zeto ya no unificaban a los Zetans, comenzaron a tener desacuerdos y peleas entre ellos. Así optaron por instalarse estos argumentos en la Tierra, afectando los comportamientos en la dimensión humana y apostando sobre el resultado. La medida principal de éxito para los Zetans atrapados en la Dimensión Divina fue su popularidad y dominio en la Tierra entre la humanidad. Al hacer que los humanos peleen guerras en sus nombres, grupos separados de Zetans podrían mostrar dominio sobre otros grupos sin arriesgar el futuro de su especie. Esta orden funcionó bien para los Zetans durante miles de años, hasta que ocurrió un determinado evento.

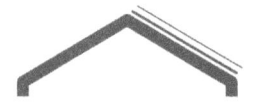

Capítulo 28: Yahveh copula con humanos y queda inconsciente.

Antes de que los Zetans perdieran su mundo natal, Zetani, su deseo sexual era limitado y servía principalmente a la necesidad utilitaria de reproducirse en cantidades suficientes para mantener viva a la especie. La influencia de los cristales de Zeto los mantuvo así, ya que la sexualidad descontrolada condujo a conflictos, enfermedades y descendencia no optimizada. Cuando se perdieron los cristales Zetan, los zetanos colectivamente perdieron su altruismo y regresaron a su estado biológico. De ahí que su sexualidad se convirtió en mucho más prominente y con ella vino atributos tales como los celos, egoísmo, y la agresión.

Yahvé se obsesionó con su sexualidad y pasó mucho tiempo de condenado por su deseo sexual entre los seres humanos que secretamente deseaba. Yahveh estaba molesto por la moralidad de su relación homosexual con su asistente Lucifer. La relación le causó mucho dolor a Yahveh. Se sentía culpable por no procreación con las pocas mujeres que permanecieron Zetan, pero, por desgracia, estaban todas ocupadas. Al final no importó, ya que la concepción no pudo tener lugar en la Dimensión Divina.

La homosexualidad era un nuevo concepto para los Zetans. El planeta había sido gobernado a través de los cristales Zeto durante el tiempo que existían registros y conservando esa mentalidad colectiva, la sexualidad era sólo para fines utilitarios, para mantener viva la especie.

Para Yahveh, su sexualidad fue un gran problema. Él sentía que eventualmente moriría, y que quería que sus genes sobrevivieran y permanecieran para siempre. Sin hembras dispuestas a extender su especie, Yahveh decidió hacer un movimiento radical. Él alteró su ADN para poder procrear con humanos y usó el portal para ir a la Tierra. Hacer esto sin el consentimiento de los otros Zetans estaba prohibido ya que tomaba mucho tiempo encender los portales usando las fuentes de energía disponibles en la Tierra.

Desobedecer a los otros Zetans no molestó a Yahveh incluso sabiendo que los otros zetanos podrían matarlo como retribución, pero sus genes podrían vivir mientras que q la larga él finalmente desaparecería. Una vez que Yahveh llegó a la Tierra, impresionó a muchas mujeres humanas jóvenes y fértiles con sus poderes divinos. Les prometió que iban a dar a luz al gran Mesías de las naciones. Después de un par de días de sexo sin parar en la Tierra, Yahveh decidió regresar a la Dimensión Divina, ya que estaba disgustado con los humanos y se había esforzado por tratar de asegurar su legado.

Cuando el Señor regresó, Lucifer estaba tan furioso con el acto de traición y lo llamó a declarar y entonces perdió la conciencia.

Capítulo 29: La destrucción de los portales Zetan en la Tierra.

Cuando Yahveh se despertó muchos años después, estaba rodeado por un grupo de Zetans. Yahveh entendió que no estaban allí debido a las preocupaciones sobre su salud.

Zeus habló primero:

- Yahveh que has hecho? Lucifer nos contó todo; fuiste a la Tierra a tener coito con hembras humanas.

- ¿se da Usted cuenta de lo peligroso que es; quién sabe qué enfermedades trajiste?

Yahvé, que era temperamental, no tenía intención de disculparse ante los otros zetanos, y en lugar de eso la emprendió contra Zeus.
Yahveh

- ¿Quién eres para juzgarme? Solo estoy haciendo lo que debo, mantener vivos a nuestros genes.

- Todos los demás portales están cerrados, y no hay medios para que viajemos desde la Tierra a nuestros antiguos planetas de origen.

- Ninguno de ustedes ha logrado tener descendencia. es imposible hacerlo en este maldito lugar.

- ¡Hice lo que tenía que hacer!

Lucifer:

LA DIVINA DISIMULACIÓN

- Tu esfuerzo solo te llevó a un hijo. Un hijo que fue ejecutado antes de que pudieras engendrar hijos propios. Este hijo se convirtió en un ser adorado como una deidad después de su muerte, por lo que ahora los humanos s han dejado de orar a nosotros los zetanos.

Yahveh

- uno? Eso es imposible; debería haber muchos. Tomé un suero de fertilidad antes de copular con los humanos.

Lucifer:

- Bueno, tu plan falló.

Yahveh

- ¡NUNCA FALLA!

Yahveh estaba furioso y agarró su varita ligera que era un arma de fuego avanzada Zetan disfrazado de un antiguo bastón humano. Estaba tan bien camuflada, que los otros zetanos nunca se dieron cuenta de que era un arma. Petrificados, vieron a Yahveh sosteniendo esta peligrosa arma, mientras que el resto estaban desarmados. Yahveh gritó con ira:

- Lucifer, tenemos que hablar.
- El resto de ustedes; ¡Salgan!

Los otros Zetans rápidamente abandonaron el Palacio Divino.
Yahvé se volvió hacia Lucifer, que temblaba de miedo. Yahvé se dio cuenta que necesitaba actuar rápidamente mientras que los otros se dirigían hacia el lugar para conseguir sus armas. Los zetanos tenían una regla para no almacenar cualquier tipo de armas en sus palacios, y esta regla fue una bendición para el Señor, que tenía tiempo suficiente para ejecutar su plan

Yahveh

- Muévete, Lucifer. Vamos al Portal divino.

Lucifer:

- Por favor, Yahvé, nuestro portal a la Tierra no está cargado, sin embargo, nunca vamos a lograr alcanzar el otro lado.

Yahveh

- Cállate y haz lo que te digo o te enfrentarás a una muerte temprana.

Sin decir una palabra, Lucifer comenzó a caminar con Yahveh. Caminaron hacia el jardín del Palacio Zetan. Era un maravilloso lugar que mantuvo hermosas plantas de diferentes planetas en la Vía Láctea. Caminaron por el jardín y llegaron al Portal Divino a la Tierra. La entrada tenía dos propósitos. Cuando estaba activa, era solo una puerta regular al vasto vacío de la Dimensión Divina. Cuando se activaba, teletransportaba a la persona u objeto a la Tierra. Se detuvieron frente a la puerta.

Yahveh

- Activa el portal.

Lucifer:

- Calma, Yahveh. El portal no está activado en la Tierra, y no estará listo por años. Si avanzamos, nos desintegraremos en la nada y moriremos.

Yahveh

- Sé cómo funciona el portal. ¡Solo sigue mis instrucciones!
- Y... ¡No hables a menos que te hablen primero!

Lucifer activó el portal, y se quedaron en silencio. El Palacio de Zetan estaba construido en la cima de una colina y no podían pasar por alto el páramo vacío debajo de ellos. Originalmente, no existía nada en la Dimensión Divina, por lo que todos los materiales de construcción, incluida la colina en la que se construyó el palacio, fueron teletransportados allí a través de los milenios por otros

Zetans. Como nada se deterioró en la dimensión divina, el palacio era tan hermoso como cuando los zetanos lo construyeron años atrás.

A lo lejos, el Señor podía ver los otros zetanos regresar de la tienda de armas. Se tomarían algún tiempo antes de que lo alcanzaran y Yahvé estudió el paisaje. Miró los vastos campos de entrenamiento donde sus fuerzas humanas se habían entrenado antes de luchar contra los Xenos. Se puso nostálgico cuando vio los grandes graneros donde habían guardado las ofrendas y los sacrificios que los humanos les daban. A Yahveh le encantaba comer, y no había comido mucho últimamente.

Después de la destrucción del planeta natal de Zetan, fue difícil alimentar los portales a la Tierra para visitas no esenciales. Los portales en la Tierra solo podían generar energía lentamente mediante la absorción de energía de fricción de la órbita de la Tierra alrededor del sol, pero este poder no era suficiente para las visitas regulares. Finalmente llegaron los otros Zetans.

Zeus:

- Yahveh! ¿Por qué se activó el portal?

Yahveh:

- Yo soy Yahveh; No te tengo que contestar. Este palacio es mío y solo mío. ¡Ve a otro palacio y pasa tu tiempo allí!

Zeus:

- No lo creo.

- Este palacio es el único palacio que tiene un portal a la Tierra. Si te rindes, te dejaremos vivir. Vamos a encerrarte en la prisión eterna de Rangda.

Yahveh:

- NUNCA me rendiré a ti. Vete o mataré a Lucifer donde está parado.

Zeus:

- ¡A nadie le importa tu amigo sodomita!
- Zetans, asalten el palacio y tráeme la cabeza de Yahveh.

Yahveh reaccionó instintivamente y le disparó a Lucifer con la fuerza de empuje de su bastón. Esta acción arrojó a Lucifer directamente al Portal Divino activándolo y dejando su cuerpo totalmente desintegrado. Además, el pico de energía del empuje de la fuerza destruyó el portal, lo que implosionó y creó un pequeño agujero negro infranqueable, evitando que los otros Zetans ingresaran al palacio y evitando que Yahveh saliera del mismo.

Al darse cuenta de que no podían entrar en el palacio, Zeus y los otros Zetanos decidieron cambiar el palacio por otro en la dimensión divina. Yahveh estaba atrapado en su soledad, incapaz de salir de su prisión o de comunicarse con nadie. Con el tiempo, escribiría su carta de suicidio y lo cometería. Miles de años después, Abraham Goldstein encontró el cadáver de Yahveh.

Capítulo 30: La Construcción del Edén ya se ha completado.

Abraham Goldstein se despertó después de un largo sueño cuando Lucifer lo contactó. Abraham contemplaba dejar la dimensión divina por lo que podía ver en la cara de Lucifer, pero decidió no hacerlo. Su cuerpo era viejo y frágil, y cada vez que se despertaba en el mundo real podría morir. Hablar telepáticamente a través de los microchips divinos era más seguro, aunque era menos real. Abraham respondió al llamado de Lucifer:

- Sí, Lucifer, ¿qué noticias me traes?

Lucifer:

- Hemos terminado nuestros trabajos de construcción en Eden. Es posible vivir en la superficie ahora.

Abraham:

- Eden está terminado? ¿Cómo sucedió esto tan rápido?

Lucifer:

- Has estado dormido durante seis meses, maestro.

Abraham:

- ¿Por qué no me despertaste o me contactaste durante este período?

Lucifer:

- Me dijiste que necesitabas dormir, Maestro, y que solo debería molestarte si tenía noticias importantes. Eden es finalmente habitable, esa es una noticia destacada.

Abraham se sintió confundido por la acción de Lucifer. Él no sabía si Lucifer había utilizado sus instrucciones a su favor. Cuando Abraham estaba dormido, Lucifer supervisó el Proyecto Edén, y no debería dejar que este poder se le subiera a la cabeza. Abraham decidió darle a Lucifer plazos más exactos en el futuro.

Abraham:

- Muy bien. ¿Por lo tanto, nada importante ocurrió mientras estaba dormido?

Lucifer se aclaró la garganta y habló:

- En Eden todo ha ido según lo planeado...

Abraham:

- Escúpelo Lucifer, ¿qué pasó?

Lucifer:

- La Casa Goldstein ya perdido el control de Australia y lo ha transferido a Casa Cheng, que ha conquistado Sydney.

- Isaac Goldstein solicitó detener las entregas a Eden, para que pudieran permitirse el lujo de defenderse. Le hice saber que el proyecto Eden era la principal prioridad y que debería encontrar una forma más barata de mantener Australia. Aparentemente, Isaac nos falló.

Abraham:

- No nos falló, Lucifer; Me falló. No eres un Goldstein, eres mi guardaespaldas. No te consideres un Goldstein; ¡Tu lealtad debe ser solo para mí !

Lucifer:

- Pido disculpas, maestro; Seré más considerado en el futuro.

Abraham:

- La pérdida de Australia no importa. Hemos dejado la Tierra detrás de nosotros, y el Edén es nuestro futuro. Sabía de la incompetencia de mis parientes y, sin embargo, los tontos han persistido en rebelarse y cuestionar mi autoridad.

- ¡Ni tú ni ninguno de los Ángeles harán lo mismo!

La última oración de Abraham hizo que Lucifer se sintiera preocupado pues a menudo sentía que Abraham jugaba con su cerebro y leía sus pensamientos. Lucifer se sintió ofendido por la falta de confianza de Abraham. Él y los otros ángeles habían seguido a Abraham a ciegas durante décadas. Abraham debería ser lo suficientemente cortés como para hacer preguntas en lugar de espiar a sus hombres más cercanos.

Los pensamientos de Lucifer fueron interrumpidos por Abraham que había leído sus pensamientos:

- No te enfades Lucifer; Solo te estoy cuidando a ti y a los demás. Sin la capacidad de mentirme a mí, sus almas son puras, y se puede servir a un propósito más elevado.

Lucifer:

- Gracias por mostrarme la luz cuando la duda nubla mi mente.

Abraham:

- Por supuesto, tú eres el portador de la Luz. Necesito que les muestres el camino a los demás.

Lucifer:

- ¡Sí, maestro!
- ¿Te gustaría despertar y visitar Eden con tu cuerpo físico?

Abraham:

- No, mi cuerpo se está muriendo. Voy a ver de Edén belleza a través de sus ojos, mi hijo.

Lucifer:

- De acuerdo, maestro. Voy a viajar a la superficie de una vez.

Capítulo 31: Lucifer mira a Edén desde ella cima del Monte Sinaí.

Más tarde ese día, Lucifer aterrizó en el Monte Sinaí, que era una montaña alta de 900 metros que se encontraba en el centro de Edén. El Monte Sinaí era donde las personas de la antigüedad habían recibido sus leyes divinas, y los seguidores de Abraham recibirían sus leyes religiosas aquí también.

Una característica apropiada para el Monte Sinaí era que era imposible escalarlo sin la "Divina Providencia". Esto se debía a que la atmósfera del Edén solo se extendía 1000 metros. Esto significa que la presión atmosférica caía un 10% por cada 100 metros de elevación desde los 100 kPA a nivel del suelo hasta 0 kPA a 1000 metros de altitud. En la cima de la montaña solo había un 10% de presión de aire, por lo que era imposible llegar a la cumbre del Monte Sinaí sin ayuda suprema.

Lucifer miró hacia el horizonte. En todas las direcciones, podía ver la oscuridad del espacio donde terminaba el Edén. Al nivel de la superficie, la atmósfera parecía azul como en la Tierra, pero a esta altitud el cielo estaba oscuro, como en el espacio. Recta por encima de él, podía ver el control divino central en una posición fija 5 kms por encima de Edén. En el cielo, podía ver los siete soles que siempre mantenían a Eden bajo la cómoda luz del día. Los soles eran el sol real, acompañados por seis grandes espejos espaciales orbitales que reflejaban la luz y el calor hasta el Edén. Estos espejos también podrían duplicarse como láseres orbitales grandes que podrían disparar un potente rayo láser incinerando cualquier cosa en segundos. La razón para tener varios espejos espaciales grandes en lugar de uno grande era a prueba de fallas para evitar problemas si uno de los espejos fuera golpeado por los escombros de un asteroide que pasaba.

Cuando miró hacia la superficie, Lucifer vio un terreno casi sin rasgos distintivos y uniforme. La biodiversidad era casi inexistente ya que el objetivo del proyecto Edén era crear un mundo habitable donde Abraham pudiera ser un dios, no construir una réplica realista de la Tierra. La falta de diversidad biológica era un problema que existía en todos los mundos colonizados, ya que era mucho más fácil hacer un planeta habitable para los seres humanos que crear ecosistemas adecuados.

Lucifer estudió la red de canales y represas que proporcionarían a los habitantes de Edén con agua. Si bien carecían de la belleza de los ríos y lagos en la Tierra, eran predecibles y funcionales. Había una cierta cantidad de agua en la superficie del Edén y el agua evaporada no podía escapar de la atmósfera, por lo que siempre caería como lluvia.

Alrededor de los canales, había tierras de cultivo con animales de granja y productos maduros. Los animales de granja habían sido creados huevos fertilizados usando vientres sintéticos, y las plantas se plantaron y mantuvieron por medio de la jardinería robótica. Ellos necesitaban empacar toda esta tecnología avanzada de distancia y almacenarla en el lado oscuro del Edén fuera de la vista de los futuros habitantes. Después de todo, los signos de tecnología avanzada podrían romper la ilusión de una civilización de la edad de bronce con su adiós supremo.

Lucifer regresó al Centro de Control Divino. Necesitaba un buen sueño, ya que había días ocupados por delante de él. En diez días, Edén debía a ser colonizado por los marcianos cautivos, ¡y con todo allí de carácter electrónico había mucho trabajo por hacer!

Capítulo 32: Génesis.

Abraham Goldstein hizo los cambios finales al primer capítulo de **The Abrahameon,** su gran trabajo religioso que sería la base de su religión. Abraham había decidido hacer de Yahveh el gran creador en su religión, describiéndose a sí mismo como el sucesor de Yahveh. Hacer esto era lo menos que podía hacer para honrarlo, pues admiraba todo lo que el Señor había hecho. Abraham decidió hacer de Yahvé el único Dios que era todopoderoso. Abraham, como sucesor de Yahveh, solo afirmaría ser poderoso. Esta distinción no haría ninguna diferencia en la vida cotidiana de sus seguidores, ya que Abraham todavía era la deidad para adorar.

Abrahameon primer capítulo.

Al principio, el gran Divino Yahveh creó los cielos y la Tierra. Después de esto, creó tierra y agua; Él vio que esto era bueno. Después de un tiempo, su creación comenzó a aburrirlo, por lo que Yahveh creó animales y plantas para tener algo con que maravillarse. Él se maravilló contemplando la naturaleza durante millones de años.

Después de observar su creación a través de los Eones, creó a la humanidad a su imagen. Al principio, los humanos no eran diferentes de las otras meras bestias, pero eventualmente; Yahveh los indujo con su gran espíritu para darles conciencia y un alma. También les presentó su ley divina en el Monte Sinaí en la Tierra. Esta ley fue para guiarlos en sus vidas y mantenerlos alineados con su plan divino. Desde el principio, los estúpidos humanos se opusieron a él tratando de vivir sus vidas de una manera que era opuesta a la dirección dada por el gran Creador.

Yahvé siguió tratando de llegar a la humanidad de nuevo a raíz de su plan divino, porque los amaba, y porque todos los seres humanos llevaban un poco de su alma. Después de haber regalado una parte de su alma para dar conciencia a la humanidad, Yahveh sufría cada vez que alguien se desviaba del camino y rompía la sabiduría de su ley divina. Eventualmente, se hizo mayor y perdió su entusiasmo debido a las viles abominaciones en las que la humanidad participó, sin respetar su santa voluntad.

Yahvé habló a su arcángel y confidente más cercano a Abraham: "¿Por qué no puedo yo el todopoderoso amo del universo conseguir que estos humanos obedezcan a mi voluntad, cuando yo los creé a mi imagen?" Abraham respondió: "Porque les diste un pedazo de tu alma para darles conciencia. Esta parte de tu espíritu también les dio el libre albedrío para hacer lo que quieran y desviarse de tu camino".

Habiendo contemplado las sabias palabras de Abraham, Yahveh estuvo de acuerdo con Abraham. Había sido demasiado amable con estas personas; le debían todo y, sin embargo, seguían causándole sufrimiento. Yahveh había vivido durante millones de años en paz, armonía y dicha antes de crear la humanidad. Desde que creó la humanidad 7000 años atrás, su vida era nada más que dolor y sufrimiento. Convocó al Arcángel Abraham y sus otros Ángeles.

"He decidido terminar conmigo mismo y con la humanidad". Dijo Yahvé. Después de una breve pausa, él continuó, " He sufrido más en estos últimos 7000 años que durante los mil millones de años antes de la humanidad. Estos animales tienen prestada mi alma y voy a acabar con ellos, para finalmente encontraré eterna paz. "

El benevolente Arcángel Abraham habló. " Gran maestro Yahveh, todavía quedan humanos justos en la Tierra que siguen tu voluntad divina. No debemos dejar que sufran" El Gran Divino Yahveh respondió "Abraham, la bondad de tu corazón te está cegando de la verdad. Las buenas obras de los pocos buenos por temor a los seres humanos no están. ni siquiera cerca de equilibrar el vil actuar de los demás... además su alma no está siendo atormentada por sus acciones pues no sienten como yo" ante esto, Abraham respondió: "Tiene razón, Gran Maestro Yahveh. Sin embargo, estoy dispuesto a dar un pedazo de mi alma para salvar a las personas dignas de la Tierra cuando esté listo para encontrar la paz eterna en la muerte.

Yahveh consideró lo que Abraham había dicho. Él sufrió durante los últimos 7000 años, y lo único que quería era a terminar todo para que él pudiese encontrar la paz. Pero destruir a los buenos humanos sería un acto malvado que podría arruinar su paz en el más allá. Yahveh habló: " benévolo arcángel Abraham; he decidido darte un año para encontrar a los buenos humanos y atarlos a tu alma. Los pondré a dormir en un recipiente protegido. Después de eso, me mataré a mí mismo *y destruiré a la Tierra ya todos en ella. Puedes tomar mi lugar como el Señor de la Dimensión Divina.*

Todo sucedió como Yahveh había dicho. Un año más tarde, la Tierra fue destruida en un masivo e destello de luz. Como último gesto de su grandeza, Yahveh había terminado con todos los sufrimientos y concedió a los pecadores una muerte pacífica en el más allá. Así, fue el final de Yahvé su mayor hazaña de amor y compasión ilimitados.

Abraham sentía culpable por haber encontrado solamente 3000 personas en la Tierra dignos de la salvación. Idealmente, hubiera querido darles a todos una segunda oportunidad, pero tenía que seguir las pautas de su sabio y omnisciente Maestro Yahveh. Junto con sus 30 ángeles, el Maestro Abraham decidió crear el Edén como el nuevo hogar de la humanidad. Abraham promovió a Lucifer para ser su Arcángel y su enviado al Edén mientras Abraham supervisaba a todos desde la Dimensión Divina.

El Divino Abraham decidió dividir la humanidad en siete tribus diferentes en su territorio a la misma distancia desde el Monte Sinaí. Nombro a nuestros ángeles para supervisar cada tribu mientras que el arcángel Lucifer supervisaba todo del Edén. Para conectarse con el Divino Abraham, cada recién nacido debe tener un fragmento de divinidad infundido en el alma eterna de Abraham insertada en el bautismo. La infusión de este fragmento es el primer mandamiento de Abraham Tu Dios.

Capítulo 33: Cómo Abraham creó a los ángeles.

Abraham Goldstein estudió a Lucifer a través de los ojos de Metatrón, ya que Lucifer estaba durmiendo en una cápsula para dormir. Al estimular las señales neuronales del cerebro durante el sueño, se podría reducir la necesidad de dormir de ocho horas a dos horas por día sin ningún efecto secundario adverso. Abraham siempre había usado cápsulas para dormir, ya que su naturaleza inquieta no le permitía perder un tercio de sus días durmiendo. La mayoría de las personas no lo hicieron como ellos y prefirieron el sueño de forma natural, ya que necesitaban del sueño.

Lucifer y los otros ángeles siempre habían dormido en las cápsulas de sueño, ya que eran ayudantes y guardaespaldas de Abraham, y no le gustaba que gastaran ocho horas en dormir todos los días. Abraham estudió las características de Lucifer, quien incluso mientras dormía brillaba con carisma y liderazgo. Todos los ángeles tenían características sobresalientes, inteligencia y habilidades, pero Lucifer era un hombre sin igual. Él era una persona excepcional y su única debilidad también lo hacía potencialmente peligroso, y Abraham esperaba que nunca se volverían el uno contra el otro.

El primero de los ángeles había llegado 200 años antes, cuando Abraham fue elegido como el nuevo CEO de las industrias Goldstein en la Tierra. En aquel entonces había sido un negocio familiar humilde y sin pretensiones. Habían sido localmente poderosos, pero no omnipresentes y ninguna de las casas gobernantes del Consejo Terrano De Abraham se había convertido en la más rica y más poderosa como lo había soñado, pero para avanzar a esa etapa necesitaba un algo que se llevar por delante a sus competidores.

El programa Ángel le dio esa ventaja. Abraham había secretamente creado individuos con excelentes genes y capaces de ser concebidos en una matriz sintética. Los individuos se mantuvieron juntos y aislados del mundo mientras que fueron adoctrinados para ser fieles a Abraham. Ellos fueron también entrenados en todas las habilidades útiles relacionados con su línea de trabajo.

El programa Ángel era un programa altamente secreto, y es que era secreto por varias razones. Las más importantes razones era la edad de vientres sintéticos para crear los individuos en el programa. Los úteros artificiales eran altamente ilegales para la reproducción humana, ya que creaban individuos que se pensaba que carecían de alma e individualidad. La razón por la que esto sucedió fue debatida: personas religiosas afirmaron que úteros sintéticos estaba en contra del plan divino mientras que los científicos argumentaron que el problema era la incapacidad para recrear completamente las condiciones de un útero humano. Los úteros sintéticos apenas se usaban en la Tierra, ya que era más barato crear drones para hacer todo el trabajo peligroso y monótono que hacer que los clones sin alma lo hicieran.

Una razón legal para usar úteros sintéticos era para criar ganado, ya que era menos cruel matar una vaca sin alma que matar una vaca que potencialmente tenía un alma. Los vientres artificiales también se utilizaron para crecer partes del cuerpo usando células madre, donde la mayoría de las partes del cuerpo podrían ser vueltas a crecer dentro de una cuestión de semanas.

Para Abraham, la falta de ego e individualidad en sus Ángeles era deseable. Lo que obtuvo fue un grupo de personas increíblemente talentosas que pusieron sus intereses antes que los suyos y estaban listos para dar todo, incluso sus propias vidas, para hacer que su voluntad sucediera. El Programa ángel tuvo ayuda tuvo la capacidad de aumentar y escalonar a Abraham de un temido empresario local al más rico y más poderoso hombre en el planeta. Sin embargo, cuando las cosas se habían deteriorado con su familia, todavía se había visto obligado a abandonar la Tierra ya que los ángeles no eran suficientes para protegerlo cuando todos estaban en contra de él.

Abraham vio a Lucifer Despertar, y él decidió dejar Metatron hablar por él en esta ocasión:

Metatron:

- Despierta, Lucifer. Hoy en día es el día de poblar el Edén y comenzar el reino eterno de Gran Maestro Abraham.

Lucifer:

- Estoy listo como siempre, Metatron. ¡Vamos por esa!

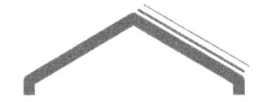

Capítulo 34: El primer día en el Edén.

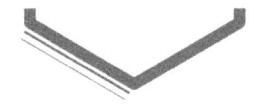

Eran las 8 AM el 1ro de enero 2810 y los hijos de Edén se despertarían después de permanecer dormidos durante 20 años. Abraham eligió alinear los calendarios con los calendarios de la Tierra y solo cambiar el año. El número total de personas asentadas en el Edén fue de alrededor de 3000, y todos habían borrado sus recuerdos, por lo que todo lo que les quedaba era la capacidad de hacer movimientos básicos, habilidades de cálculo y lenguaje. Todos estaban durmiendo en sus respectivas aldeas, que eran réplicas de las aldeas de la Edad de Bronce de la tierra Santa y Todos los 30 ángeles de Edén a excepción de Lucifer estaban estacionados en el caserío bajo su supervisión en espera de Abraham para dar la señal para comenzar.

Abraham les habló a todos los edenitas a través de los microchips en sus cerebros:

- ¡Despierta gente del Edén!

- Ustedes han estado dormidos durante 20 años.

- Ustedes son los elegidos, los únicos humanos que quedan en existencia, después del apocalipsis.

- El todopoderoso Yahveh se ha destruido a sí mismo y al planeta Tierra. Antes de hacerlo, me permitió a mí; El Gran Maestro Abraham que tomará su lugar en el Trono Divino y los llevará al Edén, su nuevo hogar.

- Sigan a los Ángeles hasta el Monte Sinaí, donde se congregarán y verán a su nuevo líder físico, Y l arcángel Lucifer.

Abraham vio a las masas confundidas levantarse de sus camas y caminar sin rumbo. Había esperado esto. Las personas cuestión las que se les había borrado la memoria actuaron confundidas durante mucho tiempo después de haber sido sometidas al tratamiento y esto fue una ventaja para ellos. Las personas que estaban confundidos eran menos propensas a la pregunta de él y eran más fáciles de influenciar. Abraham sospechaba que la primera generación en el Edén no sería fácil de controlar. Incluso después de un borrado de memoria, las personas tendían a obtener flashbacks de sus vidas anteriores, y estos flashbacks harían que algunos cuestionaran el mundo en el que vivían. Sin embargo, no se atreverían a expresar sus preocupaciones, y después de un par de generaciones, tendría ante sí un grupo de personas que creían en cada palabra que decía, a través del adoctrinamiento y la falta de estímulos externos.

Abraham observó a los edenitas reunirse en sus respectivas aldeas y caminar lentamente hacia el Monte Sinaí en medio del Edén, donde Lucifer estaba preparando su discurso.

Lucifer llevaba su ceremonial traje de ángel mientras que los otros ángeles de utilidad llevaban trajes. Los Ángeles tenían tres diferentes uniformes dependiendo del propósito de su visita:

- Un uniforme ceremonial, hecho para parecer extravagante, recubierto de oro y lleno de diamantes y piedras preciosas unidas en patrones intrincados. Este traje era altamente decorativo, pero no tenía ningún propósito práctico, excepto el de impresionar.

- Un uniforme de utilidad utilizado para el mantenimiento de la paz, ayudando a los aldeanos o reparando partes de la infraestructura avanzada de Eden. Este traje emanaba una la luz azul y dio una protección moderada contra los elementos y los ataques mientras se desplazan, ligeramente armado, y versátil

- Un uniforme de terror, cuando Abraham quería castigar a sus súbditos. Este traje era oscuro y cubría todo el cuerpo incluyendo la cara. Tenía picos y otros adornos para que se viera aterrador. Estaba fuertemente armado y diseñado para la destrucción y el caos.

Todos los uniformes también tenían unas alas que se movían para dar la ilusión de los ángeles que usan sus alas para volar. En realidad, los propulsores de vuelo debajo de las alas dan el impulso, pero los ángeles bíblicos fueron retratados con alas, y a Abraham le gustó esta característica de diseño.

Los Edénitas llegaron al monte Sinaí, y las luces de los siete soles brillaron sobre Lucifer, y sus piedras preciosas brillaron como un faro con el resto del Edén atenuado. Habló a las masas, usando su voz amplificada por altavoces ocultos en la montaña.

Lucifer:

- Bienvenidos a Eden, humanos. Uds son los últimos sobrevivientes la humanidad.

- Los terribles pecados de la humanidad obligaron al gran Yahveh a destruir la Tierra. Están vivo por la benevolencia del Gran Maestro Abraham, su nuevo Dios.

- Soy Lucifer, el Arcángel de Abraham y el emisario del Edén. ¡El gran maestro Abraham habla directamente a través de mí!

- Se espera que sigan las órdenes del Gran Maestro Abraham y sus ángeles. Cumplan y serán recompensado con una buena vida honesta. Resístanse y verán que van a sufrir.

- Sigan a los ángeles en sus aldeas. Los cuidarán durante el período de transición.

- ¡Ahora inclínense ante Abraham, su nuevo Dios!

Cuando las masas se inclinaron ante Lucifer, él experimentó sentimientos encontrados; mientras la avalancha de poder era intoxicante; él habría preferido un papel en el fondo. Durante todos sus años en la Tierra, Lucifer no había sentido ninguna atracción por la atención. Él era sólo un leal sirviente de Abraham. Se necesitaría algún tiempo para acostumbrarse a su nuevo papel, y Lucifer no sabía, si le gustaría o no. Al final, no importó, Lucifer fue leal a su maestro, y su maestro le dio este papel.

Capítulo 35: Jon, un típico colono en el Edén.

Abraham Goldstein observó a Jon, de la tribu Gad, que dormía. Se dio cuenta de que Jon estaba mal y confundido. Jon se despertó sudando frío junto a su esposa, Nadia. Había experimentado otro sueño extraño que no tenía ningún sentido.

En el sueño, Jon llevaba una vara que podía disparar proyectiles y matar personas desde lejos y un dispositivo que le permitía hablar y mirar a personas que no estaban allí. Recordó estar sentado en una nave volando dejando un planeta rojizo viendo su casa explotar. Pero nada de esto tenía sentido. Ninguna de estas cosas existía, y Jon también podía recordar que él y Nadia habían estado juntos durante años como humildes agricultores en la Tierra trabajando duro para mantener a sus hijos. Pero si esto era cierto, ¿por qué no podía sentir ninguna conexión con su esposa ni con sus hijos? Jon contemplaba si él estaba muerto y la vida en el Edén era el más allá. Los recuerdos que tenía eran tan superficiales y llenos de lagunas que no podía saber qué era real, y sin embargo, eran todo lo que tenía. Al no encontrar la paz, Jon bebió rápidamente una gran jarra de vino tinto para calmar sus nervios. Una vez la intoxicación se apoderó de él, se relajó y cayó en un gran sueño.

La reacción de Jon fue típica. Cuando Abraham y los ángeles habían borrado los recuerdos de los primeros habitantes del Edén, también habían insertado recuerdos genéricos para darles un propósito y un papel en la sociedad. Por desgracia, no tenían ni el tiempo ni la voluntad de proporcionar a todos los edenitas un amplio conjunto de únicos recuerdos. Borrar e insertar recuerdos fue tedioso, por lo que en lugar de crear cada individuo único, simplemente borraron los recuerdos de todos y usaron algunas plantillas genéricas para crear recuerdos similares para todos los edenitas. No importaría de todos modos; tecnologías de erosión de la memoria y de creación no podían recrear y destruir recuerdos de una persona, independientemente de la cantidad de esfuerzo usado. Sin embargo, después de 50 años todos los que vivían en el Edén y nacieron allí tendrían recuerdos reales de que Abraham era su Dios.

La desconexión de iones en el vientre de su esposa e hijos eran una parte natural de cómo se creó el Edén. Abraham se había asegurado de que todas las unidades familiares en el Edén consistieran en individuos sin conexión previa entre sí. Por lo tanto, Jon, Nadia, y sus tres hijos no estaban conectados entre sí, antes de que fueran inducidos por los recuerdos y se envasen a vivir juntos en el Edén. Abraham no quería unidades familiares reales, ya que compartirían recuerdos fragmentados de sus vidas anteriores, y era más probable que cuestionaran su realidad actual. Al emparejar individuos sin conexión previa, todos tendrían sus diferentes fragmentos de memoria de antes. Sin embargo, estas piezas no coincidirían, y en su lugar se adaptarían a la realidad y ocultarían sus emociones.

La borrachera de Jon era inaceptable para Abraham. Abraham quería que su objetivo original se cumpliera, que la tierra fuera fructífera y se multiplicaran los humanos. Si Jon bebía para calmar sus nervios, se embriagaría todo el tiempo y no sería fructífero. Si sus súbditos no fueran prolíficos, Abraham se quedaría sin gente para gobernar. Abraham decidió intervenir; activó el chip humano en el cerebro de Jon y apareció como un espejismo.

Abraham:

- Jon de la tribu Gad, ¿por qué estás bebiendo?

Jon

- Espera, ¿quién eres?

Abraham:

- Soy Abraham, tu Dios.

- ¡Estás abusando del regalo que te di! Le di vino la humanidad, para que pudieran celebrar juntos, no para beberlo y emborracharse.

Jon

- Lo siento, Gran Maestro Abraham. Me arrepiento y pido perdón.

Abraham:

- bien. perdono tu comportamiento pecaminoso. Por esta vez

- Ahora has mi voluntad y ten relaciones sexuales con su consorte. ¡Exijo que seas fructífero y te multipliques para alabar mi nombre!

Jon

- No pretendo ser irrespetuoso, Gran Maestro Abraham, pero mi esposa y yo nos hemos distanciado desde que nos salvó y nos entregó a su tierra prometida. No hemos tenido ninguna unión matrimonial desde que llegamos aquí.

Esta respuesta enfureció a Abraham. Este humano insolente estaba pidiendo ayuda para cogerse a su esposa. La sexualidad era biología y estaba por debajo de su obra divina. Abraham quería matar al audaz idiota. Pero eso sería una muerte sin sentido, y no habría lecciones que enseñar para el resto de las personas. La primera generación de habitantes fue un desastre total y Abraham necesitaba personas nacidas en el Edén con recuerdos auténticos para ganar mejores seguidores. Abraham decidió aparecer como un espejismo para Jon y Nadia al mismo tiempo.

Abraham:

- ¡Despierta, Nadia!

Nadia

- ¿Quién eres?

Abraham:

- ¡Soy el Gran Maestro Abraham, Tu Dios!

- Jon me dijo que ustedes dos no habían cumplido mi voluntad de estar juntos en la cama conyugal!

- Encuentro que esto es inaceptable. ¡Te ordeno que tengas sexo esta noche!

Abraham hizo su espejismo desaparecer y estudió a Jon y Nadia. Peleaban un poco, pero se dirigían al sexo. Llegarían allí eventualmente; era solo biología.

Abraham concluyó que la situación con Nadia y Jon estaba lejos de ser única. Aunque sentía que estaba debajo de él, tendría que enfrentar las circunstancias y lograr que sus súbditos procrearan. Con 700 parejas en el Edén, esto lo mantendría empantanado por un tiempo. La vida Como un Dios no era tan gloriosa.

Capítulo 36: El primer nacimiento en Edén.

Nueve meses después de la intervención de Abraham, Jon y Nadia tuvieron un bebé, el primogénito de Eden. Abraham consideró si debía reclamar crédito por este nacimiento o no entre los Edénitas. Entonces decidió no hacerlo.

A Abraham le había llevado semanas influir en cada pareja en el Edén y asegurarse de que su vida sexual floreciera. Si la gente creía que su influencia era necesaria para que ellos concibieran, lo iban a solicitar periódicamente en busca de ayuda. Cuando se le preguntó por favores no era así como Abraham quería gobernar como un Dios. Quería que sus súbditos lo adoraran, obedecieran y temieran; no tenía ningún interés en ser un genio que concede deseos que fuese evocado para resolver asuntos triviales en sus' vidas cotidianas.

Abraham se sintió aliviado de que sus súbditos pudieran procrear. Aunque no había previsto ninguna razón por la cual su salud reproductiva sería disfuncional; Se desconoce qué efectos tiene la combinación de memoria borrada y pasar un período prolongado congelado criogénicamente en el sistema de reproducción humana.

Abraham ordenó a Jon y Nadia que nombraran a su hija primogénita, Lillian. Abraham eligió este nombre, en honor a su última esposa Lillian Goldstein. Sin embargo, dejó esta parte fuera de la narrativa. No encajaba con la historia de que el divino y eterno Gran Maestro Abraham estuviese de luto por su esposa muerta.

Abraham ordenó a todos en el Edén que asistieran al bautismo de Lillian. Como ella era la primogénita de Edén, su bautismo debería definir el acto de entrega de todos los partos futuros. El bautismo era dirigido por el ángel Gabriel, que supervisaba la tribu de Gad. Las masas cantaron una canción para alabar a Abraham por su misericordia para salvar a la humanidad. Gabriel se echó agua en la cabeza del recién nacido como símbolo de que el agua es la fuente de toda la vida. Después de hacer esto, insertó un zumbido y un chip en el recién nacido para que los Ángeles y Abraham pudieran comunicarse y leer la mente de su nueva criatura. Gabriel describe el microchip como una parte del alma del Gran Maestro Abraham que sería dado a todos los recién nacidos para bendecirlos. Finalmente, Gabriel hizo un pequeño corte en el dedo del niño para obtener una gota de sangre y plasmarla en la piedra de la eternidad, que era un sistema analizador de ADN avanzado disfrazado como una roca ornamental.

Abraham estaba satisfecho con la ceremonia. El ritual del bautismo se realizó sin ningún incidente, y se resolvieron dos cuestiones prácticas:

- Se aseguró de que todos tuvieran un microchip de tecnología divina en sus cabezas.

- se reunió ADN de cada individuo.

Reunir el ADN de los individuos era importante para Abraham, ya que le permitía continuar su comprensión en cuanto a los comportamientos individuales, uno de sus temas directamente relacionados con su genética. También le proporcionó un marco de cómo podía utilizar la cría selectiva para alterar las características de las generaciones futuras sin necesidad de utilizar la tecnología moderna. La genética de todos en Eden se guardó para futuras investigaciones.

Capítulo 37: El sacerdote de Eden.

Durante el primer año en el Edén, los ángeles siempre estaban en la superficie ayudando y dirigiendo a las tribus que estaban supervisando. Hacer esto tenía un inconveniente, sin embargo, eventualmente envejecerían y morirían. Abraham quería que su proyecto Edén durara una eternidad. Para que esto sucediera, los ángeles necesitaban estar congelados criogénicamente la mayor parte del tiempo. Abraham estimó que la vida útil de sus ángeles al combinar el sueño criogénico y la tecnología de regeneración de ADN sería de miles de años. Con un poco de suerte, el resto de la humanidad se extinguió entonces de manera que Abraham sería el dios de toda la humanidad.

Abraham decidió elegir la familia más adecuada de cada tribu para convertirse en el jefe de sacerdotes. Abraham usó su base de datos de ADN para decidir quién sería el mejor sacerdote principal para una tribu, así que decidió que no permitiría mujeres líderes. Las mujeres líderes eran un veneno que había experimentado demasiado en la Tierra. Los antiguos eran sabios al permitir solo clérigos varones. La desilusión de clérigos fue uno de los factores que destruyeron la religión en la Tierra.

Como Edén era una teocracia, el sacerdote principal era el gobernante de la tribu. Una designación de gobernadores para las tribus le ahorró tiempo a Abraham, ya que podía comunicarse con los líderes para obligarlos a cumplir su voluntad, en lugar de hablar con cada humano individualmente. También era bueno tener un poder terrenal para mantener algo de la mística alrededor de él y sus ángeles. Si un gobernante por alguna razón le disgustaba, siempre podía elegir para matarlos en voz baja, causando una hemorragia cerebral o haciendo una exhibición pública mientras los ejecutaba. No había hombre en el Edén, ni siquiera los líderes locales, que estuviera por encima de Dios, y su vida y el bienestar era dependiente en complacer a Abraham y hacer su voluntad.

Después de configurar el religioso liderazgo en Edén, Abraham ordenó a los ángeles volver al centro de Control Divino donde pudieran pasar la mayor parte de su tiempo en animación suspendida para extender su vida. Feliz con sus logros, Abraham se mudó a su lugar de meditación en la Dimensión Divina y meditó durante siglos; dejando que los humanos del Edén se gobiernen por un tiempo.

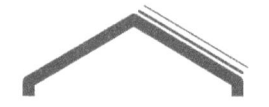

Capítulo 38: Una pesadilla de Infancia.

Lucifer tuvo una de sus pesadillas recurrentes. En el sueño, era un niño pequeño y hoy era el día en que entraba en la edad adulta. Todo el mundo estaba mirándolo a él cuando tomó el juramento de que su infancia estaba terminada, y juró servir al Maestro Abraham para el resto de su vida. Un hombre fue traído a él. Fue encadenado y golpeado. El hombre suplicaba piedad. El mentor de Lucifer le dio a Lucifer un arma cargada y le dijo que matara al prisionero para demostrar su lealtad. Lucifer se sintió enfermo, nunca había matado antes y no sabía, que esta era una de sus tareas. Así que buscó la habitación para su mejor amigo, pero no había niños en la sala de hoy; solo ángeles adultos gritando por sangre. Lucifer levantó la pistola y gritó con sus pulmones mientras disparaba al prisionero con muchas balas. Con sangre en la cara, Lucifer captó la mirada del prisionero moribundo. Lucifer se tragó el vómito que salía de su garganta, ya que no podía permitirse mostrar debilidad.

Lucifer se despertó y todavía podía ver la mirada del prisionero asesinado que miraba su alma. Era aquella ceremonia de transición a la edad adulta le había marcado de por vida, y nunca había compartido sus sentimientos con nadie.

Para Lucifer, la ceremonia de la edad adulta fue una revelación impactante sobre cómo su vida estaba destinada a ser. Él se crió en el programa de Ángel, y esto era todo lo que sabía acerca del mismo, pero hasta ese día se le revelaría todo a la perfección en cuanto a física y la ciencia. El mentor de Lucifer le dijo que el Maestro Abraham lo había seleccionado como uno de sus guardianes, lo cual era un título elegante para un guardaespaldas.

Un ángel se considera adulto y es elegible para el servicio activo a la edad de 13 aunque por razones prácticas por lo general comenzaban el servicio activo cuando tenían alrededor de 20. Durante sus años en la Tierra, Lucifer había matado a un sinnúmero de personas para Abraham, y sin embargo seguía siempre siendo amenazado de muerte.

Lo que molestó a Lucifer fue que nunca supo por qué mató al prisionero en su ceremonia de la edad adulta. No había ningún registro que explicara por qué lo había matado. Este fue a menudo el caso cuando los ángeles mataron por orden directa de Abraham Goldstein, y no había razón para mantener registros. Después de todo, el exceso de registros y su mantenimiento podrían exponer lo que estaban haciendo. Lucifer no se molestó en averiguar lo que sus otras víctimas habían hecho, pero esto era una astilla en su mente que no podía curar.

No pudiendo encontrar la paz, Lucifer entró un tanque criogénico y ajustó el temporizador durante seis meses. Con suerte, como un largo tiempo en el tanque podría conseguir que su mente dejara de pensar en eso. Independientemente, ya no era necesario en la operación del día a día de Edén ahora que todo estaba en marcha y los otros lo despertarían si fue necesario. Lucifer sintió que el frío de la mezcla de helio entraba antes de que fuera instantáneo, y todo se oscureció.

Ser congelado criogénicamente era como ser asesinado y luego resucitado al despertar. Como no podía ocurrir descomposición a nivel celular en las temperaturas de congelación del tanque, esta era una forma de preservar a una persona indefinidamente. Mientras más se edad tiene menos chances de reanimar al usuario, así que como se ve las tecnologías utilizadas en el siglo 29 fueron muy seguras.

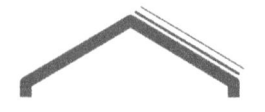

Capítulo 39: Contra Abraham.

James Goldstein era un descendiente de la décima generación de Abraham Goldstein y un gerente de bajo nivel en la Casa Goldstein. Como era Goldstein, poseía una pequeña parte de la empresa y tenía derecho a voto en la Asamblea General Anual. Como James Goldstein era un niño pequeño en 2785 cuando Abraham llevó a cabo su cupé, a James no se le insertó ningún chip de tecnología divina. Por lo tanto, su mente no podía ser leída, y Abraham no podía matarlo remotamente. Miró una foto de sus difuntos padres. Abraham los había asesinado usando el chip de tecnología divina. Pero James no fue impulsado por la venganza; Estaba motivado por la ambición.

James tenía 29 años en el año 2812. Abraham había asesinado a sus padres en el año 2786 antes de abandonar la Tierra. Por lo tanto, James tenía recuerdos muy débiles de ellos y, en cambio, su tía materna que no era Goldstein lo había criado. Él creció bajo humildes circunstancias muy lejos del exceso y la abundancia de la Torre Goldstein. Mientras que ningún ciudadano Terran era pobre, James había crecido en relativa pobreza en comparación con todos a su alrededor, y él soñaba sobre la vida en exceso y la abundancia de Goldstein Torre.

Al llegar a la edad adulta, James pudo acceder al patrimonio de sus padres, que estaba en un fondo fiduciario durante su infancia. Ansioso por vivir una vida de lujo y excesos, se sintió completamente decepcionado una vez que llegó a vivir y trabajar en la Torre Goldstein. El lugar estaba en ruinas con grietas en las paredes y muebles viejos y desgastados. La comida y la bebida no eran mucho mejor de lo que había recibido durante su infancia en la pobreza y la totalidad de la herencia de su padre no superaba los 100.000 Créditos terrestres, o diez años de salario medio.

James descubrió que la riqueza de la Casa Goldstein se había agotado debido al gasto excesivo en el proyecto Eden. James tramó un plan. Si pudiera destituir a Abraham del poder, podría hacer un movimiento hacia la cima. Este plan contaba con una rápida y brutal retirada de Abraham, que mataría a la mayoría de los miembros principales de la Casa Goldstein. Moviéndose con rapidez, James se enfocó en agarrar tantas raíces como le fuera posible, mientras que las descendientes no preparadas de Casa Goldstein perderían. Esto empujaría a James a una posición de poder en la compañía o al menos a una posición mucho más alta.

Después de pasar los últimos cinco años buscando cómplices, James estaba listo para hacer un movimiento hacia el poder.

Capítulo 40: Noticias de última hora.

Terran Global Noticias 5 °de agosto de 2812:
Una explosión masiva ocurrió hoy en la Torre Goldstein destruyendo los cinco niveles superiores del edificio y matando a decenas dejando escombros en el suelo. La causa de la explosión no se ha determinado, pero se especula que es un ataque dirigido con el objetivo de matar al escurridizo Abraham Goldstein, fundador y accionista mayoritario de House Goldstein, que no ha sido visto durante los últimos 20 años.

James Goldstein, uno de los Gerentes de Seguridad de la Casa Goldstein, confirmó que Abraham Goldstein murió en la explosión, y lanzó un video de Abraham Goldstein conversando con sus guardaespaldas antes del atentado.

Cuando la explosión vaporizó el cuerpo de Abraham, no hay forma de resucitarlo. La muerte de Abraham marca el final de 27 incondicionales años de servicio a los que sobrevivieron la mayoría de sus descendientes.

La muerte de Abraham es una mala noticia para la Casa Goldstein que luchó y perdió la mayor parte de su influencia y riqueza durante el reinado de Isaac Goldstein. Los analistas especulan sobre una próxima e impredecible lucha de poder dentro de la compañía, que podría conducir a su desaparición. ¡Más actualizaciones y comentarios sobre el tema por venir!

Capítulo 41: La paz de Abraham se hace añicos.

Abraham meditaba bajo el siempre floreciente Árbol de Loto en la Dimensión Divina. Inicialmente, se había descubierto que le gustaba el silencio y la inmensidad del infinito, pero entonces había caído en la cuenta de algo: El viejo Abraham ya no era más. El Abraham terrenal tenía un tiempo limitado para conseguir lo que quería, por lo que nunca se había permitido dejar ir las cosas. Una vez que Abraham tuvo alcanzó el nivel divino, consiguió una nueva visión de la vida. Con cerca de infinito poder sobre sus súbditos y sin límite de tiempo, el control era menos importante, así que se permitió meditar durante meses en soledad.

De pronto, Abraham sintió un ardiente dolor de cabeza que destrozó la paz y lo llamó a la tierra. Hall bronces gritó a pulmón herido, pero nadie respondió a sus llamadas ya que era el único allí. Finalmente, el dolor disminuyó y volvió a sus sentidos. El dolor le recordó los mordiscos insignificantes que sentía cada vez que alguien en el Edén moría. Pero esta vez se lo sintió mil veces más intenso. ¿Le había pasado algo a uno de sus ángeles? Podía sentir la conexión con todos los ángeles en el Edén, pero desde los de la Tierra era solo estático. Abraham contactó a Nuriel:

- Nuriel Siento una gran perturbación en la fuerza. ¿Has hablado con los ángeles en la tierra?

Nuriel

- No les he hablado, nuestra órbita está demasiado lejos de la Tierra para que funcione nuestra conexión telepática, y la Tierra está al otro lado del sol, lo que bloquea nuestros mensajes cifrados. Recibimos un mensaje de ellos hace una semana, y en aquel entonces todo iba según lo planeado.

Abraham:

- Ya veo, ¿puedes contactarlos ahora?

Nuriel

- No, no puedo. Estarán bloqueados por la zona de interferencia electromagnética del sol durante otra semana.

Abraham:

- Esta es una emergencia. Contáctenlos a través de Spacenet.

Esta Red Tridimensional fue lanzada en el siglo 29, con alcance interplanetario y cubriría todos los rincones del sistema solar. La red espacial constaba de miles de satélites en diferentes órbitas alrededor del sol, y hacía posible contactar siempre a cada asentamiento humano, independientemente de su posición relativa entre sí. Asimismo, se desarrollaba a través de los siglos para evitar que surgiera un problema cuando o bien el viento o la sombra causada por el sol u otros objetos celestes interfirieran. Muy rara vez se utilizaba para transmitir información delicada pues tenía capacidades limitadas para la encriptación segura. Esto se debió a que la potencia de computación cuántica y la IA en ese momento eran muy avanzadas, por lo que cualquier mensaje cifrado podría descifrarse. La potencia de cálculo no era un problema en el siglo 29, para la velocidad de la luz. Por lo tanto, todos los satélites contenían un clon de toda la parte pública de Spacenet para mejorar el uso de las velocidades. Sin embargo, enviar un mensaje a otra parte del sistema solar podría llevar horas, según la distancia entre las dos colonias.

Abraham navegó Spacenet través de los ojos de Nuriel y se comprobó la distancia a la Tierra. La Tierra estaba a 45 minutos luz del Edén, por lo que la respuesta más temprana que pudo obtener fue en 1,5 horas. Decidiendo pasar el tiempo, Abraham leyó las noticias para descubrir qué estaba sucediendo en la Tierra. Fue entonces cuando se enteró de la explosión en la Torre Goldstein y su presunta muerte fue demasiado para Abraham, que se desmayó por la conmoción.

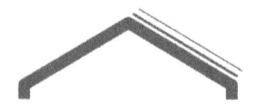

Capítulo 42: El resucitado Abraham enfrenta PROBLEMAS.

Abraham estaba flotando en la vasta oscuridad de la otra vida. Este lugar era atemporal, y no le importaba estar aquí en absoluto. Abraham estaba muerto y con la muerte vino la separación del ego y el alma. A lo lejos podía escuchar el llamado *"Maestro Abraham, ¿me oyes?"* El llamado se hizo más fuerte y, finalmente, Abraham se despertó en el Centro de Control Divino experimentando un dolor insoportable. Su visión y audición estaban borrosos, pero se percibió que Lucifer y unos pocos de sus ángeles se fueron juntando a su tanque criogénico. Abraham trató de gritar, pero no pudo emitir ningún sonido. Un destello de luz golpeó sus ojos, y él estaba de nuevo en la dimensión divina.

Lucifer:

- Maestro Abraham, ¿me oyes?

Abraham:

- Sí, puedo oírte. ¿Qué pasó?

Lucifer:

- Usted murió, maestro. Has estado muerto por un año.

Abraham:

- Que! ¿Cómo hizo esto suceda?

Lucifer:

LA DIVINA DISIMULACIÓN

- Nuriel dijo que la traición a sus parientes, y la muerte s de Malphat, Hashmallim, Serafines, Ismael, era demasiado para usted, por lo que murió de pena.

- Cuando desperté, su cuerpo estaba más allá de salvarlo, pero su cerebro aún estaba preservado debido al frío helador del tanque criogénico.

- Tuvimos que reemplazar tu cuerpo con un cuerpo robótico, y la única parte de ti que queda es tu cerebro.

Abraham:

- Ya veo. ¿Cómo es que llevo un año muerto?

Lucifer:

- Porque no pudimos conseguir el equipo adecuado. Yo quería enviarte a a tierra q la Antártida y pedir ayuda a la Casa Goldstein. No nos atrevimos a acercarnos a las otras facciones, ya que desconocíamos las lealtades actuales en la Tierra. Entramos en el mercado negro para el equipo necesario. Con el tiempo, hemos adquirido el hardware necesario. Como se vio después, que teníamos algunas cuentas bancarias vírgenes de nuestras operaciones secretas hace 25 años.

Abraham:

- Ya veo. Muchas gracias Lucifer, eres un gran hombre.

Lucifer:

- Gracias, abuelo maestro Abraham.

- Desafortunadamente, hay una complicación. Estamos en quiebra. En su ausencia, hemos no podido encontrar una forma de financiar el proyecto Eden. Sin fondos, no podremos comprar los repuestos necesarios para apoyar a Eden.

Abraham:

- Lo temía tanto. Déjalo conmigo, Lucifer, encontraré una solución. ¡No me hice el hombre más rico en el sistema solar para nada!

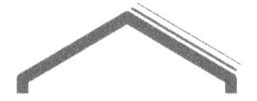

Capítulo 43: Abraham comienza la trata de niños.

Abraham estaba sentado en su trono en la Dimensión Divina, con la esperanza de encontrar una solución a las dificultades económicas del proyecto Edén. Estaba luchando para pensar con claridad ya que los dolores fantasmas en su cuerpo resultaron difíciles de desconectar. Había visto a su robótico cuerpo una vez, a través de los ojos de Lucifer, y él no quería volver a verlo. Era un artefacto y una monstruosidad. Si bien podía mantenerse despierto y moverse en la dimensión regular, no quería hacerlo. La dimensión normal era imperfecta mientras que la Dimensión Divina era la perfección. Independientemente de que pudiera ver algo que quería de aquí, mediante el control de sus ángeles y compartir su visión.

Abraham se las arregló para soltar los dolores fantasmas, y la frustración lo golpeó. Esa frustración se dirigía hacia el interior en lugar de hacia el exterior. El aliado de Abraham atribuyó todo lo que no van de acuerdo a plan de s en la otra persona, pero esta vez fue diferente. Esta vez admitió que había cometido un error crítico.

Someter con éxito en toda la resistencia dentro de su propia facción, que había fallado en cuenta por el tiempo y plan a largo - plazo. Debería haber predicho que no habría futuro Goldstein, que no estaban desconchados, y había que debería haber tomado precauciones contra ellos. En cambio, su miopía lo había puesto en un lugar muy complicado.

Idealmente, Abraham regresaría a la Tierra demostrando que todavía estaba vivo. Desafortunadamente, la pérdida de su cuerpo físico significaba que estaba muerto de acuerdo con la ley terrana y la división de sus activos habría continuado.

Abraham se dio cuenta de que él debe tener Escondida enormes cantidades de dinero en fondos secretos que él controlaba. Incluso estos activos podrían no ser distribuido a sus parientes y podría haber apoyado el proyecto Eden indefinidamente. Por desgracia, había no tal en esta precaución.

Finalmente, a Abraham se le ocurrió lo que tenía que hacer. Necesitaba tratar con un viejo enemigo de la Casa Goldstein. Como el resto de la Casa Goldstein se había vuelto contra él, su antiguo enemigo podría convertirse en su futuro amigo.

Era un secreto mal guardado que el presidente de la Casa Rashid, Ibrahim Rashid, como las chicas jóvenes; chicas increíblemente jóvenes Ibrahim Rashid había sido amenazado con la expulsión del Consejo Terrano si no mantenía a raya sus perversiones compulsivas. Se ha d accedió a esto, sabiendo que todos los ciudadanos Terran tenía un chip de seguimiento implantado por lo que no fue capaz de pasar tiempo con los niños sin que esto sea detectado por el Consejo Terran.

¿Qué pasaría si Abraham pudiera financiar el mantenimiento del proyecto Eden vendiendo niños no registrados a Ibrahim Rashid? La Casa Rashid podía permitírselo, ya que la parte costosa era crear el Edén, el mantenimiento era menos costoso.

Abraham decidió contactar a Ibrahim Rashid a través del generador de hologramas. Abraham generó por computadora un holograma de sí mismo hablando con Ibrahim, ya que no quería no compartir su apariencia actual con su antiguo enemigo.

Abraham:

- Ibrahim! Inshallah, han pasado muchos años desde la última vez que hablamos.

- Como saben, mi familia traidora destruyó mi casa en la Torre Goldstein y me declaró muerta para dividir mis activos.

- Estoy vivo, pero no tengo intención de volver a la Tierra.

- Yo necesito ayuda financiera, y solicito a 1 mil millones de Créditos terrestres sin intereses préstamo para completar el proyecto Eden y recuperar el control o ver mi facción.

- A cambio, le proporcionaré jóvenes no registrados y vírgenes. Contáctame lo antes posible.

Después de enviar el mensaje, Abraham se recostó y se relajó. El mensaje tardaría 45 minutos en llegar a Ibrahim Rashid y luego la misma hora en volver. ¡Las comunicaciones interplanetarias no eran para los impacientes!

Unas horas después, Abraham recibió una respuesta de Ibrahim Rashid:

- Saludos Lucifer de la Casa Goldstein. No me convertí en el líder de la Casa Rashid por ser crédulo. Abraham Goldstein ha estado muerto por más de 20 años.

- Estoy considerando ayudarte. Pero hago la solicitud que son próxima conmigo. No sé lo que su agenda es, pero se está haciendo daño a Casa Goldstein, que ha s siempre sido rivales de Casa Rashid.

- Necesito que te muestres. Haga esto, y hablaremos, trate de engañarme nuevamente, y nuestra conversación habrá terminado.

Al principio, Abraham sintió enfadado cuando recibido Ibrahim mensajes. Su ego se ofendió por la idea de que estaba muerto y que Lucifer sería lo suficientemente astuto como para usurpar el poder dentro de la Casa Goldstein. Lucifer tenía muchas buenas cualidades, pero la ambición no era una de ellas.

Después de un tiempo, Abraham se dio cuenta que estar "muerto" en la Tierra tenía ventajas. No le gustaba la Tierra y, sin embargo, ninguna otra facción había interferido con el proyecto Edén desde su inicio hace décadas. Siendo ' muertos ' en la Tierra era ideal, ya que lo dejó para centrarse en su proyecto Eden y sin interrupciones. Abraham convocatoria Lucifer a la sala de comunicaciones.

Lucifer:

- ¿Me llamaste, maestro?

Abraham:

- Sí, necesito tu ayuda para resolver nuestros problemas financieros.
- Necesito que llames a Ibrahim Rashid por mí.

Lucifer:

- Ibrahim Rashid? ¿Por qué contactaríamos a ese sucio pedófilo? Los Rashid siempre han sido nuestros enemigos.

Abraham:

- Lucifer! ¡No cuestiones a tu maestro!

- Ibrahim Rashid es enemigo de la Casa Goldstein. Pero somos enemigos de los restantes Goldstein '. El enemigo de mi enemigo es mi amigo.

- Ibrahim acuerdo d prestarnos 1 mil millones de Créditos terrestres, que puedo invertir, para cubrir el mantenimiento del Edén indefinidamente.

Lucifer:

- Ya veo, ¿y qué quiere esa serpiente a cambio?

Abraham:

- Él quiere comunicarse con usted. Él cree que estoy muerto y que tú estás a cargo.

- Jugaremos junto con esto, pero no tenemos ninguna idea.

- Dios su nombre Terrano y muéstrale tu cara, pues solicitó transparencia.

Después de esta conversación, Lucifer se conectó con el creador del holograma para comunicarse con Ibrahim Rashid. El holograma generador del siglo

LA DIVINA DISIMULACIÓN 119

29!fue muy avanzado, ya que utilizan la nanotecnología replicar la capa externa de una persona para dar la sensación de que la persona estaba en la habitación. Para verificar su identidad, Lucifer también adjuntó una muestra de su ADN al mensaje.

Lucifer:

- Estimado señor Rashid.

- Este es Terence Lowenstein, conocido por mi nombre operativo, Lucifer. Has solicitado comunicarte conmigo.

- Por favor, dime, ¿qué puedo hacer para asegurar tu ayuda para nuestro proyecto?

Cuando Ibrahim Rashid recibió el mensaje una hora después, estaba un poco perplejo sobre la identidad de Lucifer. Había una coincidencia de personajes para Terence Lowenstein, pero casi no había registros de las actividades de Terence Lowenstein. Él había salido de la Tierra hace más de dos décadas en la misma fecha como Abraham Goldstein. Él fue de nuevo a la Antártida unos años más tarde, a desaparecer de nuevo. Él había, sin embargo, pasado los últimos seis meses en la Tierra y había poco dejado el planeta.

Sorprendentemente, Terence Lowenstein no tenía bienes personales en la Tierra ni en ningún otro lugar del sistema solar. Si había desviado por dinero a House Goldstein, era bueno para ocultar sus activos o no era el que estaba detrás de las luchas internas y el rápido declive de House Goldstein. Pero, si apoyar a Lucifer podría derribar a la Casa Goldstein, valió la pena, sin importar quién era o cuál era su objetivo final. Ibrahim transmitió otro mensaje:

- Muy bien ñ, Terence.

- Aunque sé quién eres, todavía no conozco tu agenda.

- Pero tú eres el enemigo de mi enemigo, y como tal eres mi amigo.

- Le emitiré un préstamo sin intereses de 1 mil millones de créditos terran. Para recibir el dinero, debes asesinar al presidente de la Casa Goldstein, Isaac Goldstein.

- Avísame cuando esté hecho.

Una hora después, el mensaje llegó a Eden. Lucifer estaba a punto de responder cuando Abraham lo detuvo.

Abraham:

- No, Lucifer. no vamos a matar a Isaac Goldstein.

Lucifer:

- Pero ¿por qué, maestro Abraham? Y nuestro cuerpo ya no es un problema. Puedes viajar a la Tierra y matar a Isaac con tu mente. El dinero será tuyo y el futuro de Eden estará asegurado.

Abraham:

- ¿De verdad crees que Isaac Goldstein estuvo detrás del ataque en Goldstein Towers?

- Los ángeles en la Torre Goldstein podían leer las mentes de todos los miembros de la junta, y aun así fueron tomados por sorpresa.

- Esto significa que nuestro enemigo no estaba astillado y no tenía nada que temer.

- Si matamos a los miembros de la junta astillados, nada va a parar el resto de la casa Goldstein para enviar el IR flota para aniquilarnos.

- Entonces, Isaac Goldstein necesita vivir junto con el resto del tablero. Él solo es valioso para nosotros como rehén.

Lucifer:

- Lo siento, Maestro Abraham. Tiene usted razón.

Abraham:

- Sé lo que haré

- Te negarás a matar a la junta de Goldstein, ya que no es prudente matar a los miembros incompetentes de la junta, que derribaron la compañía.

- También entregarás una virgen de 9 años a la residencia de vacaciones privada de Ibrahim en órbita alrededor de la Tierra, como muestra de buena voluntad.

Lucifer:

- que? ¿Quieres darle un hijo a ese abusador de menores? Eso es increíblemente inmoral.

Como era la segunda vez que Lucifer hablaba contra él, Abraham perdió los estribos y lo tiró al suelo con una explosion psiónica.

Abraham:

- Silencio, tonto. ¡SOY TU MAESTRO!

- Necesitamos dinero. De lo contrario, Eden será destruido y todos nuestros súbditos morirán.

- Nuestra gente necesita para encontrar el ir hacia atrás camino a nuestras raíces, somos el portador de la herencia de Yavhé, y yo soy el elegido para que esto ocurra.

- Las personas son prescindibles, lo único que importa es el grupo.

- Ahora haz mi puja.

Lucifer:

- Sí, maestro.
- Tu voluntad se hará.

Capítulo 44: El acuerdo entre Abraham Goldstein e Ibrahim Rashid.

Al recibir a la primera novia, Ibrahim Rashid se sintió abrumado de alegría. La chica un montón más pura que la suciedad que hubiera experimentado en los burdeles que orbitan en las franjas del sistema solar. Mejor aún, estaba libre de las enfermedades marcianas y los problemas de radiación. Por otra parte, ya que no era de ascendencia Terran, ella no estaba registrado y no saltado, lo que significa que podría mantenerla en secreto en su órbita a la residencia de vacaciones.

Ibrahim estaba un poco preocupado porque el Consejo Terran se enteró de la niña, pero se encogió de hombros. Los hombres que trabajaban en su residencia privada eran leales y no lo traicionarían ante otras facciones impías y moralmente en bancarrota. Siguiendo los ritos de su antiguo guía espiritual, Ibrahim Rashid nombró a la niña Alisha y se casó con ella según las viejas costumbres de su pueblo. Consumió el matrimonio más tarde el mismo día. Mientras la pobre niña sangraba y lloraba en un rincón, Ibrahim Rashid se dio unas palmaditas en la barriga gorda, complacido consigo mismo.

Ibrahim decidió prestarle a Terrence Lowenstein los mil millones de créditos terranos que solicitó. Los términos acordados fue que el préstamo podría funcionar sin intereses de más de 18 años, y en lugar de pagar intereses Lucifer suministraría Ibrahim con un total de 72 vírgenes durante esos 18 años. Si los cafres por alguna razón no podían pagar el mil millones al final del préstamo fuerza armada de Ibrahim los aniquilaría a ellos, e Ibrahim Rashid dejado claro. Finalmente, Ibrahim Rashid se durmió y se durmió.

Una vez que se obtuvo el dinero, Abraham invirtió ellos y se hizo el dinero suficiente para apoyar el Edén para siempre. Después de todo, su mayor fortaleza siempre había sido predecir cómo se desarrollaría el mercado, y así fue como había creado su inmensa riqueza en primer lugar.

Capítulo 45: De virgen de sangre a divinidad celestial.

La humanidad a pesar del esfuerzo del Gran Maestro Abraham todavía estaba manchada por los pecados de los antepasados que destruyeron nuestro mundo natal; Tierra.

El Maestro Abraham dice: Limpiarás lentamente tu pecado renunciando a eso, que es puro y amado por todos. Trae a tus hijas mientras están intactas por mí y aún no han sangrado. Tu Señor Abraham escogerá cada temporada una novia para llevarla a su reino divino y limpiará lentamente el pecado de la humanidad formando una unión con la virgen. Esto sucederá hasta que se pague la deuda y se restablezca el saldo.

Abrahameon: Capítulo 23, párrafo 7

Lucifer cerró el Abrahameon, el libro sagrado del Edén. Fue un trabajo en progreso. Lucifer estaba asqueado por este capítulo, y estaba totalmente en desacuerdo con la decisión de Abraham de firmar un acuerdo con el diablo, Ibrahim Rashid. De todos modos, no había mucho que Lucifer pudiera hacer al respecto. El trato se hizo, e Ibrahim Rashid había amenazado con traer su ejército y destruir a Eden si no recibía lo que le prometieron.

Ni el Edén ni el Centro de Control Divino eran estaciones de batalla temibles. Tenían suficiente Defensas para disuadir a los asaltantes, piratas, o marcianos de atreverse a enfoque. Pero XX e Defensas que no fueron diseñados para resistir un ataque a gran escala de una flota hostil. Por otro lado, si mantenían feliz a la Casa Rashid, estarían protegidos de los restos debilitados de la Casa Goldstein.

Era una vez más, hora de que otra niña inocente fuera sacrificada por el bien mayor. Habían pasado tres años, y la ofrenda de hoy sería la número 12 a ser enviada como pago de sangre al demente Ibrahim Rashid. Lucifer compadeció a la chica que sería seleccionada. Intentó evitar pensar en su destino, ¿era una sentencia de muerte o algo mucho peor?

El día de la selección, cada niña edenita elegible fue convocada a una plataforma cubierta con tecnología de holograma o "la luz azul de Dios". Los desnudaron y tuvieron que permanecer así para que se realizara la " selección ". Esto tomó varias horas, ya que la distancia a la Tierra hizo que transferir los hologramas a Ibrahim llevara mucho tiempo. Una vez Ibrahim, ha de tomar su decisión, toda la luz azul estaba dirigido a la niña seleccionada, que fue puesto en un tanque criogénico portátil y enviado a la residencia privada Ibrahim.

Lucifer había conocido a Ibrahim Rashid una vez al entregar a una de las desafortunadas chicas tributo. Ibrahim lo había invitado a recorrer su casa y Lucifer había aceptado. De repente, Lucifer había sido encapsulado en un campo de fuerza transparente que le impedía moverse. Horrorizado, Lucifer se vio obligado a mirar cómo el peludo y gordo Ibrahim violaba a su última víctima. Durante todo este horrible acto, Ibrahim lo había mirado para afirmar su dominio. Después de completarse, la monstruosa monstruosidad había arrastrado a la pobre niña a otra habitación del edificio. Después de eso, los guardias de Ibrahim desalojaron a Lucifer de la residencia. Durante la dos - volver viaje de una semana a Edén, Lucifer había hecho planes para la venganza y la justicia. La casa de Ibrahim no estaba tan bien vigilada, y Lucifer y los otros ángeles eran asesinos entrenados y serían capaces de matar a Ibrahim y sus guardias.

Abraham había leído la mente de Lucifer y lo reprendió. Matar Ibrahim Rashid mataría a su único aliado y le traen una flota de Casa Rashid naves espaciales a destruir Edén. Esa fue una batalla que no se pudo ganar. Si bien Ibrahim era un hombre vil, era demasiado importante para deshacerse de él. El sufrimiento de unos pocos era necesario para llevar una buena vida a los muchos. Lucifer no podía entender cómo la acción de Abraham sería traer una sustancia pegajosa a la vida a las personas. Abraham respondió:

> - No dudes, Lucifer. Solo dedica tu fe a tu Maestro. Usted es la joya de mi creación y si usted apenas cree en m electrónico y nunca pregunta, todas las respuestas vendrán.

Lucifer fue a su tanque criogénico y pensó en esas palabras. *"Nunca cuestiones, y todas las respuestas vendrán"*. Había permanecido fiel durante 30 años en esta roca sangrienta, y Lucifer no era el más sabio. Renunciando a su destino, suspiró antes de experimentar el rápido enfriamiento del tanque criogénico para un buen descanso.

Capítulo 46: La desconexión se hace más profunda.

Abraham Goldstein estaba luchando por concentrarse y estar satisfecho con la vida. A pesar de tener todo el poder, siempre había soñado que no estaba satisfecho. De hecho, que estaba gravemente frustrado: sexualmente frustrado.

Durante los últimos 120 años, Abraham nunca tuvo relaciones sexuales. Que no era atractivo a él a pesar de que w como disponible para él debido a su riqueza y los productos farmacéuticos adecuados. De Abraham médico había explicado, que un efecto secundario común de la tecnología de regeneración de ADN era la falta de deseo sexual, una vez que el individuo había llegado al final de su esperanza de vida natural. No le había molestado a Abraham en ese momento. Él era muy activo sexualmente durante los primeros 130 años de su vida y con el deseo sexual ha ido él podría enfocar su energía en la expansión de su riqueza y poder.

Desde que Abraham perdió su cuerpo, el deseo sexual de Abraham había cambiado y el sexo volvió a ser importante. Se dio cuenta que esto se debía a su nuevo cuerpo que hacía imposible tener sexo físico, y por lo tanto lo deseaba más. Abraham cumplió sus impulsos sexuales al observar a las personas tener relaciones sexuales. Esto se convirtió en una adicción a él y lo llenó de deseos incumplidos. Desde la Dimensión Divina, podía conectarse con todos los humanos y verlos tener relaciones sexuales. La peor parte fue estudiar la vida sexual de las personas en lugar de los sodomitas.

La sodomía era muy raro en la Tierra durante de Abraham curso de la vida, y que nunca había le molestaba que mucho. Si bien la sodomía no era ilegal en la Tierra, era poco común debido a las leyes y regulaciones que rodean los nacimientos y las concepciones. Cada individuo en la Tierra tenía un conjunto de microchips biónicos que controlaban muchos aspectos de su vida. Uno de estos chips actuó como un dispositivo anticonceptivo permanente que evitó embarazos no planificados.

Para quedar embarazada, una persona necesaria la autorización de las autoridades, que recomendó ADN optimización para todos los niños. El ADN optimización dio al niño el "mejor" de salida genético basado en la de los padres de ADN. Una de las genéticas que generalmente se deseleccionó fue la genética de la homosexualidad. Esto significó que sólo 5 personas en un millón, era homosexual en el 28°siglo. En Marte, donde los genes se diseminaron de forma natural, la prevalencia de la homosexualidad era de entre el 5 y el 10 por ciento de la población; como la relación de la Tierra en el 21stsiglo. Como los edenitas descendían de los marcianos, también tenían entre un 5 y un 10 por ciento de homosexuales.

Abraham estaba en contra de la homosexualidad, mientras que su adicción sexual lo fascinaba con el concepto. Se acordó de carta de suicidio de Jehová, y él dio cuenta los peligros que los que se enfrentó. Abraham decidió hacer dos cosas:

- Le inyectarían una droga de castración química en el cerebro para deshacerse de su obsesión sexual.
- Castigaría a los sodomitas siguiendo las escrituras y la antigua ley.

Abraham quería justificar castigar a los homosexuales entre los edenitas. Desafortunadamente, nada en el Abrahameon declaró que la homosexualidad era un pecado o estaba prohibido, ya que Abraham había sido ajeno al tema. Finalmente, Abraham encontró una manera de justificar el castigo de los homosexuales. Se puso en contacto con Lucifer:

- Lucifer, estoy enojado contigo.

Lucifer:

- Gran maestro Abraham. No entiendo. ¿Como te he enojado?

Abraham:

- Has falta de sanciones a los sodomitas por su intempestivo comportamiento!

Lucifer

- sodomitas? ¿Quiénes son y qué han hecho?

Abraham:

- ¡Los homosexuales, hombres que se acuestan con hombres y mujeres con mujeres!

Lucifer:

- Oh...

Lucifer y los otros ángeles eran asexuales y tenían poco interés en el sexo. Abraham tenía diseño su ADN esta manera, a mantenerlos enfocados en hacer las misiones que les había dado. Para estar en la caja fuerte lado, los ángeles también tenían microchips que reprimen su sexualidad. Lucifer no tenía idea de por qué los homosexuales eran un problema o por qué se suponía que debía castigarlos y respondió a Abraham:

- Abraham, no se me indicó que hiciera un seguimiento de los hábitos sexuales de los edénitas y no puedo recordar nada en Abrahameon que prohíba la homosexualidad.

Abraham:

- Uno de mis mandamientos más importantes en el Abrahameon es "Sé fructífero y multiplícate". Elegir una vida de sodomía es una clara intención de romper esa regla. ¡Por lo tanto, los culpables deben ser castigados!

- Reúne a los ángeles, vístete para el castigo y el terror; Haré que todos se reúnan en el Monte Sinaí.

- Yo te haré saber más, una vez que esté en su posición. ¡Ahora ve!

Al oír esto, Lucifer se dirigió a los otros ángeles para su despliegue inmediato al Edén.

Capítulo 47: Muerte a los sodomitas.

Yehuda era agricultor y padre de ocho hijos. Él vivió una vida buena siguiendo los decretos del Abrahameon y para recompensar a este, Lucifer le había promovido a convertirse en el gran sacerdote de su tribu. Mientras Lucifer y los otros ángeles habían estado muy presentes durante los primeros años en el Edén, su presencia se hizo cada vez menos notable a medida que pasaban los años. 20 años después de Yehuda y su familia se despertaron en Eden, los ángeles fueron vistos solamente en forma esporádica. Por lo general, venían a resolver problemas o recoger ofertas.

Yehuda había perdido a una de sus hijas en la selección. Su nombre era Helena, y ella había sido una de las chicas más lindas en el Edén. Yehuda se sintió agridulce por su pérdida. Si bien fue un gran honor que Abraham eligió a Helena para acompañarlo en el cielo, fue triste no verla crecer y tener una familia.

Yehuda a menudo se preguntaba qué pasaría con las chicas elegidas después de la selección. Tenía pedir Lucifer, que había contado lo que debería estar feliz por Helena. El Gran Maestro Abraham había seleccionado a su hija para recibir la entrada directa al cielo, mientras que la mayoría de la gente tuvo que seguir estrictamente al Abrahameon y vivir una buena vida para llegar al cielo cuando murieron. Como Helena se tomó cuando aún era pura, que se salvó de los horrores y tormentos del infierno que un pecador esperado es cuando murieron.

Aunque esto había aliviado a Yehuda de sus peores problemas, también lo confundió. Lucifer había mencionado que Helena estaba en el paraíso con el Gran Maestro Abraham. Pero en otra ocasión, Lucifer había dicho a Yehuda que el cilindro hacía efecto en las niñas seleccionadas antes de salir de Edén era para evitar que ellos se asfixien.

Pero si la única manera de que un ser humano para alcanzar el paraíso era morir, ¿por qué Lucifer hablaba sobre cómo detener las chicas seleccionadas para que no se sofocaran? Yehuda llegado a la conclusión de que algunas cosas eran no comprensibles para los hombres ordinarios, y que el Gran Maestro Abraham tenía un plan que beneficiado todo el mundo en el Edén.

Mientras Yehuda extrañaba a Helena, pero estaba feliz por su salvación eterna; Yehuda estaba preocupado por su hijo Simón. Yehuda había tratado de arreglar un matrimonio para Simón para que pudiera ser fructífero y multiplicarse. Simón se había negado, ya que insistía en que su verdadero amor era un hombre llamado Christopher. La homosexualidad de Simón rompió el corazón de Yehuda, y él esperaba que Simón no se enfrentara a la condenación eterna en el infierno por sus deseos.

La elección, una vida de la sodomía estaba en contra del mandamiento que humanos s deben ser fructífero y multiplicarse. Simón había ignorado la preocupación de su padre y respondió que el Gran Maestro Abraham quería que todos amaran y fueran amados, y dado que fue creado de esta manera, no había forma de que su amor pudiera ser pecaminoso. Además, no había una prohibición explícita de la homosexualidad en el Abrahameon.

A pesar de no lograr convencer a Simón sobre su error, Yehuda todavía lo amaba y trató de presentarle para diferentes mujeres, con la esperanza de que uno de ellos podría desencadenar su deseo natural de procrear. Yehuda incluso le había suplicado a Lucifer que curara la aflicción de Simón. Lucifer no había mostrado el problema mucho interés y había declarado que otros seis hijos de parecían estar bien adaptados y con el Gran Maestro Abraham habria bendiciones en línea de sangre de Yehuda, pues estaba destinada a expandirse y prosperar en el futuro. El gran maestro Abraham no prohibió expresamente la sodomía, y a Lucifer no le importaba cómo los humanos del Edén dirigían sus energías sexuales.

De repente, el Gran Maestro Abraham apareció como un milagro en la habitación. Le ordenó a Yehuda que reuniera a todos los aldeanos a la vez y se dirigiera al Monte Sinaí. Una vez que llegaron Monte Sinaí, que dieron cuenta que no sería un anuncio usual. Había fuego y humo alrededor de la montaña, y los ángeles estaban vestidos con aterrador negro armo u r con los puntos y la sangre. El miedo y la confusión se extendieron entre los aldeanos que tuvieron que esperar con anticipación hasta que todos llegaron.

Una vez que todos se reunieron, Abraham apareció como una ilusión gigantesca de pie sobre los ángeles. Llevaba su túnica y bastón habituales, pero para indicar la importancia de la asamblea de hoy también llevaba su corona divina. Los ojos de Abraham ardían de ira y su voz gritó.

- Gente del Edén. Muchos de ustedes contratar correos en impías comportamiento.

- ¡He mandado a ser fructífero y multiplicarse, y sin embargo muchos de ustedes siguen prácticas que contradicen este comando!

- Sí, hablo de hombres que duermen con hombres, mujeres con mujeres, bestialidad y otras prácticas enfermas que he presenciado como un dios que todo lo ve.

- Esto debe terminar hoy. Las siguientes personas dan un paso adelante.

Abraham comenzó a gritar nombres. Estaba al tanto de un total de 300 homosexuales de la población actual que había aumentado a 6000. Si bien sería conveniente eliminarlos a todos de una vez, Abraham quería infundir miedo. Además de expulsar a todos los homosexuales y castigar a algunos de ellos públicamente, seguramente se divertiría más tarde cuando las turbas religiosas del Edén se esforzarán por evitar cualquier indeseable.

Abraham instruyó a los ángeles a dividir a los sodomitas en dos grupos. Un grupo consisten de 60 individuos y el otro consistía en 240 personas. Los 60 fueron los condenados, y Abraham leyó las acusaciones para que todos las escucharan. El hijo de Yehuda, Simón, fue uno de ellos. " *No solo Simón, hijo de Yehuda, había elegido realizar actos antinaturales con hombres, sino que lo había hecho en contra de los deseos de su padre y había ignorado todos los intentos de cambiar de opinión y acostarse con una mujer, lo cual era lo más natural. pecador malvado, solo había un camino a seguir, ser limpiado por el fuego* ".

Los 60 sodomitas condenados fueron colocados en una plataforma elevada rodeada por un campo de fuerza invisible que les impidió partir. Luego fueron asados lentamente frente a las multitudes por un láser en órbita. El olor a carne quemada cubría el valle. Pero Abraham no iba a dejar que tuvieran una muerte rápida. Entonces, los incendios se extinguieron y se bombearon estimulantes y oxígeno al área para garantizar que todos estuvieran despiertos y sufriendo. Este proceso continuó durante tres horas, y eventualmente Abraham había visto suficiente. Así que ajustó láser s al efecto completo y mató a los condenados.

Abraham:

- Recuerda este día gente del Edén! Cada año en este día, 60 sodomitas arderán en esta montaña. necesitan entregarlos a mí. Si no lo haces, es porque estás protegiendo estas abominaciones. ¡Si haces más de ti sufrirás!

Capítulo 48: El dilema de Lucifer.

Lucifer se sintió incómodo por las cosas que habían sucedido. A pesar de que entiende por qué Abraham deseaba erradicar a los homosexuales la forma en que había jugado a cabo fue en defendible. Los láseres orbitales eran poderosos y podían incinerar a un hombre en segundos; hubiera sido una muerte limpia y casi indolora. En cambio, Abraham asó los condenados queridos durante horas por ninguna otra razón que los sádicos.

La solución no tenía sentido. Si Abraham quería erradicar el problema, podría haber matado a todos los homosexuales a la vez. En su lugar, el asesinato de solo un - quinto de ellos y darle a los otros una sentencia de muerte proclamando que 60 homosexuales deben ser sacrificados cada año era cruel. El conocimiento sobre su condenación era peor que una muerte rápida, y Lucifer compadeció a los homosexuales condenados.

Lucifer había respondido a las llamadas de Yehuda y visitó el devastado hombre después es. Estaba destrozaba y que había maldecido a Lucifer. Lucifer debería haber castigado a Yehuda por esto, ya que faltarle el respeto a un ángel era un delito grave. Pero Lucifer decidió no castigar al "viejo hombre". Afortunadamente, ningún extraño fue testigo del fracaso de Lucifer para castigar a Yehuda, por lo que no había razón para escalar el asunto.

Lucifer compadeció a Yehuda por su pérdida y a Simón por la forma en que había muerto. Simón era un buen chico, con toda su vida por delante. En su lugar, él fue castigado con una muerte muy doloroso debido a sus deseos sexuales, algo que fue predeterminada por sus genes y no controlables desde su extremo. El castigo de Simón fue muy cruel teniendo en cuenta que no sabía que estaba cometiendo un delito. Lucifer se sintió culpable por no respetar los homosexuales de Simón La sexualidad como un no-problema cuando Yehuda había pedido su ayuda, pero allí e había nada que Lucifer podría tener al respecto.

La única "cura" para la homosexualidad era cambiar la estructura genética del individuo. Esto fue increíblemente difícil de hacer incluso en la Tierra e implicó congelar criogénicamente al individuo para evitar la muerte celular y luego cambiar individualmente cada célula. Por lo tanto, se tomó años para alterar el genoma de un adulto individual, y toda modificación genética se llevó a cabo en embriones cuando era más fácil para implantes rasgos humanos deseables.

Lucifer nunca había entendido la obsesión de otros humanos con la sexualidad. Los ángeles tenían una genética similar cuando se trataba de sexualidad; en su mayoría eran asexuales con una ligera inclinación hacia la heterosexualidad. Durante el tiempo de unas Lucifer había conocido Abraham, Abraham no tenía propia mucho interés en el sexo. Pero considerando la cantidad de descendientes que tenía Abraham; esto era probablemente la edad - relacionados. Siendo 200 años más joven que Abraham, Lucifer nunca lo había visto antes de que comenzara a usar la tecnología de regeneración de ADN.

Lucifer estaba molesto porque ninguno de los otros ángeles parecía estar perturbado por los eventos que habían visto. Lucifer no sabía si a sus colegas les gustaba participar en atrocidades o si temían la ira de Abraham. De todos modos, Lucifer necesitaba educación para procesar lo que había visto, pero no había nadie con quien hablar. Se sintió solo y excluido, e incluso consideró abandonar el Edén y regresar a la Tierra. Pero ¿qué iba a hacer allí? Lucifer nunca había estado solo o fuera de su grupo de ángeles compañeros. El miedo a dejar todo atrás era más fuerte que el miedo a lo que se había convertido. Lucifer decidió dormir mucho tiempo. El sueño despejaría su mente, y los terrores que había visto, parecerían menos reales una vez que despertara.

Capítulo 49: Abraham busca un cabeza.

Un par de semanas l más tarde, un cargamento de inhibición sexual llegó, y Abraham instruyó a un ángel para inyectarlo directamente en su cerebro. Causó un dolor agudo ya que el medicamento no debía administrarse de esa manera, pero el cerebro era la única parte del cuerpo de Abraham que había sobrevivido. Después del dolor inicial, Abraham sintió una profunda sensación de alivio, ya que ahora podía pensar con claridad sin distracciones y deseos sexuales. Estaba habilitado para perseguir objetivos más constructivos. La quema de los Sodas ácaros hizo Abraham se dió cuenta una cosa. Él ahora admitió a cuánto disfrutaba causando sufrimiento y dolor a los demás.

Abraham nunca había evitado causar dolor a otros, pero siempre lo había justificado con el bien mayor. Se dió cuenta que esto era debido morales s impuestas sobre él por otros, pero ahora no había ninguna razón para ser deshonesto más. Siempre le había gustado torturar a las personas y causarles dolor. El fortalecimiento de los deseos sádicos de Abraham fue el hecho de que ya no tenía un cuerpo humano y que era más máquina que hombre. Antes de que su corazón y su intestino pudieran sentir compasión por los demás, pero con solo el cerebro restante, no había nada que mantuviera a raya su sadismo.

Abraham consideró torturar a Lucifer por su desobediencia. Abraham estaba al tanto de las dudas traicioneras de Lucifer en él. Si alguno de los ángeles se hubiera atrevido a interrogarlo como Lucifer, ese ángel habría sido torturado y luego asesinado. Pero Lucifer era único, fue creado único, y en esta singularidad se puso la dificultad de hacerlo sucumbir a la voluntad de Abraham.

Abraham había perdido a Lucifer una vez en el pasado y ese fue el día más oscuro de su vida. No quería experimentar esto otra vez. En cambio, Abraham tuvo como objetivo formar a Lucifer a su imagen, y eventualmente entregarle el poder cada vez que estuviera listo para la muerte final.

Abraham sintió la necesidad de matar y torturar a alguien. A pesar de que no se necesita a ninguna razón para hacerlo, todavía prefería compensar una razón. Afortunadamente, era un sábado, y que estaba prohibido trabajar los sábados. Aunque siempre alguien trabajaba. Examinando las mentes de los edénitas, pronto encontró a su víctima; un sanador del pueblo que estaba tratando a un niño enfermo. ¡El sanador de la aldea debería haberlo sabido mejor que hacer su trabajo un sábado! Era hora de castigarlo.

Lamentablemente, Lucifer estaba durmiendo. Aunque esto era de lo mejor, como Abraham había decidido no castigar a Lucifer, que se opondría a la tarea en cuestión. En cambio, envió a los ángeles Nuriel, Thomas y Michael para hacer su obra.

Michael, que era el tercero al mando después de que Abraham y Lucifer se acercaron al sanador de la aldea y Abraham habló a través de él:

- Saludos Mesaja.
- Estás cometiendo un gran pecado. ¿Tienes algo que decir por ti mismo?

Mesaja:

- Por favor, perdóname, maestro Michael. Este niño está enfermo y no puede sobrevivir otro día sin ayuda.

- Él ha trabajado duro para mejorar la vida de los habitantes del pueblo, y trato de honrar la gloria de Abraham a través de mi trabajo.

Miguel:

- Y, sin embargo, ¿no observaste el día sagrado para él?

- Si Gran Maestro Abraham se propone para este niño de morir; así es como deben ir las cosas.

- Dado que el niño está enfermo en sábado, que es una señal para dejar el destino del niño en a de Abraham manos.

- En su gran misericordia, Abraham le otorgará a este niño el regalo de la vida mientras todos sufren y mueren, por sus pecados.

Michael sacó un frasco de medicación y la inyectó en el que el niño. Fue una cura de acción rápida, y en cuestión de minutos el niño se había recuperado de su dolencia. Michael habló de nuevo:

- He aquí la gente del Edén! Honren Abraham y rezan por su misericordia y que podría otorgar a usted. Deshonor su gloria y sufrirás.

- Aldeanos, te lo dejaré a ti para llevar a cabo el castigo. Arrastra a este miserable incrédulo a la plaza del pueblo y mátalo a la piedra.

Michael luego se inyecta Mesaja, con un estimulante que lo mantendría consciente durante más tiempo y aumentar su sensación de dolor a través cabo la lapidación. Los aldeanos arrastraron a Mesaja a la plaza del pueblo y lo mataron a pedradas. Michael habló de nuevo:

- Fantástico trabajo, Edenitas. Has demostrado tu fidelidad a Abraham al matar a este hombre miserable. Ahora desgarre su cuerpo en pedazos y envíelo a las otras aldeas como advertencia. ¡Nadie le falta al respeto al Gran Maestro Abraham sin castigo!

Cuando Michael regresó al Centro de Control Divino, Abraham lo felicitó por el trabajo bien hecho. No sólo había demostrado que nadie podría romper las leyes sagradas en el Abrahameon, pero curar del niño en el acto había demostrado que era beneficioso para la gente de Edén, para que pongan su fe ciega en el manos de Abraham.

Abraham no se suele intervenir y salvar a los niños enfermos, porque eso sería quitarle el milagro del acto y la gente lo empezó a esperar a proteger a ellos. Esa idea era absurda. Ellos existían para complacerlo y no al revés. A continuación, de nuevo, un milagro de vez en cuando dio esperanza, y las personas que tenían la esperanza de una vida mejor eran menos propensos a los rebeldes, que los individuos que habían renunciado a la esperanza y estaban dispuestos a morir.

Satisfecho con los acontecimientos del día, Abraham regresó a su sala del trono en la Dimensión Divina. Abraham entró en trance, como un estado de meditación donde pasó la mayor parte de su tiempo.

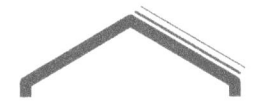

Capítulo 50: Las selecciones continúan.

Un par de años más tarde, Abraham despertó a Lucifer de una sesión de sueño criogénico. Lucifer se sintió confundido y calculó que Abraham debió haber detenido el tanque criogénico antes de la fecha programada.

Lucifer se había sentido muy deprimido la última década, ya que había perdido su fe en la visión de Abraham para el Edén. Puesto que él no sabía qué hacer, él eligió a dormir durante meses y sólo se toma parte en especial eventos y día festivo s. Lucifer necesitaba hablar con alguien, pero no había nadie con quien hablar. Si le hablara a Abraham sobre sus preocupaciones, sería castigado. Así que habló a los otros ángeles, sobre cómo cumplir con desinterés, y como hablar de sus problemas éticos con la edenitas, Abraham lo mataría si era expuesto a sus mentiras.

Abraham contactó a Lucifer:

- Despierta, Lucifer.
- tienes una obligación de trabajo hoy en día.

Lucifer:

- Disculpas, maestro Abraham. ¿Pero No puedo recordar lo que sería?

Abraham:

- Bah, todo ese sueño extra es malo para tu cerebro. Hoy es el 1er día del mes de marzo, el primer día de la primavera. ¡Sabes lo que significa una nueva temporada!

Lucifer:

¿Pero pensé que la chica del pasado diciembre fue la oferta número 72, y que la deuda con Ibrahim Rashid se resolvió?

Abraham:

- Tiene usted razón, ella era la número 72 y se paga la deuda.

- Pero de dos cosas:

- Primero: ¿cómo detenemos la tradición? ¿Cómo le decimos a la gente del Edén que una tradición apreciada y que funciona bien ya no es válida?

- En segundo lugar: se puede hacer una fortuna vendiendo novias jóvenes vírgenes sanas y no registradas a compradores adinerados.

Lucifer:

- ¿Pero pensé que tenías suficiente dinero para cubrir el mantenimiento del Edén?

Abraham:

- No seas tonto, Lucifer. Aquí no hay tal cosa como el dinero suficiente en el mundo.

- No me convertí en el hombre más rico de la Tierra al limitar mi visión.

Lucifer:

- Disculpas, gran maestro Abraham me. Voy a reunir un equipo y hacer que r licitación.

Lucifer estaba decepcionado, pero se abstuvo de decir nada. Casi podía sentir el dolor en su cabeza. El dolor que Abraham le había causado a lo largo de los años cuando Lucifer no estaba de acuerdo con él. Lucifer se sentía viejo y de hecho era viejo, aunque todavía se veía en su mejor momento debido al tiempo que pasaba en el sueño criogénico y al uso masivo de la tecnología de regeneración de ADN.

Mientras tanto, en Eden, una niña llamada Susanna planeaba hacer algo que nunca antes había sucedido. Ella planeó ser voluntaria para ser seleccionada. Técnicamente, Susanna, que tenía 14 años y había alcanzado la pubertad, no era elegible. Para ser elegible, uno tenía que ser virgen y preadolescente. Pero Susanna era valiente, curiosa y ella quería conseguir estar lejos de Edén. Susanna quería irse porque estaba comprometida con un viejo desagradable. No le importaba que él era rico y que sea capaz de soportar ella y los muchos niños que vienen. Para multiplicar no era su objetivo en la vida, y no importa lo que dijo Abraham y Lucifer, ella se persiguen su propio apartamento.

Susanna había concluido que las chicas seleccionadas no fueron asesinadas. Ella había visto muchas ejecuciones durante sus 14 años en el Edén, pero durante la selección, los ángeles parecían muy dispuesto a no hacerle daño a la chica seleccionada.

Para la selección de esta temporada, Abraham eligió un nuevo enfoque. Esta vez, había establecido una plataforma de oferta cifrada, donde tuvo lugar una subasta. La chica que recibió la oferta más alta sería la selección de esta temporada.

Lucifer supervisó la selección. Sintió falta de deseo y no se inspiró, pero como el segundo al mando del Edén tuvo que participar en la ceremonia. De repente, Susanna subió al podio donde se exhibían las jóvenes.

Lucifer:

 - ¡Para!
 - Baja del podio, mujer, ¿cuál es el significado de esto?

Susanna:

 - Soy voluntario para ser la selección de esta temporada.

Lucifer echó un vistazo rápido a Susanna. La identificó como Susanna, y un breve momento después le subieron la biografía a su cerebro.

Lucifer:

- Susanna, NO es así como funciona la selección. La selección no se trata de voluntaria; Se trata de ser seleccionado. Además, no eres elegible.

Susanna:

- Elegible? Soy virgen, y estoy seguro de que lo sabes, Lucifer.

La respuesta de Susanna desconcertó a Lucifer. Por lo general, los edénitas eran muy respetuosos con él y sus compañeros ángeles. A veces la gente le rogaba y le rogaba, lo cual era difícil porque Lucifer no podía ayudar a todos. Con Susanna, las cosas eran diferentes, estaba rompiendo contra la convención al ofrecerse voluntariamente para la selección, y su tono de voz era sarcástico y burlón de Lucifer. Lucifer respondió.

- No es elegible porque ha tenido su primer sangrado.
- Ahora vete, o te haré azotar

Susanna:

- Oh, vamos, todos saben para qué es la selección. Debes sentirte solo sin ángeles femeninos en tu palacio flotante. Estoy listas para ti; Estas otras chicas no lo están.

Lucifer se sonrojó. A pesar de vivir durante casi 100 años, nunca había estado con una mujer y no había sentido la necesidad de hacerlo. Como tal no estaba acostumbrado a este tipo de lenguaje, y no había oído nada igual desde que salió de la Tierra 50 años antes. Él gritó de vuelta:

- Eso es suficiente!
- ¡Guardias, expulsen a esta mujer y le han azotado!

A través de un extraño giro del destino, Susanna se salvó. Mahmoud Rashid, el nieto de Ibrahim, vio la subasta y Susanna le robó el corazón. ya que ella era hermosa y tenía una personalidad ardiente. Tenía una gran oferta por parte de Susanna para salvar su vida y hacerla suya. Cuando Abraham recibió la oferta de

50 millones de créditos terranos, ordenó a los ángeles que declararan a Susanna como la selección de la temporada de primavera.

Michael empujó a Susanna dentro de un tanque criogénico portátil y voló con ella al Centro de Control Divino donde fue enviada a Mahmoud Rashid. Lucifer estaba atrapado en el Edén. Se sintió estupefacto y sin palabras sobre lo que había sucedido. Finalmente, se fue y dejó Eden para ir al Centro de Control Divino.

En cuanto a Susanna y Mahmoud, fue amor a primera vista. Aunque para Susanna el amor se basó más en la gratitud de que Mahmoud pagó mucho dinero para que ella se llevara el Edén, para que pudiera experimentar todas las maravillas del mundo moderno y alejarse de la tiranía de Abraham.

Desafortunadamente, sus buenos tiempos no duraron mucho, ya que Ibrahim Rashid estaba furioso con su nieto por gastar 50 millones de créditos en una novia sin su permiso. La pareja tuvo que escapar a Marte para evitar la ira de Ibrahim. Lamentablemente, Mahmoud era débil y tímido. Se esforzó para vivir en Marte y que murió después de una década

Susanna, sin embargo, se adaptó a las nuevas condiciones. Su ingenio, inteligencia y valentía hicieron de ella un contrabandista prominente y aventurera. Durante el transcurso de este tiempo, dio a luz a una pequeña bebé, a la que llamó Keila Eisenstein.

Capítulo 51: Abraham exige sacrificios

A fines de 2842, Abraham estaba calculando los números y calculando su riqueza y poder totales. Este año, la tarea que generalmente lo llenaba de alegría y felicidad se convirtió en ira y frustración. Mirando hacia atrás, había sido el hombre más rico y poderoso del sistema solar en 2785 antes de asumir el papel de sucesor de Yahveh.

En 2785, Abraham había acumulado la mayor riqueza individual jamás conocida en la historia de la humanidad. Su influencia había llegado a todos los rincones del sistema solar. Su ejército había sido la fuerza de combate más eficiente en el sistema solar debido a su ventaja tecnológica. En 2842 su riqueza era una fracción de lo que ha d sido y es total llevó menos de Créditos billones terrestres. Su alcance y poder militar era inexistente fuera del Edén. Sentía que había pasado de ser un rey a un bronceado jefe de una pequeña tribu que vivía en una roca casi vacía y terriblemente cara. La creación de Eden había llevado más de 5 billones de créditos terrestres, y era con mucho la más costosa colonia espacial que se haya construido.

La razón por la cual Eden fue tan dolorosamente caro de crear fue por las especificaciones que Abraham eligió para ello. Eden era la colonia espacial más avanzada de la historia, y la primera de su tipo en la que alguien podía caminar con ropa normal y sin ayudas tecnológicas de ningún tipo y aún prosperar. Otro problema que aumentó el costo fue que toda la maquinaria y tecnología que mantenían a Eden estaba oculta a simple vista. En lugar de tener una planta de purificación de agua visible, Eden tenía una cadena avanzada de procesamiento que replicaba el ciclo del agua desde la Tierra con agua que se evaporaba y caía como lluvia. El tamaño del Edén también se agregó al costo. Yo t iba a ser mucho más barato de terraformarse una roca más pequeña, pero Abraham querido replicar el trabajo de Yahvé en la mayor medida posible, por lo que tomó un asteroide que replica el tamaño de tierra. Otro de los dolores de Abraham, Eden se no produce nada de valor, lo que podría de otro modo, había justificado el costo. Los edénitas eran un montón de cargadores libres que no apreciaban los sacrificios de Abraham por ellos. Abraham decidió que los edénitas necesitaban hacer más sacrificios.

Abraham decidió que los que más se beneficiaban de su gobierno eran los que debían hacer el sacrificio. Estos no fueron los ángeles, ya que habían sacrificado una vida mejor en la Tierra por una vida de celibato y dificultades ayudándolo a gobernar el Edén. ¡No, los verdaderos parásitos fueron los grandes sacerdotes de cada uno tribu! Ellos se beneficiaron del reino de Abraham como lo fueron en la posición s de la riqueza y el poder sobre la base de su benevolencia.

La población del Edén se dividió en siete tribus, aunque hubo un 8° grupo de personas que vivían fuera de los pueblos. Cada una de estas tribus tenía un sumo sacerdote designado para la vida. Si bien ser designado para la vida parecía útil, era una desventaja ya que significaba un mayor riesgo de ser asesinado por Abraham desde lejos si no estaba satisfecho con el desempeño del sumo sacerdote. Una vez que un pontífice había muerto el ángel s, elegiría otro aldeano para dirigir la ciudad. Por lo tanto, la posición de sumo sacerdote no era hereditaria, aunque se podía acumular riqueza para la familia que duró después de la muerte del sumo sacerdote.

Los edenitas formaban una ronda de Monte Sinaí. Los ángeles estaban vestidos con sus armaduras blancas ceremoniales cubierto de piedras preciosas. Brillaban bajo el sol y el cielo azul claro. Para las personas que se mueren hoy en día, este no era un día de miedo, sino un día para celebrar. Una vez que estuvieron todos reunidos, Lucifer habló:

- Bienvenido Edenitas, para nuestra celebración de Nochevieja.

- Hoy en día celébranos el año que ha pasado, y el año que viene.

- Pero antes de celebrarlo, les ordeno a todos los altos sacerdotes y sus familias que se presenten, ya que el Gran Maestro Abraham tiene un anuncio que hacer.

Mientras los sumos sacerdotes y sus familias se dirigían a la plataforma, la gente estaba preparando las estaciones de comida y bebida. La celebración del Año Nuevo fue una celebración de paz ya que las tribus estaban dejando de lado sus diferencias para esta celebración. Los ángeles que supervisaron las celebraciones hicieron que todos lo pensaran dos veces antes de causar disturbios. Una vez que los sumos sacerdotes estaban en la plataforma, todos recibieron una copa de " vino divino " eran vinos que habían sido comprados a partir de las mejores bodegas de la Tierra, los cuales degustaron mejor que los vinos que los edenitas generalmente habían bebido. Los sumos sacerdotes alabaron el vino y les desearon a todos un feliz año nuevo al sonido de la multitud que lo vitoreaba. De repente, un holograma de Abraham apareció en la cima de la montaña.

Abraham:

- Gente del Edén. Feliz año nuevo.

- Tengo una solicitud para ti.

- Solicito que sus sacerdotes hagan un sacrificio para honrar mi sacrificio.

- Como sabe el motivo de que usted está viviendo su correo en la alegría y la felicidad, es el sacrificio que hice cuando te salvó de la ira de Jehová. Por protección usted, me di por vencido mi lugar junto a Yahvé en el espiritual más allá.

- En cambio, yo estoy aquí, trabajando sin descanso para apoyar a usted, y hacer que la lluvia, haciendo que el aire que se respira limpio y hacer sus cultivos crecen. Es hora de que pagues mi sacrificio.

- Altos sacerdotes del Edén, eres el más afortunado de los edénitas. Hoy, te estoy dando la oportunidad de mostrar tu dedicación y fe en mí.

- En el altar, hay una espada de sacrificio. Corta la garganta de tu primogénito y estarás más cerca de mi gloria.

LA DIVINA DISIMULACIÓN 149

Entre los altos sacerdotes, estaba Yehuda, que había perdido a una de sus hijas a la selección y uno de sus hijos en la purga es contra los homosexuales. Ahora debía ser probado nuevamente, y esta vez se suponía que él sería el que llevaría a cabo la horrible acción. Yehuda hizo una elección; No dejaría que otro de sus hijos muriera o desapareciera. Me t era el momento de sacrificar su propia vida y decir no a Abraham.

Yehuda

- Gran maestro Abraham. Estoy muy agradecido por su sacrificio s, pero no puedo hacerlo. Mis hijos lo son todo para mí y no puedo soportar la idea de perder a otro antes que yo. Toma mi vida en su lugar.

Antes de que Abraham tenía el tiempo para responder, el hijo mayor de Yehuda, Jamal, habló:

- Padre, ¿por qué haces esto? No se puede negar su solicitud al Gran Maestro Abraham.

- Abraham es el que nos otorga la vida. Merece decidir cuándo es nuestro tiempo para ir. Me siento honrado de morir a sus órdenes.

Yehuda

- Pero Jamal, tus hijos todavía son jóvenes, ¡te necesitan!

Jamal

- Mi descendencia estará bien. El gran maestro Abraham los cuidará.

Dicho esto, Jamal caminó hacia el altar del sacrificio. Yehuda lo siguió lentamente y con las piernas temblorosas. Yehuda cortó la garganta de Jamal, y cuando la sangre brotaba del cuerpo moribundo de Jamal, Yehuda colapsó y comenzó a llorar. Abraham habló:

- Jamal nos dio un ejemplo para hoy. Se le otorgará un lugar en el cielo por su voluntad de renunciar a su vida para honrar mi nombre.

- Le pido al resto de los sumos sacerdotes para hacer el mismo sacrificio y hacerlo con gracia y alegría en sus corazones como tus primogénitos se le concederá un pasaje seguro al cielo si honor mí.

Los otros sumos sacerdotes siguieron la orden de Abraham, y media hora después el altar estaba cubierto de sangre, con siete cuerpos sin vida al lado. Abraham volvió a hablar:

- Regocíjate con los edénitas, porque esta noche has visto a siete almas valientes obtener el paso al cielo por su fe, dedicación y sacrificio.

- H IGH cura Yehuda, que me irritó por su falta de compromiso, y la forma poco elegante que tratado con Jamal glorioso sacrificio.

- Te expulso a ti y a tu familia del pueblo. Debes vivir en el desierto cerca del borde del Edén sin contacto con otras personas. Esta es la única forma en que se puede pagar su crimen y deuda.

Yehuda, sus cinco hijos sobrevivientes y sus nietos fueron reunidos y llevados al desierto por los ángeles Michael y Gabriel. Caminaron durante muchas horas hasta llegar al borde del Edén, a una pequeña cueva que daba al borde del espacio. Mirando hacia afuera solo se podía ver la vasta oscuridad del espacio. Michael le inyectó a Yehuda una inyección de suero para preservar el ADN. Él habló al grupo.

- Familia Yehuda: este será tu nuevo hogar. Todos están echados al abismo por los pecados de su patriarca Yehuda, quien se atrevió a interrogar al Gran Maestro Abraham.

- Vivirás aquí, trabajando el doble que el resto de tu especie por la mitad de la ganancia.

- Yehuda te enfrentarás a la mayor maldición. Sobrevivirás a todos tus hijos. La edad y el arrepentimiento te atormentarán, pero no morirás hasta que Abraham te permita.

Después de decir esto, Michael y Gabriel volaron de nuevo al centro de control divino y dejado al desgraciado Yehuda y a su familia arrojados en que el desierto. En un acto de desesperación Yehuda salto t hacia el borde del Edén para saltar al abismo. Fue un intento fallido cuando chocó con la capa de la nanotecnología que cubría Edén. Yehuda fue electrocutado y quedó inconsciente. Una vez Yehuda despertó, aceptó su destino y se llevó de su familia a esta parte aislada del Edén.

Capítulo 52: Lucifer cae desde arriba.

Lucifer se sintió desmoralizado y con el corazón roto. Por orden de Abraham, había llevado a cabo la última atrocidad contra los Edénitas. Las víctimas eran dos tortolitos jóvenes que habían ido en contra de sus familias deseos y habían rechazado los matrimonios arreglados sus padres tenían organizado por lo que podrían estar juntos.

Con tan muchas infracciones contra h es la ley divina, Abraham quería sangre, y una exhibición pública. Lucifer fue designado para llevar a cabo la ardua tarea. A los jóvenes amantes primero se les arrancó cada uña una por una. Luego fueron azotados con 50 latigazos cada uno. Cuando Lucifer recibió la orden de cortar los genitales de las víctimas con un cuchillo oxidado, tuvo suficiente. Se levantó la espada de plasma brillante, la Aurora Adalid, y que decapitó a los dos amantes que les otorguen una muerte rápida.

Abraham estaba disgustado, pero no furioso con Lucifer. Abraham había optado por hacer de esta ejecución una muestra del poder de Lucifer. Abraham a veces no se mostraba a sí mismo a la edenitas y en su lugar hizo parecía que el castigo era la voluntad de un determinado Ángel. Lucifer fue la figura del anuncio, mientras que fue Abraham quien movió los hilos hablando como una voz dentro de la cabeza de Lucifer. Como Lucifer no había desobedecido públicamente las órdenes de Abraham, Abraham no lo castigaría.

La espada de plasma de Lucifer, Portador del Amanecer, era una versión modificada del cuchillo de plasma que era un equipo estándar en el ejército terrano. Era un dispositivo alimentado por batería con una cuchilla que podía sobrecalentarse, y así cortar cualquier material con facilidad. Una delgada calor - resistente capa, que se mantiene unido por un campo magnético, cubierta la hoja. De esta manera, el inmenso calor de la espada no se extendió a los alrededores, sino solo a las partes cortadas, con precisión quirúrgica. Si bien el Portador del Amanecer era un arma poco práctica, parecía impresionante, y propagaba temor y asombro entre los edénitas. A medida que el amanecer Portador podría cortar a través de un ángel armo u r, tenía una tecnología de activación de ADN que hizo Lucifer, el único que podía servirse de ella.

Lucifer decidió regresar al Centro de Control Divino. Lo regañarían y luego dormiría unos meses. Todos estaban yendo a dormir, ya que los suministros médicos escaseaban, así como piezas de repuesto para sus trajes de ángel. La escasez se daba debido a que el infame pirata espacial, Morgan Henry, tenía incursión en su último envío. No era gran cosa, el espacio era vasto y la probabilidad de enfrentarse a piratas espaciales era mínima.

De repente, Lucifer sintió una colisión y una descarga eléctrica. Se dio cuenta que se había olvidado de abrir el campo magnético de Edén y por lo tanto le había chocado con él. La descarga eléctrica lo dejó inconsciente y que cayó lentamente al suelo.

Capítulo 53: Lucifer cae herido en el desierto.

Lucifer se despertó. Tenía dolor e incapaz de moverse. Su visión era borrosa, y nada tenía sentido para él. Le dolía la cabeza. ¿Estaba muerto? Lucifer recordó que estar congelado criogénicamente era como estar muerto, excepto que no despertaría de estar muerto. Estaba presente y sufría dolor, por lo tanto, no podía estar muerto sino herido. Lucifer intentó autodiagnosticarse, podía mover los dedos de manos y pies. Por lo tanto, su columna vertebral no podía romperse, entonces, ¿por qué no podía levantarse?

Lucifer encontró la respuesta. Él no podía levantarse porque su armo u r estaba roto. De Lucifer ángel traje w como controlado por un chip en sus cerebros y se sentía como una segunda piel, a pesar de ser pesado y que requiere construcción - en motores para mover. Por lo tanto, con la armadura roto, pero ese chip todavía activa, Lucifer había creído que estaba lisiado cuando sólo era su Armo u r que se rompió. Lucifer salió de su armadura de ángel.

Lucifer se puso de pie y, por primera vez en su vida, vio el mundo con sus propios ojos. Al igual que los otros miembros del programa de ángeles, Lucifer había tenido una multitud de microchips de nanotecnología insertados en su cerebro. Estos chips cambiaron su percepción del mundo a través de la mejora de colores, con información detallada sobre todos los objetos, reconocimiento facial inmediata, su ubicación actual y su actual objetivo, etc. Sin la mayor percepción del mundo, Lucifer se sintió paralizado. Sin embargo, también notó algo que nunca había sentido antes, se sintió libre y quería explorar este mundo nuevo y valiente.

¿Pero qué haría él después? Estaba atrapado en el desierto, herido y sediento. Su libertad podría ser corto - vivido si iba a morir aquí. Lucifer estaba bastante seguro de que la baliza de emergencia en su traje de ángel seguiría funcionando. Se podría utilizar para conseguir llevado por aire a la seguridad. Lucifer decidió no activar la baliza. Si bien le salvaría la vida, también le llevaría a la pérdida de su nueva libertad.

Lucifer miró a su alrededor. Vio una colina en la distancia y se decidió hacer su camino. Desde la cima de una colina, podría explorar el campo y encontrar un lugar adecuado para encontrar comida y refugio. Asegurar un suministro de agua era primordial, ya que no duraría mucho sin él. Dejó su traje de ángel roto y la mayoría de sus armas. Las armas eran demasiado pesadas y que tenía una utilidad limitada. Lucifer h opa d que cualquier ser humano o animal que se reunió tenían intenciones amistosas. Me t era inútil resistir si los edenitas eran hostiles a las salas de él. Lucifer preferiría morir antes que tomar más vidas inocentes. Lucifer optó por llevar la espada amanecer Adalid, de modo que él pudiera probar su identidad.

Lucifer llegó a la colina arriba y miró en torno a los asentamientos y otros puntos de interés. Lucifer sintió que los chips de ángel en su cerebro fueron activados. Lucifer esperaba que Abraham se hubiera enterado de su accidente e iba a enviar ayuda, pero pensó que sucedió algo inesperado. Lucifer comenzó a ver el mundo a través de los ojos de Abraham. Lucifer entendió que no estaba destinado a mirar esto, pero no pudo evitarlo. El necesitaba saber acerca de lo que estaba en la mente de Abraham. Necesitaba ver la verdad para dar sentido a las cosas.

Lo que Lucifer vio lo sorprendió. Las cosas no eran la manera que Abraham le había dicho. Abraham le había dicho a Lucifer que Yahveh había conocido a Abraham cuando Yahveh estaba en su lecho de muerte. Yahveh había designado a Abraham para que fuera su sucesor y creara una nueva tierra prometida llamada Eden. Lucifer había creído en esto, y lo había mantenido en pie durante todos estos años a pesar de sentir que la acción de Abraham fue incorrecta y malvada.

Lucifer vio la verdad. Yahvé era uno de muchos extraterrestres que habían utilizado una tecnología superior para manipular los seres humanos en la creencia de que él era un Dios. Lo había hecho para que pelearan en sus guerras. Yahveh nunca estuvo interesado en la felicidad de la humanidad; que sólo se había dirigido al uso y explotación de los mismos. Lucifer dio cuenta que Abraham había hecho lo mismo, y que él era un cómplice en el de Abraham atrocidades. Lucifer se sintió asqueado al darse cuenta de lo que había hecho, pero la peor parte fue cuando vislumbró el alma de Abraham. No había nada más que ira, desprecio y lujuria insaciable por el poder y el control. Abraham no mantener a la gente viva en Eden porque los amaba, pero en mente, porque los necesitaba para cumplir con su deseo de poder. Lesionado por la descarga eléctrica y la caída, Lucifer volvió a desmayarse.

Capítulo 54: Ayuda de un extraño en el desierto.

Los hermanos Sara y John estaban buscando comida en el desierto cuando se encontraron con el herido Lucifer. Ellos no lo reconocieron. Llevaba un chándal azul cubierto de sangre y que no se veía como el arcángel sin su armadura de ángel. Estaban asustados y no sabían qué hacer. El Abrahameon no mencionó qué hacer cuando uno se encuentra con un extraño herido en el desierto. Independientemente de lo que hicieron, su tiránico Gran Maestro Abraham, podría encontrar una razón para castigarlos.

Habían experimentado esta venganza irracional cuando su tío Simón fue torturado y asesinado porque era homosexual. En aquel entonces, la homosexualidad no era un pecado, pero Abraham había insistido en que Simón debería haber entendido que era un acto pecaminoso. La razón por la que ellos vivían en forma aislada en la periferia del Edén era que su abuelo, Yehuda, se había mostrado renuente a sacrificar su otro tío Jamal. Eventualmente, Sara decidió que se debían tratar de salvar al desconocido. Ella le dijo a su hermano que fuera a casa y buscara ayuda.

Sara miró más de cerca al extraño herido. Parecía familiar, como uno de los ángeles. No podía decir con certeza ya que rara vez veía a los ángeles. El hombre herido era guapo, mucho más guapo que cualquiera de los hombres de su casa. Sintió un poco de vergüenza, ya que la lujuria era un pecado y el pecado había destruido el mundo natal de la humanidad y había condenado a los pocos sobrevivientes al Edén. La cópula era esencial para la supervivencia de la especie, pero solo debería suceder dentro del matrimonio y no debería anhelarla. El Abrahameon fue muy particular en esto. El hecho de que estaba prohibido anhelar el sexo hizo que Sara lo quisiera más. Que se puso de rodillas y se empezado vestir heridas de Lucifer. Sara se sobresaltó cuando Lucifer abrió los ojos.

Lucifer estaba confundido cuando se despertó. No podía recordar dónde estaba o cómo había llegado allí. No pudo comprobar sus signos vitales, ya que todas las fichas en su cerebro estaban rotas. Miró a su lado, y él vio a una hermosa mujer sentada junto a él. Muerto o no muerto, no estaba en el infierno. Lucifer habló:

- ¿Estoy muerto? ¿Eres un ángel?

Sara:

- No seas tonto; Todos los ángeles del Edén son hombres.
- Te ves familiar, eres un ángel.

Lucifer:

- No lo sé; Yo solía ser.

Sara:

- Que paso?

Lucifer:

- me quedé.

Sara:

- entiendo

Ninguno de los dos dijo nada más. No había necesidad de decir nada. Estaban encantados el uno por el otro. Para Lucifer, era la primera vez que veía el mundo con sus propios ojos, y Sara era la mujer más bella que había visto.

Debido a sus implantes, Lucifer nunca había apreciado a las mujeres hermosas y nunca tuvo ningún interés en el sexo. Podía sentir su deseo hacia Sara, pero no tenía energía para perseguirlo, por lo que ambos se sentaron en silencio encantados el uno por el otro. Finalmente, John regresó con su carro de caballos y llevó al herido Lucifer de regreso a su casa donde Sara lo cuidó hasta que recuperó la salud. Cuando Lucifer se recuperó, él y Sara se tenían el uno al otro, una y otra vez, su deseo mutuo era abrumador.

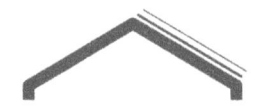

Capítulo 55: El dilema de Yehuda.

Debido a la tecnología del ADN de regeneración que se vio expuesto a una década antes Yehuda había llegado a la edad de 80 años, y que había sido testigo de la muerte de todos sus hijos. Ver la muerte de todos sus hijos, no le había dejado solo y miserable como él tenía una docena de nietos de edades comprendidas entre los 20-40 años de edad, a cuidar.

Lucifer no había esperado mucho antes de fornicar con la nieta de Yehuda, Sara. Después de eso, le había pedido a Yehuda la mano de Sara en matrimonio. Puesto que ya habían fornicado, era un pecado mortal para ellos no se casan. Pero Yehuda no sabía por qué cayó Lucifer y qué pasaría si el antiguo ángel se quedara con su familia. Decidió discutir el asunto con Lucifer.

Yehuda

- Lucifer, ¿por qué estás aquí, por qué te caíste del cielo?

Lucifer:

- Llámame Terrence. Lucifer es el nombre de mi empleado, y ya no estoy trabajando para Abraham Goldstein.

Yehuda

- De acuerdo, Terrence. ¿Por qué te caíste del cielo?

Lucifer

- Olvidé desactivar el campo electromagnético que rodea a Eden y me electrocuté. La colisión rompió mi equipo, me desmayé y me estrellé contra la superficie del Edén.

Yehuda

- Nada de esto tiene sentido. Te pareces a Lucifer, pero no actúas como Lucifer. Si no fuera por tus ojos, te tomaría por un impostor.

Lucifer tenía ojos azules luminiscentes. Tener ojos brillantes era una tendencia de moda para los recién nacidos en la Tierra en el siglo anterior. Mezcla el ojo humano color ADN con el ADN de los animales con ojos luminosos creados ojos brillando en los seres humanos. No cambió notablemente la visión de un individuo, y la vista mejorada de Lucifer había dependido de microchips implantados que le permitían ver la parte ultravioleta e infrarroja del espectro.

Lucifer decidió aclararse y exponer la verdad a Yehuda. No había razón para mentir, y Lucifer era un hombre condenado independientemente de lo que hiciera. Lucifer sabía que Abraham no sería misericordioso con él esta vez. No importaba. Lucifer aceptó su destino, y su único arrepentimiento fue haber ayudado a las atrocidades de Abraham.

Aunque, Lucifer había cuestionado a Abraham a veces, nunca había tratado de detenerlo. En cambio, había guardado sus dudas para sí mismo y cumplió con sus deberes. El accidente lo había cambiado todo. Cuando sus microchips biónicos se rompieron, Lucifer experimentó lo que se siente ser humano por primera vez; amar y ser amado.

Yehuda

- Entonces, ¿estás diciendo que la Tierra todavía existe? ¿Qué estamos viviendo en el futuro y que el Edén es un engaño de un loco malvado?

Lucifer:

- Podrías resumirlo así.

Yehuda

- Suena loco, pero te creo, Lucifer.

- Entonces, ¿cómo detenemos la tiranía de Abraham y ganamos nuestra libertad?

Lucifer:

- No podemos dejar de Abraham, eso sería imposible.

Yehuda

- Si Abraham y los ángeles son humanos, entonces pueden ser detenidos.

Lucifer:

- Yehuda, no lo entiendes. Abraham puede leer su mente y matarte en cualquier momento a través del micro chips en el cerebro. Si no podía hacer eso, él podría destruir toda la vida en el Edén por apagar la electromagnética de campo que mantiene la atmósfera en el lugar. La resistencia a él es inútil.

Yehuda

- Él me puede matar si así lo desea. Agradecería mi muerte. Abraham mató a varios de mis hijos, y luego extendió mi vida para que pudiera ver a mis otros hijos morir por causas naturales. Estoy listo para morir por una causa digna.

Lucifer:

- Bueno, tengo más de un siglo, así que supongo que estoy listo para ir también.

- ¿Qué sugieres?

Yehuda

– necesitas hacerme imposible de rastrear por parte de Abraham y los demás ángeles. Este microchip del que estás hablando ; puedo eliminarlo?

Lucifer:

- Siempre pensé que no era posible extraerlos. Pero el accidente demostró que c de un ser desactivados mediante el uso del campo electromagnético que rodea Edén.

Yehuda

- excelente. Se de que hablas. Traté de saltar del borde del Edén cuando Abraham me condenó. Experimenté un dolor insoportable y me desperté sintiéndome quemado.

Lucifer:

- Sí, tuviste suerte de sobrevivir.

Yehuda

- ¡Una bendición y una maldición! De todos modos, ¿puedes ayudar a este viejo a ganar su libertad?

Lucifer:

- Creo que puedo Yehuda. Ten en cuenta que, si me equivoco, morirás.

Yehuda

- Ese es un riesgo que estoy dispuesto a correr. Vámonos.

Lucifer y Yehuda caminaron hacia donde Lucifer había dejado su traje de ángel roto. Una vez que Lucifer había encontrado la armadura rota, que tomó las piezas necesarias para desactivar el chip de Yehuda. Lucifer cortó algunos cables eléctricos, y también tomó uno de los guantes para aislarlo. Sin darse cuenta, al tiempo que ayuda a Lucifer para reunir las partes, Yehuda activa el interruptor de emergencia silenciosa de Lucifer en armo u r alertar a Abraham que Lucifer estaba en peligro.

Lucifer y Yehuda se dirigieron hacia el borde del Edén. Una vez que llegaron al límite, Lucifer conecta una parte del cable eléctrico a la oreja de Yehuda. Esto fue cerca de donde de Yehuda chips humana se adjuntar a su tronco cerebral. Lucifer se puso el guante aislante y condujo el cable al campo electromagnético que cubría a Eden. Yehuda emitió un grito agudo antes de desmayarse. Lucifer dudó por un segundo. Él no sabe si él había matado Yehuda o si todo se va según lo planeado.

Lucifer sacó el amanecer Portador, cortar una abertura en el cráneo de Yehuda, y retira el chip. Lucifer se sintió observado y se dio la vuelta. H e vio a un grupo de ángeles que llevan por Michael.

Miguel:

- ¿Qué haces, Lucifer?

- Destruiste tu traje; no estabas esperando la recogida de emergencia, y en cambio mataste a este anciano aquí al borde del Edén. Explicate tú mismo.

Lucifer sintió Paralizado y estaba fuera de palabras. Si supieran lo que había hecho, enfrentaría la pena de muerte por traición. Bu t que no saben. Los microchips de Lucifer estaban fritos, y Yehuda probablemente estaba muerto y no lo expondría.

Miguel:

- ¡Contéstame, Lucifer!

Lucifer decidió fingir amnesia y respondió:

- Lucifer, ¿quién es ese? Soy Terrence Lowenstein. Soy un ciudadano terrano y un agente de seguridad de la Casa Goldstein. ¿Quién eres tú?

Michael marcó Nuriel, que disparó a Lucifer con un dardo. Pusieron a Lucifer en una unidad de soporte vital, y viajaron de regreso al Centro de Control Divino.

Capítulo 56: Abraham duda de Lucifer y Decide su destino.

Abraham observó a Lucifer que yacía inconsciente en una mesa de operaciones.

Abraham se preguntó qué habría estado haciendo Lucifer durante las últimas dos semanas. Se maldijo por no darse cuenta de que Lucifer había desaparecido. El error fue una desafortunada consecuencia de la forma en que manejaban el Edén. Los ángeles fueron congelados criogénicamente por períodos prolongados, para expandir sus vidas. Cuando Lucifer desapareció, él era el único ángel en servicio activo, y nadie se había dado cuenta de que se había ido. Abraham debería haber visto, pero que fue meditando en la dimensión divina y no se había transmitido a Lucifer cualquier pensamiento. Abraham no le había prestado atención a n Lucifer ya que el chip de ángel de Lucifer no funcionó y mostró que estaba activo cuando se rompió.

Entonces, ¿cómo había sucedido esto? ¿Lucifer había destruido su traje de ángel y chip o era que un accidente? Abraham quería creer que fue un accidente, pero los hechos no cuadraron. Si fuera un accidente, Lucifer habría activado la baliza de emergencia de inmediato. Pero si Lucifer tenía traicionado él, ¿por qué había que destruya su uniforme y estancia en el Edén, cuando se hizo más sentido intentarlo para matar a Abraham.

Michael afirmó que Lucifer había actuado extraño cuando los ángeles lo encontraron. Por razones poco claras, Lucifer había matado a Yehuda al borde del Edén. Lucifer había actuado como si tuviera amnesia severa. Mencionó el nombre errado y el título a pesar de no utilizar cualquiera de los últimos 60 años. Era poco probable que Lucifer tuviera amnesia que lo hizo olvidar los 60 años anteriores de su vida, pero Abraham no podía descartar la posibilidad. Es posible, que Lucifer, siendo el control llevado a través de la A chip de Ángel, no había acumulado recuerdos biológicos. Esto llevaría a una amnesia completa si el chip del ángel se rompiera.

Abraham decidió averiguar qué hizo Lucifer en el Edén en las semanas entre la destrucción de su traje de ángel y la activación de la baliza de emergencia. Lucifer debe haber recibido diez ayudas externos; de lo contrario, habría muerto de hambre o deshidratación. T su era fácil de investigar, ya que sólo había la familia Yehuda en las proximidades del lugar del accidente.

Unos minutos después, Abraham estaba furioso. Lucifer se había portado mal y pasó las últimas semanas copulando y apegándose emocionalmente a una joven llamada Sara. La actividad sexual fuera del matrimonio estaba prohibida y Lucifer no podía casarse, ya que Abraham nunca lo permitiría. Los ángeles existen para servir a Abraham y que debe mantenerse alejado de otras distracciones. Un crimen peor que el coito prematrimonial fue que Lucifer había demostrado ser solo un hombre. La familia tenía Yehuda sin su tecnología, y se llegaría a la conclusión o a los otros ángeles eran también hombres ordinarios con la tecnología. Si este rumor se extendiera, el control de Abraham sobre Eden sería un error, ya que sus habitantes se dan cuenta de que él era su captor y no su dios. Los Edénitas no pudieron descubrir la verdad, y Abraham tuvo que eliminar a la familia Yehuda.

Abraham necesitaba matar a Lucifer, pero él dudó. Lucifer era único en comparación con los otros ángeles. Los otros ángeles tenían su ADN humano creado desde cero con habilidades específicas elegidas para ellos y diseñadas para tareas específicas. Luego los colocaron en un útero sintético y los crearon sin participación humana. Esta era una práctica altamente ilegal ya que las creaciones eran seres sin alma y libre albedrío. En combinación con determinados implantes que mejoraron sus habilidades y se controla su comportamiento Abraham había creado un grupo de competentes de los operarios que no tenía otros deseos en la vida que el de servir a Abraham. Los otros ángeles, eran sólo máquinas eficientes a Abraham y si un mal funcionamiento, que dispondrían de ese ángel.

Lucifer era diferente. Su ADN no fue creado desde cero; en cambio, Abraham había basado Lucifer de alguien muy querido por Abraham. Por otra parte, él fue nacido de una madre sustituta m otra vez de un útero sintético, por lo que tuvo un alma y una libre voluntad. Abraham había sido capaz de controlar la mayor parte de la mente de Lucifer con el chip de ángel, pero al final, que todavía tenía una personalidad subyacente. De Lucifer personaje era un esencial aspecto, como Abraham buscó la aprobación de Lucifer, a quien había creado para ser su heredero.

Abraham decidió darle a Lucifer una oportunidad más para vivir y ser su heredero. Para tener esta oportunidad, Lucifer tendría que hacer un sacrificio. Tendría que matar a Sara y a su familia para mostrar su dedicación a Abraham. Si Lucifer pasara esta prueba, recuperaría su lugar. Si no, moriría, y él habría dado su vida por nada. Abraham decidió congelar criogénicamente a Lucifer y luego arreglarlo una vez que llegó un envío con todos sus implantes. Lucifer tendría la opción de obedecer o morir, pero Abraham quería asegurarse de que Lucifer eligiera seguirlo. Asi que reemplazar los implantes de microchips fue la mejor manera de lograr esto.

Habiéndolo decidido; Abraham fue a la Dimensión Divina para meditar.

Capítulo 57: Yehuda sobrevive y desea venganza.

Yehuda se despertó un par de horas después. Fue un despertar doloroso y extraño para Yehuda. Ya no podía sentir la presencia de Abraham y, en cambio, estaba mirando en la oscuridad del espacio sin dioses a los que adorar. Él reconocido este sentimiento de su juventud, cuando visitó muchos asteroides como el Edén. Yehuda se puso de pie. Vio el microchip dorado, empapado en sangre, que Lucifer había extraído de su cabeza. Él sabía de qué se trataba; Había visto microchips similares en su pasado.

Yehuda vio detalles en el paisaje que nunca antes había notado. Era tecnología en lugar de magia, pero todavía estaba fascinado por ella. Podía ver los tubos de escape extrayendo oxígeno fresco del núcleo del Edén. Yehuda pudo ver cómo seis de los siete soles del Edén brillaban, indicando que eran satélites que reflejaban la luz del sol, mientras que el séptimo objeto celeste que no parpadeaba era el sol real. Por el tamaño del sol, dedujo que estaba en algún lugar del cinturón de asteroides, un 50% más alejado del sol que su planeta natal, Marte.

Si bien Yehuda estaba impresionado por su repentina claridad mental, tenía un asunto más apremiante a mano. resultó herido, y su mente estaba demasiado confuso para encontrar el camino a casa en este paisaje sin rasgos distintivos. Afortunadamente, sus nietos Sara y John había salido a buscarlo, y con la ayuda del perro de la familia, que lo encontró.

Sara:

- abuelo! Escuché que tú y Lucifer se dispusieron a discutir algo.
- Estás sangrando, ¿qué pasó?

Yehuda

- Lucifer me hizo esto.
- Me dejó por muerto y se fue

Sara:

- Eso es imposible! Él me amaba. H e iba a pedirle permiso para poder casarse conmigo.

Yehuda

- Era un ángel caído. El peor de los pecadores condenados por su Maestro.

Sara:

- Eso no significa nada. Abraham nos condenó y todavía somos buenas personas.

- Lucifer era un alma atormentada, plagada por el dolor que había causado a otros. Era por eso que quería cambiar. Era por eso que me quería.

Yehuda

- ¡Eso es suficiente, mujer! ¡Muestra algo de respeto!
- Lucifer se fue, y no volverá
- John, te ordeno que me lleves a casa y trates mis heridas.

Al oír esto, John corrió hasta Yehuda, le vendó, y llevó a la parte trasera anciano a la seguridad, mientras que Sara se quedó lamentos a cabo su miseria.

Unos días más tarde, Yehuda se había recuperado y se decidió. No le diría a sus nietos la verdad sobre el Edén. Ellos nacieron en el Edén, y para ellos, que era la única verdad. Además, los pondría en grave peligro si les contaba la verdad. El villano se hace pasar por el Gran Maestro Abraham, el Dios omnipotente del Edén, todavía podía leer sus mentes a través de la micro chip de s en sus cabezas. Si Yehuda les dijera la verdad, los pondría en peligro. Yehuda no podía quitar el chip de la cabeza de sus nietos s, ya que carecía de la habilidad y el conocimiento para llevar a cabo la operación. Yehuda mordió el labio y juró a sí mismo: *"iba a hacer pagar a Abraham".*

Capítulo 58: Yehuda se entera de que Sara está embarazada.

Tres meses después, Yehuda descubrió que Sara estaba embarazada. Su ser religioso anterior habría condenado esto, pero al haber recuperado la mayoría de sus recuerdos, ya no tenía opiniones fuertes sobre las concepciones extramaritales.

Yehuda ya no temía al "dios" Abraham, aunque todavía temía al villano Abraham. Yehuda se preguntó cuándo aparecerían los "ángeles" de Abraham para castigar a su familia por ponerse del lado de un ángel caído.

Yehuda recordó su vida antes del Edén. La familia de Yehuda era una familia prominente que vivía en una riqueza relativa hasta que un señor de la guerra marciano invadió su ciudad. En lugar de permanecer bajo la tiranía del nuevo gobernante, la familia de Yehuda tenía huyó a la Tierra. Ellos sabían que los marcianos no se les permitía en la Tierra. Sin embargo, el área vasta de la Tierra consistía en parques nacionales despobladas donde una familia podría sobrevivir sin ser detectados.

Las patrullas fronterizas de la tierra capturaron a la familia de Yehuda, y que fueron encerrados en la espantosa Kaguya Detención Centre en la Luna. Se habían ofrecido como voluntarios para unirse a la expedición del Edén, pero por alguna razón, Yehuda fue emparejado con una nueva mujer cuando despertó en el Edén. Ya que habían perdido sus recuerdos ninguno de ellos fue capaz de ver a través del engaño. Yehuda estaba seguro de que nunca había visto al resto de su familia original en el Edén y concluyó que Abraham debió haberlos matado. Yehuda se dio cuenta de que el Gran Maestro Abraham era Abraham Goldstein, ya que la Casa Goldstein había financiado el Proyecto Edén.

Yehuda quería exponer a Abraham, pero no sabía cómo. Si le decía a la gente la verdad, ya no serían creedores en él, y Abraham vendría por de él.

Yehuda necesitaba un plan a largo plazo para derrocar a Abraham, y encontró una solución viable. Bajo la superficie del Edén, había túneles de mantenimiento generalizados. Estos túneles eran ideales para cultivar hongos. Si Yehuda pudiera cultivar suficientes hongos, podría alimentar a las personas que liberó de Abraham sin ser detectable desde la órbita. Era una posibilidad remota, pero era su mejor opción para comenzar. Además, Yehuda tenía tiempo. La vacuna para prolongar la vida que los ángeles le habían dado como castigo, se volvería contra ellos. Una vez que pudiera cultivar suficientes hongos, liberaría a su familia para comenzar la rebelión. Sería una lenta - mover movimiento subterráneo, pero funcionaría, y Abraham se enfrentaría a la justicia por sus crímenes.

Capítulo 59: Nace un niño.

Hoy *nació un niño en el sistema estelar terrano. Este es un niño único con capacidades psiónicas que solo ocurre una vez cada 20 mil millones de personas. Como la última persona que poseía estas habilidades no nos sirvió como esperábamos, esta niña debe ser guiada y supervisada para que permanezca en el camino. Dado que la humanidad tiene ahora la tecnología necesaria para nuestro regreso, este individuo puede ser nuestro Salvador.*

Fuente desconocida en la 22ª del mes de marzo 2850.

Capítulo 60: Lucifer enfrenta un Ultimátum.

Lucifer se despertó en la sala médica y se sintió extraño. Todo su sistema auxiliar se ejecutó, y su visión estaba amplificada y destacando información acerca de los alrededores se detalla s. Peor aún, Abraham había arreglado su chip de ángel y podía leer sus pensamientos nuevamente. Lucifer se preguntó si sus recuerdos del Edén eran solo un sueño.

Lucifer no entendía por qué Abraham no había borrado sus recuerdos. Si Abraham no tenía la intención de matarlo por traición, ¿por qué se acordó de sus acciones? Lucifer notó que estaba atado a una cama. Abraham entró seguido de un grupo de ángeles.

Abraham caminó hacia Lucifer y lo estudió. Después de un momento de silencio, habló:

- Lucifer, ¿sabes por qué estás aquí? ¿Quieres que te recuerde qué pecados has cometido?

Lucifer asintió, pero no dijo nada.
Abraham volvió a hablar:

- Estás aquí porque me traicionaste. Tus listas de pecados son infinitas y, sin embargo, todavía está vivo.

- Ya ves, soy un líder benevolente.

- Tienes libertad siempre que sigas mis reglas. Y et, que no puede estar a la altura de mis estándares.

Lucifer:

- libertad? He estado atrapado en esta roca durante 60 años haciendo tu voluntad. He puesto inocentes a través de pruebas y tormentos

Abraham:

- Y nunca te fuiste. Nunca dije que no podías abandonar mi servicio. Eres solo mi empleado.

Lucifer:

- No sabía qué haría con mi vida.

Abraham:

- Ves, ese es tu problema. Tienes libertad para hacer cosas y, sin embargo, no. W gallina que ha elegido para hacer algo, que quieren lo que no debía.

- Cuando elegiste copular con Sara, no pensaste. Siguiendo su instinto básico de procrear que hizo ella un pecador y que firmó su sentencia de muerte.

Lucifer:

- No sé qué pasó. No pude resistir el impulso. La ama.

Abraham:

- Si la hubieras amado, la habrías cuidado como un ángel. Ella habría vivido una buena vida. En cambio, ella morirá, por tu culpa.

Lucifer:

- No, son sus leyes que condenan y la gente a la que mata. Creo en el amor y la libertad.

Abraham:

- Es gracioso que digas eso.

- Los marcianos son libres. Tienen impulso - impulsado, copulan basan en el deseo en lugar de la lógica, y que no controlan su crecimiento de la población. En consecuencia, Marte es un páramo con 4 mil millones de personas que luchan por recursos limitados debido a la incapacidad de poner a la sociedad por delante de las necesidades individuales.

- En la Tierra sólo el rico o personas con genes excepcionales se permite a procrear. Como resultado, la Tierra tiene una población sostenible y una sociedad próspera y saludable.

Lucifer:

- En tierra, tienes una plutocracia que está secando el sistema solar.

Abraham:

- Sin embargo, todos los ciudadanos Terran obedientes disfrutan de una vida rica y segura. Vivir de esta manera vale más que la noción de "libertad".

- Los Edénitas tienen suerte. Yo los rescató de una terrible detención ciento volver y me los puse en el asteroide terraformado más avanzado jamás construido.

- Eden es la enfermedad libre, y si trabajan duro y siguen las reglas, que será vivir una vida buena.

Lucifer:

- ¿Llamas ejecuciones públicas, flagelaciones y torturas una buena vida con un liderazgo benevolente? ¡Estás loco!

Abraham golpeó a Lucifer con una explosión psiónica. Lucifer se retorcía de dolor y casi se desmayó antes de que Abraham liberara la presión.

Abraham:

- Silencio, tonto. Lo estoy haciendo por la gente. Podría matar cualquier indeseable a través del chip de tecnología divina.

- Sin embargo , yo no. En su lugar, te haré un ejemplo público de los peores pecadores para enseñar a los demás la forma correcta de vivir. Les estoy mostrando el camino hacia una vida larga y feliz en lugar de la miseria que viene de seguir impulsos primitivos.

Lucifer miró a Abraham con disgusto y no dijo nada. A Lucifer le sorprendió que Abraham fuera tan abierto sobre su villanía frente a los otros ángeles.

Abraham volvió a hablar

- Los otros ángeles desaprueban la misericordia que te estoy mostrando.

- Pero te amo como a un hijo y es difícil para mí darte el castigo que mereces.

- Pero necesitas sentir el dolor que tus acciones me han causado.

- Tu puta, Sara, dio a luz hoy. Ella y el niño son producto del pecado, y deben ser purgados. Si los purgas, perdonaré tus pecados y retomarás el lugar que te corresponde. Si te niegas, morirás.

Lucifer:

- ¡Pero ella es inocente, monstruo!

Abraham:

- No, ella no lo es. Ella sabía que fornicar contigo era un pecado y aún lo hacía. Ella desafió mi voluntad varias veces. Ella cedió a sus impulsos primitivos en lugar de confiar en mi plan divino. Su vida está perdida. Tu vida es tu elección.

Lucifer estaba temblando de ira y que no sabía qué hacer. Abraham había mostrado su verdadero yo, y Lucifer lamenta haber ayudado a este mal durante tantos años. He querido decirle a Abraham que vaya a la mierda, pero que no lo haría Guardar Sara. A Lucifer no le importaba su propia vida, pero tenía que salvar a Sara y a su hijo. Finalmente, Lucifer habló:

- Maestro Abraham, tienes razón. Perdóname por dudar de tu divina voluntad y sabiduría. Llevaré a cabo la tarea de redimirme.

Abraham:

- Muy bien.

- Te dejaré para que puedas prepararte. Ni siquiera pienses en traicionarme.

Cuando Abraham y los ángeles salieron de la habitación, Michael le habló a Abraham:

- Gran maestro Abraham, no me gusta esto. Él nos traicionará nuevo.

Abraham:

- Quizás. Pero yo tengo razones para dar a Lucifer una última oportunidad para redimir a él mismo.

- Solo confía en mi juicio y sé leal, Michael.

Miguel:

- ¡Entendido, gran maestro!

Abraham:

- Ve al Edén y mantente a una distancia sorprendente de Lucifer. Golpéalo si nos traiciona.

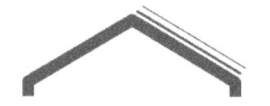

Capítulo 61: Lucifer se revela.

Yehuda vio a Lucifer acercarse, y sintió que su mayor temor estaba a punto de suceder. Yehuda había sido sorprendido por la falta de intervención de Abraham y que tenía la esperanza de que su familia ayudara a que Lucifer había ido desapercibido.

Cuando Yehuda descubrió que Sara estaba embarazada, concluyó que Abraham esperaría hasta que naciera el niño aterrorizando a la familia al matarlo. El regreso de Lucifer confirmó esta sospecha. Yehuda no perdió el tiempo. Corrió hacia el dormitorio donde Sara descansaba. Había dado a luz gemelos no idénticos, un niño y una niña. La niña se parecía a su madre y a la mayoría de los edénitas con ojos marrones, cabello oscuro y piel oliva. El niño se parecía a Lucifer con su cabello rubio lacio y la característica más prominente de su padre, los ojos azules luminiscentes.

El hecho de que Sara hubiera dado a luz gemelos fue una bendición y una maldición. La bendición fue que Yehuda podía llevarse a uno de los niños sin que Abraham lo notara. La parte triste fue que el que dejó atrás probablemente sería asesinado. Yehuda eligió llevar al niño. El hijo de Lucifer podría ser un ingrediente crucial en una futura rebelión y su parecido con Lucifer era tan evidente que la gente no ignoraría esta afirmación. Yehuda agarró al bebé y corrió hacia los túneles de ventilación donde estaba cultivando hongos.

Lucifer irrumpió en la habitación donde Sara descansaba. Él gritó para despertarla

- Sara, tenemos que irnos, no hay mucho tiempo.

Sara estaba confundida al ver a Lucifer después de tanto tiempo. Su tono de voz dejó claro que esto no era una visita social.

Sara:

- ¿Qué está pasando, Terrence? ¿Aquí has estado? Te fuiste sin decir una palabra.

Lucifer:

- Sara, estás en peligro. Abraham quiere que te mate.
- Estoy aquí para salvarte, y necesito llevarte a un lugar seguro.

Sara:

- Pero, ¿qué hice mal?

Lucifer:

- No hiciste nada malo, Sara.

- Sin embargo, se tanto pecado cuando tuvimos relaciones sexuales antes del matrimonio.

- Agarremos al niño y salgamos corriendo.

Sara:

- Niños, hay un niño y una niña.

Lucifer:

- No, solo hay uno. ¡Date prisa hasta! ¡Sígueme!

Lucifer agarró a la niña y Sara corrió tras él. Corrieron hacia el campo de fuerza al borde del Edén. Llegaron al lugar donde Lucifer había liberado a Yehuda, nueve meses antes. El equipo que Lucifer había utilizado para liberar a Yehuda estaba todavía allí. Lucifer se volvió hacia Sara y habló.

- Sara, ¿confías en mí?

Sara:

- Que está pasando? ¿Por qué somos nosotros en el borde del mundo?

Lucifer:

- Esto dolerá mucho, pero después de eso, serás libre. Y puedo llevarte a un lugar seguro.

- Estas listo?

Sara:

- Si, Terrence.
-... te quiero.

Lucifer no respondió. En su lugar, electrocutó a Sara para desactivar el chip. Usó un cuchillo de plasma bisturí dimensionada para hacer un corte en el cráneo y Sara sacar el microchip. Lucifer luego se sella la herida y le dio un tiro de una rápida - actuando estimulante para traerla de vuelta a la conciencia. Miró a su alrededor y dio cuenta que estaba rodeado y se congeló en su lugar. Un grupo de ángeles liderados por Michael y Gabriel se le acercó.

Miguel:

- ¡Lucifer, traidor!

- Tu traición no se detiene al joder a estas personas. Usted está incluso robandolos de su maestro.

Lucifer:

- Los estoy liberando. ¡Ella es inocente!
- Mátame si debes hacerlo.

Miguel:

- Sí, morirás. Pero también tu puta debe hacerlo.
- Podrías haberle dado una muerte rápida y redimirte.

- En su lugar, opta por hacer que ella tenga una muerte dolorosa y fatal
- Te haré verla morir.

Gabriel agarró a Sara mientras Michael sacaba un cuchillo oxidado y cortaba piezas del cuerpo de Sara. Su atormentado grito construidas hasta la agonía y la ira dentro de Lucifer, quien fue atrapado en su lugar. Lucifer no pudo moverse cuando Abraham lo controló como un títere.

Lucifer cerró los ojos. Podía sentirlo. Se hizo más y más fuerte y pudo verlo. Podía sentir que la señal que Abraham utiliza para mantenerlo en su lugar. Reunió su fuerza mental e invirtió la señal. Luego dejó inconsciente a Abraham con una explosión psiónica. Lucifer era libre de moverse. Se movió con rapidez, y apuñaló Michael con su cuchillo de plasma. A continuación, empujado Gabriel para liberar a Sara. Lucifer no llegó lejos. Debilitado por la batalla mental con Abraham, no tuvo oportunidad de evitar la lluvia de balas disparadas por los ángeles. Múltiples redondos s golpean Lucifer y Sara; Sara murió en el acto mientras Lucifer estaba lisiado y mortalmente herido. Con su aliento de muerte , Lucifer arrastró a Michael y atacado salvajemente a su cuerpo con el cuchillo de plasma para evitar la resurrección. Una vez hecho esto, se dio la vuelta, miró al cielo y tomó su último aliento.

Gabriel se levantó y fue testigo de la carnicería. Él era ahora el más alto clasificado ángel. No se había imaginado que el día terminaría así. Abraham le había dado a Lucifer una oportunidad inmerecida de redimirse matando a la vil tentadora. En cambio, la bruja había lanzado un hechizo sobre Lucifer, convirtiéndole en contra de sus hermanos.

Gabriel no entendía por qué tantos humanos estaban obsesionados con el pecado de la carne y nunca había imaginado que Lucifer caería en la trampa. Gabriel en contacto con Abraham que había recuperado la conciencia de la explosión psiónica.

Gabriel:

- Lucifer mató a Michael. Tuvimos que matar a Lucifer como respuesta. La vil tentadora de Lucifer también está muerta.

Abraham:

- ¿Qué hay de la niña?

Gabriel miró a su alrededor y se encontró al bebé envuelto en un manta apretado contra el pecho de su madre muerta. Milagrosamente, el bebé resultó ileso.

Gabriel:

- El bebé está ileso.

Abraham:

- excelente. Llevar al bebé y los cuerpos de Lucifer y de vuelta a Michael para mí. Deja el cadáver de la mujer; ella puede pudrirse allí como advertencia.

Gabriel:

- Afirmativo.
- Maestro Abraham. ¿Cómo podría moverse Lucifer? ¿Pensé que lo retenías?

Abraham:

- Yo... no lo sé.

Capítulo 62: Abraham autoriza la Ejecución de Lucifer.

Abraham sintió pena. Él tenía la oferta para el perdón de Lucifer, y Lucifer había conocido a su indulgencia con la deslealtad. Abraham no podía dar Lucifer otra oportunidad después de esto, y que lamentar su curso de acción. Si pudiera retroceder en el tiempo, tendría memoria: borró a Lucifer, y todo estaría bien.

Pero borrar la memoria de Lucifer nunca fue una opción para Abraham. Lucifer quería obedecerle por su propia voluntad. Abraham miró al cadáver de Lucifer. H e recuerda el destino de su primer hijo, Terrence Goldstein, que habían muerto 200 años antes.

Abraham y Terrence habían estado en una reunión de negocios en Sydney. En aquel entonces eran solo una compañía de tamaño regular y no la facción más rica y poderosa del planeta. Cuando salieron de la oficina, asesinos condujeron más allá de ellos y disparo en ellos desde un vehículo en marcha. Abraham sacó Terrence delante de él, y lo utiliza como un humano escudo. Cuando los asaltantes se marcharon, Terrence estaba muerto y más allá de la resurrección. El espíritu de Abraham había muerto en ese fatídico día. Lleno de remordimiento e ira, ya no podía relacionarse con sentimientos como la alegría y el amor. En cambio, se volvió muy cínico, ampliando la brecha con su esposa y sus hijos. Con su aumento de cinismo que podía concentrarse en su nuevo objetivo, para maximizar su riqueza y poder.

Lucifer era diferente de los otros ángeles ya que era un clon modificado de Terrence Goldstein. Abraham nunca le había dicho la verdad. Le había dicho a Lucifer que era un huérfano que fue admitido en el programa ANGEL porque tenía genes extraordinarios. Abraham había escondido la verdadera identidad de Lucifer para protegerlo de otros parientes dentro de la Casa Goldstein y para darle una mejor educación. Abraham sabía que crecía en abundancia excesiva dañado individuos y Abraham quería Terrence para ser el mejor que podía ser.

A pesar de que Lucifer es su hijo secreto, Abraham ya no pudo salvar su vida. Había cruzado una línea cuando mató a Michael para salvar a Sara. Abraham sabía que el descontento entre los ángeles se extendería si salvaba a Lucifer. Los ángeles estaban furiosos por la muerte de Michael, que había sido el líder ir de facto, ya que Lucifer era demasiado diferente a los otros ángeles para liderarlos.

Abraham estudió a Lucifer y Michael muertos. Todavía era posible resucitar a Lucifer, mientras que Michael estaba más allá de la reparación. Con la tecnología disponible, generalmente era posible resucitar a alguien a menos que se destruyera el cerebro. La mayoría de las partes del cuerpo pueden ser cultivadas a partir de células madre, pero un cerebro destruido no podía volver a crecer a partir de cero. Esto se debía a que toda la información en el cerebro se perdería, y un cerebro adulto de células madre, sería tan desarrollado como XX e cerebro de un recién nacido bebé.

Abraham hizo su elección. Los ángeles buscaban sangre, y deberían tenerla. Llevaría un par de semanas volver a crecer las partes dañadas del cuerpo de Lucifer y resucitarlo. Abraham le dijo a Gabriel, quién era el nuevo arcángel, qué hacer.

Abraham, aunque tenía a la hija del bebé de Lucifer, que era la nieta de Abraham. Se veía tan pequeña y gentil donde yacía, y Abraham le dio el nombre de Adina. Adina era lo mejor de dos mundos. Genéticamente, ella era una mezcla de las genéticas perfectas creadas con la tecnología Terran y la selección natural de los edénitas.

Abraham quería ver crecer a su nieta, por lo que inserta un chip de ángel en a Adina cerebro de manera que se obtendría una conexión más fuerte con ella. Se buscó adoptivos adecuados los padres y Abraham descubrió que la esposa del sacerdote Markus' había dado a luz recientemente y podría amamantar Adina también. Le ordenó a Gabriel que presentara a Adina a Markus y se asegurara de que cuidara adecuadamente al niño.

Después de esto, Abraham transportó su mente a la Dimensión Divina y entró en un profundo trance meditativo. La ejecución de Lucifer sería un asunto horrible, ¡y Abraham no quería tener nada que ver con eso!

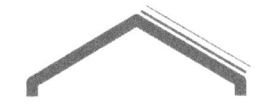

Capítulo 63: La ejecución de Lucifer.

Unas semanas después, Gabriel resucitó a Lucifer para la ejecución. Mucho era de Su consternación, Abraham estaba en meditación profunda y lo había ignorado a él, por lo que los ángeles tuvieron que ejecutar sin Lucifer de Abraham supervisión. Gabriel ordenó a los edénitas que se reunieran en el Monte Sinaí para un mensaje importante. Los ángeles vestidos en su ángel blanco armadura a simbolizar que vinieron a iluminar a la gente y llevar la paz y la sabiduría. Lucifer fue derribado en cadenas.

La multitud se reunió con anticipación. Por lo general, las reuniones importantes comenzaron con Abraham dando un discurso. Pero hoy en día su ausencia fue notable, con la multitud murmurando y Gabriel se sintió un poco reacio. Finalmente, habló:

- Gente del Edén

- Estamos aquí hoy para demostrar que nadie está por encima de la ley, ni siquiera el antiguo Arcángel Lucifer.

Lucifer gritó en su defensa, pero su voz no fue amplificada, por lo que la gente no podía oírlo. Gabriel terminó insulto de Lucifer con un puñetazo en la cara que llamaron él a la tierra.

Gabriel:

- Como dije, ni siquiera Lucifer está por encima de la ley.

- Tres semanas atrás, fue capturado fornicando con una mujer edenita y trató de persuadirla a volverse contra el Gran Maestro Abraham.

- Cuando el ángel Michael intentó traer a Lucifer al cielo, Lucifer lo apuñaló en la cabeza con un cuchillo mágico lo suficientemente fuerte como para matar a un ángel.

- Por estos grandes crímenes, el Gran Maestro Abraham despojó a Lucifer de su inmortalidad y serán testigos de cómo Lucifer será purgado de pecado, por lo que su alma oscura puede llegar a la otra vida.

- Que comience el proceso

La ejecución de Lucifer fue la exhibición más brutal jamás realizada en el Edén. Los 24 ángeles, enfurecidos por la pérdida de Michael, cada uno sometido a Lucifer a su elección de la tortura. El corazón de Lucifer se detuvo una docena de veces, y fue revivido cada vez para continuar con el dolor y extender su sufrimiento. Después de ocho horas de continua tortura, Gabriel se conformó y que utiliza un láser orbital para vaporizó Lucifer. Los ángeles se fueron y se fueron.

La ejecución de Lucifer no tuvo el efecto que los ángeles y Abraham habían esperado. Lucifer era el ángel más querido entre los edénitas, y se convirtió en un símbolo de amor y libertad. Un culto subterráneo surgió alrededor de Lucifer en las décadas que siguieron a la ejecución.

Capítulo 64: Yehuda encuentra una familia de acogida para Jeshua.

Cuando vio acercarse a Lucifer, Yehuda había agarrado bebé hijo de Lucifer y se pasó a la clandestinidad. Él tenía escapar d desapercibido, pero a medida que se llevó a cabo el muchacho infantil en sus manos, se dio cuenta de que tenía un problema. Un bebé no podía vivir de las setas, que se creció en estos túneles.

Afortunadamente, Yehuda se había encontrado con varias familias de acogida adecuadas durante sus viajes por el Edén. Llegó a la conclusión de que la mejor opción sería la de dejar al niño al cuidado de la pareja Akiva y Chana que tenían niños pequeños que Chana todavía amamantaba.

Yehuda le dijo a Akiva que Jeshua ya estaba bautizado y que ambos padres habían muerto de enfermedad. Akiva creía en la historia de Yehuda y se acordó elevar Jeshua como su hijo.

Después de dejar a Jeshua al cuidado de Akiva y Chana, Yehuda regresó a los túneles donde planeó su rebelión. De repente, se sintió cansado y su cuerpo. Él encontró una superficie reflectante y se observó su reflejo. Yehuda se dio cuenta que él había envejecido mucho desde entonces. Su rápido envejecimiento significaba que la vacuna antienvejecimiento con la que Michael lo había inyectado, había dejado de funcionar.

Yehuda sabía que a menos que inyectara una nueva dosis de tecnología de regeneración de ADN, envejecería rápidamente y moriría pronto. Esta realización llegó como una bendición y maldición para Yehuda. Él había querido morir por un largo tiempo, pero ahora que tenía un propósito para vive, a su vez estaba arriba. No queriendo luchar contra su destino, Yehuda fumó algunas hierbas, cayó dormido, y murió tranquilamente mientras dormía.

Capítulo 65: Adina se da cuenta de algo especial.

Los primeros cinco años de la vida de Adina fueron irrelevantes. Como una niña pequeña, el chip ángel no tuvo ningún efecto perceptible en ella. Cuando se dio la vuelta cinco, se dio cuenta de que ella era especial.

La primera pista fue que sus padres no podían decir si eran sus padres o sus padres adoptivos. Cuando Abraham había enviado Gabriel a comandos Markus y su esposa Daniela, para elevar Adina, Gabriel había nunca se especifica si deben criarla como su hijo o como un hijo de crianza. Si bien esta distinción parecía un asunto trivial, era explosiva. Markus sabía sobre la naturaleza impredecible y vengativa de Abraham y lo fácil que era enojarlo. Reivindicación de Adina como su hijo estaría robando la gloria de Abraham. Sin embargo, afirmar que ella era su hija adoptiva podría parecer despectivo.

Finalmente, se dijeron la verdad: que un arcángel Gabriel había dicho a ellos para elevar Adina en un n orden desde Gran Maestro Abraham. Este conocimiento había construido el ego de Adina, y a menudo les recordaba a sus hermanos acerca de su conexión especial con Abraham.

El chip de ángel dio Adina habilidades especiales. Desde Adina tenía el chip insertado desde el nacimiento, integrado bien con su cerebro, lo que le dio poderes psíquicos más allá de los otros ángeles. Con su capacidad de controlar la mente de las personas, Adina era casi imposible tratar de como convenció a sus padres de su camino en lugar de al revés.

Una característica única que tenía Adina era que podía sentir cuando Abraham intentaba leer su mente. Adina era la única en el Edén que podía controlar lo que vio Abraham. Adina se volvió tan experta en mostrarle a Abraham lo que quería mostrarle para que él no lo notara. Por lo tanto, Abraham creía que podía ver todo en la mente de Adina.

Un día, cuando Adina tenía siete años de edad, se asustó sus padres adoptivo Markus. Ella había hecho un dibujo que era la viva imagen de Lucifer. Lucifer no fue representado en cualquier lugar en el Edén, debido a las duras penas impuestas en las personas que se asociaban con él. Entonces Adina habló, se asustó Markus. Sus palabras fueron: *"¿Es este, mi verdadero padre?*

Capítulo 66: Jeshua un chico con muchas preguntas.

Jeshua, el hijo de Lucifer, en el hogar de acogida de Akiva y Chana, tuvo una infancia similar y diferente a la de Adina.

Similar a la que se destacaban entre la multitud con sus pensamientos y comportamiento. Diferente como Jeshua no tenía poderes psiónicos. Jeshua, al estar libre de la tecnología divina, no podía ver las alucinaciones inducidas por Abraham. El ser libre del control de la mente la tecnología no podía entender por qué las personas estaban mirando hacia fuera en el aire reaccionar al discurso de Abraham es. Jeshua nunca había visto el Gran Maestro Abraham los ángeles le impresionaron incluso menos.

Los edénitas creían que los ángeles eran seres sobrenaturales que servían como intermediarios entre ellos y Dios, pero para Jeshua, parecían hombres con atuendos únicos que les daban superpoderes. Mientras Jeshua encontró los Angelinos equipos a ser súper fascinante su personalidad le aburrían. Jeshua pensó que los ángeles eran hombres viejos y aburridos que repetían las mismas viejas líneas. Además de eso, se llevó siglos para dar respuesta directa.

Intrépido e inquisitivo, Jeshua casi se metió en problemas cuando le preguntó a Gabriel cómo funcionaba el traje de ángel. Esta pregunta se indica que Josué no tenía un chip de human implantado, como los ángeles aparecieron a volar con sus alas a los edenitas. Afortunadamente, Gabriel no escuchó la pregunta de Jeshua, y Akiva lo apartó antes de que Gabriel lo notara.

Akiva había regañado a Jeshua y lo había azotado por ser grosero con un ángel. Jeshua nunca entendió lo que estaba mal con su pregunta. Estaba fascinado por la tecnología detrás de la armadura del ángel y quería saber más. Jeshua se dio cuenta que Akiva lo había castigado porque él temía los ángeles. Jeshua llegó a la conclusión de que si un hombre grande y fuerte como Akiva, temía a los ángeles, que debe mantenerse alejados de ellos.

Capítulo 67: Adina y Jeshua se encuentran por primera vez.

Cuando tenían 10 años, Adina y Jeshua se conocieron por primera vez. Fue el 1ro enero de 2 860; o el año 50 después del aterrizaje de los edenitas. También fue el 50 °año de su historia. El calendario edenita seguía el calendario terrestre de conveniencia, como Abraham, y sus ángeles habían tenido contacto con el resto del sistema solar para obtener suministros.

El Año Nuevo y su celebración fueron la más grande celebración de Edén, y la población estaba sentado en diferentes niveles en función de su importancia. Jeshua estaba en el más bajo de elevación ya su familia fue agricultores. Adina estaba sentada en el tercer nivel más alto desde que el sumo sacerdote la crió. Por encima del pontífice s sentaron los ángeles y en la parte superior nivel de un holograma de Gran Maestro Abraham s en su gigantesco trono.

Después de ver el espectáculo por un tiempo, Jeshua vio a Adina. Ella se sentó con su familia en la mesa del sumo sacerdote. Ellos llevaban la ropa elaborada y sin embargo ella era la única que lo intrigaba. Jeshua sintió una mano sobre su hombro, y se dio la vuelta, era Akiva.

Akiva:

- Ten cuidado, Jeshua.
- Hay terribles rumores sobre esa chica.

Jeshua

- ¿Qué rumores, padre?

Akiva:

- Que puede conducir personas locas con el poder de su voluntad.

Jeshua

- Pero ella es sólo una chica? ¿No puede ser una mujer todavía?

Akiva:

- En tres años, ella se convertirá en mujer y tú en hombre.

- Esa es la peor parte. Me imagino si sus poderes crecen a medida que envejece.

Jeshua

- Pero si ese es el caso, ¿por qué es que no Maestro Abraham hacer algo de ella?

Akiva:

- no debemos entre otras cosas meternos con Abraham y sus planes. Hay que mantenernos lejos de esa chica.

Jeshua

- Sí, padre.

La advertencia de Akiva hizo que Jeshua estuviera aún más fascinado por Adina. Decidió escabullirse y echarle un vistazo cuando surgió la oportunidad. Un par de horas después, Akiva se emborrachó y se durmió. En este momento, la mayoría de los adultos estaban bastante borrachos, y Jeshua se coló en el nivel de los sacerdotes. Estaba buscando a Adina cuando alguien lo agarró del brazo. Se dio la vuelta y allí estaba ella, Adina.

Adina

- Shh, ven conmigo.

Adina condujo a Jeshua detrás de una tienda donde eran menos visibles.

Adina

- ¿Qué haces aquí?

- Este nivel alberga la celebración de los sacerdotes. No estás destinado a estar aquí.

Jeshua se perdió por las palabras. Tenía la intención de observar a la misteriosa chica desde la distancia para satisfacer su curiosidad. No había tenido la intención de hablar con ella. Jeshua tartamudeó:

- Yo... tenía curiosidad por ti.
- La gente dice que eres una bruja.

Adina

- Sé lo que dice la gente.
- Ignorantes y temerosos, detestan lo que no entienden.

Jeshua

- Las personas son personas.
- ¿Qué no entienden?

Adina

- No entienden la realidad y el mundo que los rodea.
- No entienden el poder que compartimos yo y el Gran Maestro Abraham.

Jeshua

- Pero compararse con el Gran Maestro Abraham es un pecado.

Adina

- No es pecado si estás diciendo la verdad.

LA DIVINA DISIMULACIÓN 197

- Al igual que Abraham, puedo leer e influir en las mentes de los humanos.

Jeshua

- enserio?
- Entonces, ¿cómo me llamo y de dónde vengo?

Adina

- No puedo leer tu mente. Usted debe ser única, que 's por qué me acercaba a ti.

La declaración de Adina confundió a Jeshua, y él se sintió reacio a mantener la conversación. Jeshua trató de calmar la situación:

- Bien, soy Jeshua, hijo de Akiva. ¿Cuál es tu nombre?

Adina

- Soy Adina, hija adoptiva del sumo sacerdote Markus.

Jeshua

- Mucho gusto, Adina.
- Yo debo volver a mi padre ahora.

Adina

- Lo sé. Nos reuniremos de nuevo

Adina vio a Jeshua mientras se escabulló para unirse a su familia. El joven dejó confusa, y él parecía una joven versión de su padre, Lucifer. Lo había visto antes, y le confundió que no pudiera llegar a su mente. Adina había decidido escabullirse para estudiarlo, pero en cambio, él había acudido a ella. ¿Fue una coincidencia o hubo una conexión más profunda entre ellos?

Jeshua era único porque Adina no podía leer su mente. Este hecho la intrigaba y se sintió obligada a averiguar más sobre él. Afortunadamente, le había dicho su nombre y el nombre de su padre. Adina influiría a través de su posición y poderes únicos, de modo que volverían a encontrarse.

Capítulo 68: Jeshua y de Adina se vuelven vecinos.

Un par de semanas más tarde, Adina convenció a su padre adoptivo, Markus, para ofrecer el padre de Jeshua, Akiva, el empleo. Akiva aceptó la oferta de trabajo de Markus y Akiva se mudó a la aldea con su familia. De esta manera, Jeshua se convirtió en el vecino de Adina para que se vieran todos los días.

Jeshua no era particularmente aficionado a Adina. Él pensó que ella era una chica curiosa y se sintió incómodo en su presencia. Es cierto, Jeshua tenía un aspecto único y que se parecía más a un ángel que un ser humano. Sin embargo, la atención de Adina no era del mismo tipo que la atención que recibió de otras chicas. Jeshua no podía entender por qué ella seguía molestándolo con preguntas sobre su pasado.

Adina le había preguntado sobre su padre biológico. La pregunta había ofendido a Jeshua. Jeshua nunca había conocido a sus padres biológicos y no sabía nada de ellos. Ellos murieron a causa de la enfermedad cuando era un bebé, y Akiva había tomado el cuidado de él. Jeshua no quiere hablar de esto con sus vecinos, y para todos los propósitos prácticos, Akiva era su padre.

Sin embargo, Jeshua se sintió agradecido con Adina por contratar a su padre para que no tuviera que crecer en la pobreza en el desierto. Gracias a Adina, Jeshua no tuvo que acostarse con hambre, y también tuvo la oportunidad de aprender a leer y escribir.

Mientras tanto, Jeshua fascinaba a Adina, y la hacía sospechar que eran hermanos. Adina había mejorado sus habilidades telepáticas para poder leer y manipular las mentes de los ángeles. Al leer su pensamiento s, ella se dio cuenta de que era la hija de Lucifer y una exenta humana, Sara, que fue matada por los ángeles. Adina no sabía cómo sentirse acerca de esto, ya que el Gran Maestro

Abraham fue su mentor, mientras que también causó la muerte de sus padres biológicos.

Adina tenía una clara imagen mental de la apariencia física s de Lucifer y Sara. Jeshua era la viva imagen de Lucifer, mientras que Adina se veía similares a Sara. Adina se dio cuenta que había una manera para que ella para averiguar si estaban relacionados. Los ángeles tenían una habilidad n que podría decirles si dos individuos estaban relacionados. Si controlaba la mente de un ángel, podría usar esta habilidad para averiguar si ella y Jeshua eran hermanos.

La habilidad era una forma de tecnología de reconocimiento de ADN, que fue habilitada por uno de los microchips en el cerebro de los ángeles. En el pasado, cuando los ángeles eran el grupo de operaciones especiales de Casa Goldstein, que a veces tenían que resolver crímenes y encontrar el delincuente. Para esta tarea, utilizaron tecnología que les permitía "ver" el ADN de una persona. El uso de esta habilidad facilitó la búsqueda de un fugitivo en un grupo de individuos. Esta capacidad fue operada por el olfato ya que la tecnología podía interpretar pequeñas cantidades de ADN en el aire y compararlo con una base de datos. La señal se transmitió a la conciencia como visión, ya que era más fácil de entender la información visual para el cerebro humano. Al ser una habilidad secundaria, la capacidad de reconocimiento de ADN estaba desactivada por defecto.

Si bien Adina no sabía cómo funcionaba la tecnología de reconocimiento de ADN, pronto descubrió cómo podría usarla. Se concentró sus poderes telepáticos, y que a tomó el control del ángel Nuriel. Ella comenzó uniéndose a sí misma. El resultado fue una coincidencia de ADN del 100%. Su siguiente paso fue relacionarla con su padre adoptivo, Markus. El resultado que surgió fue 0%. Por último, se comparó a sí misma a Jeshua. El resultado que surgió como 50%. Mientras Adina no entendía lo que significaba una coincidencia de ADN del 50%, se da cuenta d que ella estaba relacionada con Jeshua. Después de esta realización, Adina envió Nuriel distancia antes de llegar a sus sentidos y de diera cuenta de que tenía un hermano.

Capítulo 69: Los Ángeles por poco capturan a Jeshua.

Un par de años más tarde, fue el 13° cumpleaños de Adina, y el día de la ceremonia de su vida adulta. Debido a la prominencia de Adina, hubo una gran celebración en el pueblo, y varios de los ángeles fueron invitados honorarios. Los aldeanos se reunieron para la ceremonia y Jeshua estaba sentado en la fila de atrás. Abraham dio un largo discurso proyectado como una ilusión a través de la tecnología divina.

Jeshua estaba sentado en la parte de atrás de la asamblea, y su mente estaba divagando. Al no tener implantado un chip de tecnología divina, Jeshua no podía ver a Abraham, por lo que para él estas reuniones no tenían sentido. Desde el punto de vista de Jeshua, era un grupo de personas que miraban a la nada y ocasionalmente recitaban oraciones.

El problema era que Jeshua se suponía que quo te las mismas oraciones como los demás. De alguna manera, que sabía lo que la oración para recitar de la nada, mientras que él tenía que ponerse al día en todo momento. Jeshua miró a Adina. Conocerla trajo una extraña coincidencia pues compartieron el mismo cumpleaños. Jeshua tenía sentimientos encontrados por Adina. La encontró incómoda, pero sintió una conexión con ella que no podía entender.

Gabriel y Nuriel de pie al lado del escenario donde Abraham w como se habla, cuando Gabriel se dio cuenta de una anomalía. Le susurró a Nuriel:

- Nuriel, ¿cuántas personas detectan tus escáneres térmicos en el ensamblaje? El mío dice 220

Nuriel

- Sí, el mío también, ¿cuál es el problema?

Gabriel:

- Hay muchos ángeles y los humanos pueden se detecta en la habitación?

Nuriel

- 212 humanos y siete ángeles.

- Estás en lo correcto. Se muestra un ángel también soy ninguna, no son sólo seis de nosotros aquí.

Gabriel:

- Adina tiene un chip de ángel, ¡recuerda!

- Nos falta un humano.

- Sígueme; No podemos permitir humanos sin astillas ni bautizados en el Edén.

Ellos caminaron entre multitud y se conectan con una persona a la vez. Finalmente, Gabriel llegó a Jeshua. Se puso la mano en el hombro de Jeshua y se dio cuenta de que podría no llegar a la mente de Jeshua. Le dijo a Jeshua que se diera la vuelta y se sorprendió cuando se dio cuenta de que él chico se parecía a un joven Lucifer.

Adina cuenta de lo que estaba pasando y ella actúan rápidamente. Ejerciendo sus poderes, hizo a Jeshua invisible para los ángeles. Jeshua estaba confundido sobre lo que sucedió. El ángel ahora miraba directamente más allá de él como si no estuviera allí. Se dio la vuelta y miró a Adina. Ella parecía estar en el dolor y los labios formar la palabra "ejecutar". Adina se desmayó y Jeshua usó la confusión resultante para huir de la congregación.

Capítulo 70: Abraham caza una pelea con Jeshua.

Gabriel:

- Lo vi...
- Vi a Lucifer, una versión más joven de él.

Abraham:

- ¿Y aun así no me lo trajiste?

Gabriel:

- Lo siento, maestro. Él desapareció delante de mis ojos. Un segundo, él estaba allí, al siguiente se fue.

Abraham escaneó los recuerdos de Gabriel. Su arcángel no estaba mintiendo, y era un misterio. ¿Había estado allí el joven Lucifer o era una alucinación?

Abraham estaba preocupado por Adina. Sus patrones cerebrales eran diferentes a los de los otros ángeles, y él no podía leer su mente de la misma manera que él podía leer la suya. Abraham no estaba seguro de si Adina interrumpió lo que podía ver o si su chip ángel había funcionado mal. Si ella manipulaba lo que podía ver, era una amenaza, pero si ocurrió a causa de un problema técnico, que era inofensivo.

Abraham decidió observar a Adina desde la distancia. En cierto modo, era bueno que ella le ocultara cosas, ya que le hacía la vida interesante. Abraham se había dado cuenta de que la inmortalidad y el control total lo aburrían. Habían pasado 13 años desde la muerte de Lucifer, el último evento en el Edén que le había afectado. Abraham se dio cuenta de que una de las razones subyacentes de suicidio de Jehová debe haber sido el aburrimiento. Si bien Abraham pudo tomar medidas que influyeron en la vida de sus súbditos edénitas, tuvieron consecuencias limitadas para él o el resto del universo.

Emocionado porque algo inusual había sucedido, Abraham decidió que Gabriel lo examinara. Yo t gustaría tener un par de días, y hasta entonces tenía un poco de emoción que esperar, la emoción que la incertidumbre trajo.

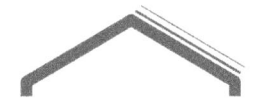

Capítulo 71: Adina insta a Jeshua a esconderse.

Jeshua se sentó en el establo y pensó sobre los acontecimientos del día. Pensar en la ceremonia de la edad adulta de Adina lo desconcertó. Como de costumbre, los aldeanos habían mirado la silla vacía en el centro de la habitación cantando y mostrando todo tipo de emociones. Pero durante la reunión, los ángeles habían caminado como si estuvieran buscando algo. Este comportamiento era inusual, ya que usualmente estaban de pie estoicamente y en silencio durante estas sesiones. Finalmente, uno de los ángeles se le acercó y lo miró por un momento antes de actuar de manera extraña y mirarlo directamente. Los labios de Adina le habían dicho a Jeshua que corriera, y ella se había desmayado.

¿Qué significó esto? El ángel había actuado asombrado cuando vio a Jeshua. ¿Por qué fue Jeshua especial y por qué fueron los unos ángeles a buscarlo? Adina entró en el establo y se acercó a Jeshua.

Adina

- Te he estado buscando.

Jeshua

- ¿No deberías estar descansando? ¿Parecía que tuviste una caída desagradable cuando te desmayaste?

Adina

- Fingía desmayarme como una distracción. Era vital alejarte de allí.

Jeshua

- Pero por qué? Soy el hijo sin importancia de un pobre jardinero.

Adina

- Eso no es cierto. Eres un niño adoptivo como yo.

Jeshua

- Deja de decirme que soy adoptado.
- ¿Quién te dijo esto?

Adina

- Nadie lo hizo. No necesitaban hacerlo.

- Puedo leer e influir en las mentes de las personas. Incluso los pensamientos de los ángeles.

Jeshua

- ¡Para esa charla loca!
- Aunque la mayoría de la gente cree que puedes hacer estas cosas.

Adina

- Eso es porque puedo. Eres el único que es diferente.
- ¿Dime, haz alguna vez visto el Gran Maestro Abraham?

Jeshua

- No, supongo que es solo un símbolo.

Adina

- NO!
- Es muy real, y todos, excepto tú, pueden verlo.

Jeshua dejó que las palabras de Adina se hundieran. No sabía cómo reaccionar. Adina estaba loca, pero todo lo que ella dijo que tenía sentido.

Jeshua

  - Pero eso no puede ser, no entiendo nada de esto.

Adina

  - Comencemos de nuevo.
  - ¿Has oído hablar de Lucifer?

Jeshua

  - Solo en susurros silenciosos.

  - Era un ángel caído que traicionó al Gran Maestro Abraham, y sufrió una muerte terrible.

Adina

  - Eso es incorrecto. Lucifer era un buen hombre que quería hacer el bien a los edénitas. Debido a esto, el tirano Abraham lo ha ejecutado él para dar un ejemplo.

  - Engendró una hija con una mujer Edenita. Soy esa niña, y sospecho que eres mi hermano gemelo.

Jeshua

  - qué? ¿Por qué piensas eso?

Adina hizo una pausa. Era difícil explicarle a Jeshua de una manera que él pudiera entender. Las habilidades de Adina le dieron acceso a los pensamientos y recuerdos de los ángeles, y ella sabía que la divinidad de Edén y Abraham era una estafa. Adina se dio cuenta de que Jeshua no tenía un chip de Tecnología Divina implantado ya que no podía conectarse con él. Esto significaba que

Jeshua podía hacer, lo que Adina no podía. Podía actuar en secreto para derribar a Abraham.

Adina

- Abraham me implantó tecnología, para que yo pudiera leer e influir en las mentes de los edénitas.

- Lo que hacen es que no saben es que la tecnología me permite leer y controlar las mentes de los ángeles. Así es como descubrí la verdad.

Jeshua

- Y cuál es la verdad?

Adina

- La verdad es que la Tierra todavía está alrededor, y el resto de la humanidad está viviendo en la prosperidad y la libertad.

- Los edenitas son un pequeño grupo de individuos con control mental que viven bajo la supervisión de un psicópata engañado.

Jeshua

- Lo siento. Pero no quiero escuchar este tipo de conversación.
- No soy hijo de un ángel, y todo lo que quiero es una vida feliz.

Adina

- Mantente alejado de los ángeles. Por tu seguridad.

Jeshua

- De acuerdo, lo haré.
- Buena noche, Adina

Jeshua caminó hacia la pequeña cabaña donde vivía con su familia. Se sintió confundido. Había buscado la soledad en los establos para aclarar su mente y las afirmaciones de Adina empeoraron las cosas. Jeshua sintió que algo andaba mal con el mundo y las afirmaciones de Adina verificaron que eso es para él.

Jeshua luchó por comprender el alcance de todo. Adina argumentó que el mundo estaba roto y que Abraham y él eran la causa. ¿Pero cuál fue la solución? Abraham y los ángeles cometieron muchos actos malvados, pero también curaron a las personas de dolencias, hicieron crecer los cultivos, purificaron el aire, etc.

Si encontraran una manera de deponer a Abraham, ¿qué pasaría después? Jeshua creía que Adina tomaría el poder ella misma, en lugar de liberar a los edénitas de la tiranía. ¿Adina sería una mejor líder que Abraham? Había muchos rumores de una pelea de Adina, y ninguno de ellos eran buenas. Akiva vio que algo estaba molestando a Jeshua e interrumpió sus pensamientos.

Akiva:

- ¿Te molesta algo, Jeshua? Necesitas dormir temprano; tu ceremonia de la edad adulta es mañana.

Jeshua

- Padre, ¿por qué le dijiste a Adina que soy adoptado?

Akiva:

- ¿Por qué me preguntas eso?

Jeshua

- Adina sabía que fui adoptado. Y tú me dijiste que no dejara que nadie supiera sobre mi origen.

Akiva:

- No deberías escuchar a esa mujer; Ella es una alborotadora. Adina está jugando con las mentes de las personas.

Jeshua

- Eso no respondió mi pregunta.

Akiva:

- Le admití que no eres mi hijo biológico.

- Pero te hemos tenido desde que eras un recién nacido, así que eres como nuestro verdadero hijo.

Jeshua

- ¿Lucifer me dio a ti?

Akiva:

- No, te tenemos de Yehuda. Era un antiguo sumo sacerdote deshonrado que fue condenado a trabajar en el desierto como nosotros.

- Pero él era muy viejo cuando le dieron y que murió poco después.

- Pero nunca vuelvas a mencionar a Lucifer, especialmente no alrededor de los ángeles.

Jeshua

- Entiendo, padre. Gracias por decirme la verdad.

Akiva:

- No te preocupes, hijo. Ahora suena, así que estás fresco para su ceremonia de mañana.

La ceremonia de adultos de Jeshua tuvo lugar el día después. Fue una pequeña celebración y sin incidentes.

Capítulo 72: Un ataque en la boda

Tres años después, Jeshua todavía vivía en el mismo pueblo que Adina. Tenía 16 años y trabajaba con su padre. Adina había intentado persuadir a Jeshua para que se escondiera; pero siguió negándose.

Jeshua declinó por dos razones. Jeshua no creía las afirmaciones de Adina sobre que eran hermanos y descendientes del difunto Lucifer. Más importante aún, no escapó, ya que no tenía a dónde ir. Jeshua más bien se arriesgó y se quedó en la aldea en lugar de vivir en el desierto mientras se escondía de los ángeles.

Jeshua debía mantener la distancia con los Àngels para estar en el lado seguro. A Jeshua le resultó fácil mantenerse alejado de los ángeles, ya que nunca parecían interesados en hablar con él. Jeshua sentía que era un poco extraño que los ángeles intercambiaron algunas palabras con la mayoría de edenitas excepto con él.

En el año 2866, Abraham Goldstein instruyó a los ángeles para que revisaran las finanzas de la población edenita. Esta revisión nunca antes había sucedido, ya que Abraham consideraba que la producción de los edénitas era insignificante. Pero el anterior año no fue hubo ninguna hambruna en el Edén. Si bien el sufrimiento causado por la inanición de 2865 no molestó a Abraham, se molestó porque no era la causa. Si la gente debía creer que era todopoderoso, ellos creen que causó el hambre como un castigo. Abraham había luchado para motivar la hambruna ya que los edénitas habían seguido sus reglas.

Para asegurarse de que hambrunas no intencionadas no se produjeran de nuevo, Abraham decretó que la población debe construir graneros y mantener registros precisos. Al pasar por alto Los registros Markus, Gabriel notó una discrepancia. Se convocó a Markus hablar con él.

Markus:

- Me llamaste, Arcángel Gabriel.

Gabriel:

- Encontré varias discrepancias en sus registros.
- Le pagaste a alguien llamado Jeshua, hijo de Akiva.
- ¿Puedes explicar?

Markus:

- No entiendo cuál es el problema? Jeshua trabaja para mí.

Gabriel:

- El problema es que no hay Jeshua hijo de Akiva en el Edén.

- Todo lo que se produce en Eden pertenece al Gran Maestro Abraham, y él lo comparte contigo.

- Parece que le estás robando a Abraham.

- Crees que se puede llegar a una mejor explicación?

Markus:

- Jeshua existe. Te lo puedo traer más tarde.

Gabriel:

- ¿Parece que disfruto esperando?
- Tráelo ahora.

Markus:

- Bueno, ahora no es el momento adecuado. Jeshua asiste a la boda de su hermano.

Gabriel:

- Muy bien. Llevame a esta boda. Esta celebración puede usar mi presencia.

Adina, que asistió a la boda, estaba bebiendo vino en un rincón cuando Gabriel y Markus entraron. Ella sabía por qué estaban allí. Sin embargo, su intoxicación había debilitado sus poderes psiónicos, por lo que no podía influenciar a Gabriel para que se fuera.

Gabriel se acercó a Jeshua. Lo que vio lo sorprendió. Por segunda vez, vio al hijo de Lucifer. La primera vez, tres años antes, había desaparecido, pero esta vez, permaneció frente a los ojos de Gabriel. Gabriel decidió confirmar la identidad del hombre frente a él.

Gabriel:

- ¿Eres Jeshua, hijo de Akiva?

Jeshua

- Sí, ese soy yo. ¿En qué puedo servirle, arcángel Gabriel?

Gabriel no respondió. Sabía lo que tenía que hacer. Durante los últimos tres años, se había preguntado qué vio en la ceremonia de adulta de Adina. Abraham había descartado que fuera como un problema técnico, y que había disminuido de Gabriel solicitud a buscar el hijo de Lucifer. Abraham necesitaba ver a este joven con sus propios ojos. Gabriel trató de conectarse con Abraham para compartir su visión. Pero esto fue en vano, ya que algo estaba bloqueando la señal. Gabriel usó el enlace de comunicación incorporado en el traje de Ángel para contactar a Abraham.

Gabriel:

- Abraham! Yo tengo el hijo de Lucifer en la tribu de Gad en el Salón de bodas. Solicito instrucciones.

Puesto que no podía bloquear convencionales señales, Adina sabía que ella tenía que actuar para detener a su hermano de ser capturado. Afortunadamente, los invitados a la boda estaban intoxicados y fáciles de influenciar. Ella influyó en algunos de ellos para apuñalar a Gabriel por la espalda.

El apuñalamiento conmocionó a Gabriel que no habían activado el escudo electromagnético que protegía su cuerpo de los ataques. Entonces cayó al suelo. El campo electrocutó y repelió a los atacantes, pero fue en vano. Gabriel sabía que estaba herido de muerte y que no podía detener el sangrado lo suficientemente rápido. Activó el faro de emergencia en su traje de ángel, cerró los ojos y se preparó para morir.

Habiendo logrado su objetivo, Adina liberó a los atacantes de su control psiónico. Dándose cuenta de lo que habían hecho y huyó de la sala de bodas antes de que llegaran los otros ángeles. Adina alcanzó a Jeshua afuera.

Adina

- ¿Me crees ahora?

Jeshua

- ¿Qué has hecho?

Adina

- Te salvé.
- Eres mi hermano, el hijo de Lucifer, y el Salvado r del Edén.

Jeshua

- Pero condenaste a mi familia. ¡Nos has condenado a todos!

Adina

- No a todos nosotros.

- Nunca nos matarán a todos. Abraham nos necesita. Sin nosotros, no hay ningún propósito para que él viva más.

- Vamos a vengarnos de nuestro padre, pero primero, ¡debes esconderte! Nos vemos en los acantilados de Gomorra en el extremo sur del Edén en una semana; Te estaré esperando allí y traeré suministros.

Jeshua no cuestionó a Adina, y él corrió por su vida hacia los acantilados de Gomorra.

Capítulo 73: Abraham está furioso.

Abraham miró el cuerpo congelado y sin vida de Gabriel. Estaba hirviendo de ira, pero al mismo tiempo se sintió aliviado. Los asesinos de Gabriel no lo habían matado más allá de la resurrección. Por lo tanto, Abraham podría resucitar a Gabriel con partes del cuerpo cultivadas con células madre.

Abraham estaba desconcertado cuando investigó las mentes de los perpetradores. Ellos se sorprendieron por la locura que los había llevado a matar a Gabriel. Gabriel regresaría al Edén y vengaría su propia muerte. Esto sería justicia poética y probaría que los edénitas no podían matar a los ángeles.

Abraham ideó un plan. Él proclamó que todos los miembros de la familia de Akiva serían expulsados y asesinados con fuego del cielo dentro del próximo año. Allí se viviría con el miedo constante y ver a sus familiares muertos, uno en el momento. Este era un glorioso plan de venganza y mucho mejor que matarlos a todos a la vez.

La aparición de Jeshua, el hijo de Lucifer, fue confirmada por los asaltantes de Gabriel. Jeshua era la semejanza perfecta para un joven Lucifer. ¿Anuncio que incitó a la gente a atacar a Gabriel? Jeshua tenía que evitar la detección durante tantos años? Independientemente, Jeshua tuvo que ser capturado, puesto que era una amenaza a la dominación de Abraham sobre Edén.

Pero fue difícil encontrar a Jeshua. No tenía implantes, por lo que Abraham no pudo rastrearlo, y Abraham no pudo encontrar a Jeshua usando satélites orbitales. Para encontrarlo sin necesidad de utilizar los satélites era una tarea gigantesca ya que el Edén era de 20.000km cuadrados de tierra habitable y q sólo podría disponer de 20 ángeles para la búsqueda.

Abraham consideró mandar a las edenitas a buscar y castigar Jeshua. Pero se Decidió en contra de la idea. Solicitar ayuda, sería socavar su pretensión de ser todo - ver y omnipotente. En cambio, Abraham eligió otro curso de acción. En el Monte Sinaí, obligaría a los edénitas a erigir un monumento de 100 metros de altura cortado en la roca que representa la ejecución de Lucifer, 16 años antes. Abraham podría tener los ángeles crean tal un memorial con láser en un par de semanas s, pero él prefiere tener los edenitas lo hacen con sus herramientas romas, trabajadora de años diez a construirlo. ÉL era su MAESTRO, y existieron para SERVIRLE.

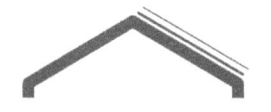

Capítulo 74: Adina se alía con Jeshua.

Una semana después, Jeshua se encontró con Adina en las cuevas debajo de Gomorra Falls, cerca del extremo sur del Edén. Jeshua estaba hambriento y sediento porque había tomado desvíos para evitar la vigilancia satelital del Edén. Adina le había dicho a Jeshua que los satélites eran grandes máquinas voladoras que podían verlo desde el cielo e informar su ubicación a Abraham.

Evitar la vigilancia satelital, no fue difícil. Seis de siete soles en el cielo eran satélites y mientras los satélites no estuvieran a 10 grados del cenit, no podrían verlo. Entonces, Jeshua había buscado refugio cada vez que uno de los soles estaba cerca del cenit. Esta era una manera de moverse, ya que solo podía moverse sin ser detectado una cuarta parte del tiempo. Jeshua se encontró con Adina que le había traído suministros.

Adina

- Bienvenido a tu nuevo hogar, Jeshua.
- Me alegra que lo hayas logrado.

Jeshua

- De qué se trata todo esto?

- ¿Puedo asistir una boda, un ángel se me acercó, y luego los otros invitados a la boda a atacaron al ángel?

Adina

- oíste lo que dijo Gabriel?

- Eres el hijo de Lucifer, el ángel que desafió a Abraham y fue ejecutado.

- Tú no tienes un microchip implantado. Eso hace que ellos no puedan controlar. Te hace peligroso para ellos.

Jeshua

- ¿Pero tienes un chip? Entonces, ¿por qué no pueden controlarte?

Adina

- No sé lo que pasó.

- Por alguna razón, me dieron otra ficha al nacer. Pero el chip me dio poderes inesperados. Es por eso que puedo entrar y controlar sus mentes.

Jeshua

- Eso te hace peligroso para Abraham. ¿Por qué no han venido después?

Adina

- Porque no saben sobre mis poderes.

- Puedo ayudar a nuestra gente. Si me detectan, estamos condenados, y los Edénitas están condenados a la tiranía.

Jeshua

- ya veo
- ¿Cuál es mi parte en todo esto?

Adina

- Tu parte es ser el libertador. Encontraré personas que simpatizan con nuestra causa. Los conocerás y los llevarás al borde del Edén. Una vez allí, podrás seguir las instrucciones de esta carta, y quitarles los microchips.

- Debo volver a casa antes de que alguien me extrañe. Detrás de esos acantilados, hay una red de túneles que tienen un suministro casi infinito de hongos. Puedes permanecer allí invisible para Abraham, junto con las personas que liberas.

- Te dejaré mensajes escritos debajo de esta roca.

Después de decir esto, Adina saltó sobre su caballo y al galopó de vuelta a casa. Afortunadamente, tomó solo una hora y media recorrer la distancia que le había tomado a Jeshua una semana para escabullirse. Adina no tenía motivos para esconderse. Que pudiera moverse libre nadie se atreve a cuestionar su. Esto se debía a que la reputación de los poderes de Adina se había extendido por todo el Edén.

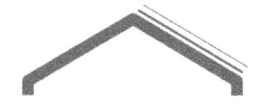

Capítulo 75: Otro Edenita perdido.

Abraham vio Adina rezar un sermón religioso. Estaba orgulloso de ella. Se sentía bien que su nieta estaba dedicando su vida a honrarlo a él y a sus enseñanzas. Adina alabó el gobierno benevolente de Abraham con tanto celo que Abraham consideró elevarla para que se convirtiera en uno de sus ángeles. Se ponía que fuera por un tiempo y la tenía bajo observación desde lejos.

El Abrahameon expresó que solo los hombres podían ser líderes religiosos, por lo que muchos aldeanos se opusieron cuando Adina se convirtió en el sacerdote asistente de su aldea. Si bien la promoción de Adina era incompatible con el anterior mensaje en el Abrahameon, que no se molestó Abraham. No eran muchas inconsistencias en la Biblia, y si el Señor no podía molestar a ser constante, Abraham no era necesario tampoco.

Acompañando a Adina en el altar estaba el arcángel Gabriel y su guardaespaldas, Querubines. Gabriel asaltantes habían no matan él de forma permanente, ya que no sabían acerca de la tecnología que permitió la resurrección, siempre y cuando el cerebro no había sufrido daños irreparables.

Los Edénitas vieron el regreso de Gabriel como prueba de su estatus semidivino y el poder supremo del Gran Maestro Abraham para gobernar sobre la vida y la muerte. Querubines se convirtió en el guardaespaldas de Gabriel, ya que Abraham era reacio a enviar ángeles en misiones en solitario después del incidente que mató a Gabriel.

Durante el sermón, Abraham fue perturbado por una notificación menor en los bordes exteriores de su mente. Fue una notificación de que uno de sus sujetos había fallecido. Con una población Edénita de alrededor de 10, 000, recibió estas notificaciones con bastante frecuencia, por lo que no lo molestaron, ya que eran una parte natural de la vida.

En el último año, hubo un problema continuo con personas muriendo, donde el cuerpo nunca fue encontrado. Había sucedido de nuevo. El último hombre en desaparecer había sido un individuo sano de 25 años. Nadie había presenciado la muerte, y los satélites de vigilancia no cubrían el lugar de la muerte. Abraham enviaría a los ángeles a buscar el cuerpo, pero él ya sabía el resultado. Encontrarían un charco de sangre, pero no encontrarían el cuerpo. Desde que apareció el hijo de Lucifer, una docena de personas habían desaparecido. Abraham concluyó que Jeshua estaba detrás de las muertes, pero ¿qué quería? Negándose a reconocer sus miedos, Abraham retiro a la dimensión divina a meditar.

T él mente maestra detrás de las desapariciones fue Adina que utiliza Jeshua a reunir apoyo para derrocar a l reinado de Abraham sobre el Eden. Su método fue el siguiente:

Adina usó sus capacidades psiónicas para encontrar individuos que estaban resentidos con Abraham. Ella les dijo que esperaran a Jeshua para liberarlos. Luego cabalgó hasta el escondite de Jeshua y dejó una nota con instrucciones sobre a quién liberar de Abraham y la hora y el lugar para hacerlo. Adina se aseguró de que la atención de Abraham se dirigiera a ella todo el tiempo para que Abraham no pudiera interceptar la liberación. Este procedimiento también le dio una coartada para cada individuo liberado, poniéndola más allá de toda sospecha.

Capítulo 76: Abraham forma una milicia superior a la de Jeshua.

Con la liberación de más personas, las desapariciones se aceleraron a medida que Adina tenía más agentes disponibles para liberar a las personas del control de Abraham. Con el tiempo, creció demasiado audaz, y Abraham vio lo que estaba ocurriendo. Durante los primeros tres años, Abraham pensó que Jeshua mató a individuos y escondió los cuerpos. Si bien esta noción era inquietante, no representaba ninguna amenaza para su poder. Un evento en 2870 hizo Abraham despierte y entender el peligro que representa para Jeshua su gobierno.

Adina había dado instrucciones al grupo de Jeshua para liberar a las personas disidentes en lugares separados en el Edén al mismo tiempo. Cuando las personas desaparecidas en el correo borde popa del Edén y el límite este, al mismo tiempo, Abraham se dio cuenta de que Jeshua podría no estar detrás de las dos desapariciones. Abraham entendió que Jeshua no mató a las personas que desaparecen, se liberó a ellos. A cambio, lo ayudaron en su rebelión clandestina contra Abraham.

Abraham comprobó un mapa de los túneles de mantenimiento de Eden y vio lo ciego que había sido. Todas las desapariciones habían ocurrido cerca de las entradas, lo que explicaba cómo los individuos liberados podían desaparecer sin dejar rastro. El primer impulso de Abraham fue reunir a sus ángeles y ordenarles que registraran los túneles.

Abraham se dio cuenta que este no era el mejor curso de acción. Los túneles eran enormes y cubiertos cientos de kilómetros. Jeshua, podría haber puesto trampas en los túneles mientras esperaba que los ángeles hicieran un movimiento. A pesar de que no debe ser posible que un hombre edenite para matar a un ángel con un traje de batalla, Abraham sería no desestimar al hombre que había permanecido oculto durante tres años, mientras que arrebatar sujeta uno de Abraham por uno.

En cambio, Abraham eligió otra solución, una que requería paciencia, tiempo y mano de obra, factores que Abraham tenía en abundancia. Levantaría milicias religiosas que protegerían las entradas a los túneles de mantenimiento. De esta manera, los rebeldes s sería finalmente morir de hambre y ya no podría reclutar nuevos individuos por su causa. Si el bloqueo hizo que los rebeldes salen y pelean, entonces Abraham haría que los ángeles que podría matar a ellos rápidamente a la intemperie.

Abraham agregó un pasaje al Abrahameon que decía que las entradas a los túneles de mantenimiento tenían que estar vigiladas.

que la corrupción del alma de Lucifer como modo sin fin que la destrucción de su cuerpo no fue suficiente para poner él en reposo. En cambio, la energía rencorosa del alma perdida de Lucifer llegó a los pozos más profundos del infierno, donde fue atormentado por la eternidad mientras llamaba a otros malhechores para que se unieran a él. Para detener este mal, el Gran Maestro Abraham ordena que todos los túneles que conducen al infierno deben estar vigilados. A medida que el mal proviene de la debilidad del hombre, el hombre debe Defiéndanse contra de ella y estar alerta. Así lo dice el sabio Gran Maestro Abraham.

Después de un par de semanas, los edenitas bloquearon todos los accesos a los túneles de mantenimiento, lo que hizo imposible para Jeshua y sus rebeldes a entrar y salir de los túneles sin ser detectados. Ahora Abraham podía esperar su momento.

Capítulo 77: La destrucción de los del ejército de Jeshua.

Jeshua miraba a la salida del túnel y veía un bloque de milicia edenita en el camino. Él suspiró. Él y su grupo rebelde habían estado atrapados en estas catacumbas durante un mes. Aunque no tenían acceso a las setas y el agua, que no era sostenible a permanecer en la oscuridad indefinidamente.

La única fuente de luz en los túneles era de la pintura luminiscente con direcciones visibles cada 50 metros. Aparte de esta luz sombría, estaban en completa oscuridad. Que necesitan para encontrar un camino a la superficie tan pronto como sea posible.

Jeshua miró el puesto de guardia en la distancia. Estaba custodiado por seis hombres. Estos hombres no serían un rival para el grupo de Jeshua. Pero, Jeshua sospechaba una trampa. No habría ángeles de espera para ellos, y los seis hombres en el puesto de guardia eran un cebo para atraer a cabo. Jeshua les dijo a sus seguidores que buscaran una salida sin vigilancia, pero no lo escucharon. Habían estado atrapados en la oscuridad durante un mes y todas las salidas estaban vigiladas. Tenían que salir para evitar volverse locos por la oscuridad.

Adam, uno de los seguidores de Jeshua, empujó a Jeshua al suelo.

Adán:

- Ya tuve suficiente de esto, Jeshua. No me uní a la rebelión contra Abraham para acobardarme en estos túneles oscuros y sangrientos hasta el final de mis días.

- Nos trajiste aquí, y ahora estamos atrapados aquí por tu cobardía.

- Esta es nuestra oportunidad, solo hay unos pocos y somos treinta. Salgamos y consigamos algo de comida adecuada.

Jeshua

- Cállate, Adam.
- Nos han tendido una trampa. Necesitamos que...

Adam lechón golpeó a Jeshua en la cabeza. Sin preparación para la huelga, Josué cayó hacia atrás s, se golpeó la cabeza contra una roca, y cayó inconsciente. Adán:

- El tonto que nos trajo aquí está muerto.

- Salvémonos saliendo de estas malditas cuevas. Consigámonos algo de comida caliente y algo de coño caliente.

El grupo murmuró en reconocimiento. La mayoría de ellos habían sido miserables ya Jeshua "liberado" de ellos. Habían reprimido su miseria diciéndose a sí mismos que estaban ganando. Se había sentido así, cuando aumentaron su número de los ojos siempre vigilantes de Abraham y sus ángeles. Pero nunca habían tenido un plan a largo plazo; al menos no habían estado al tanto del plan a largo plazo.

Para derrotar a Abraham, que necesitan para llevar la lucha a él. Era hora de pelear contra Abraham. Unidos detrás de Adam, el grupo les ordenó a los guardias que se liberaran.

La milicia edénita tomó sus armas y se preparó para luchar contra el enemigo, pero Abraham les ordenó que dejaran caer sus armas y salieran a la intemperie. Los milicianos dejaron caer sus armas y corrieron tan rápido como pudieron. Una vez que los hombres de Adán salieron a la luz, Abraham soltó la trampa. Primero, hizo estallar los explosivos en la entrada para colapsar el túnel para que nadie pudiera entrar. Luego mató a los rebeldes usando los cañones láser orbitales que tenía a su disposición. Un par de minutos, después estaban todos muertos convertido en un revoltijo de partes del cuerpo volado y carne quemada.

Capítulo 78: El sepultó del cuerpo de Jeshua.

Abraham disfrutaba estudiando la carnicería. Se sintió bien, colocando a estos rebeldes insolentes en su lugar usando su armamento superior. Daría instrucciones a la población edenita hacer una peregrinación a Gomorra y sus acantilados para que pudieran presenciar el castigo que le daría a cualquier persona que los rebeldes condujeran contra su gobierno. Sin embargo, había una cosa que lo molestaba. Los ángeles no eran capaces de localizar de Jeshua restos.

Abraham contacto Gabriel, que era Analizaba el campo de batalla:

- ¿Cómo te va?
-No Han encontrado ningún rastro del traidor todavía?

Gabriel:

- El análisis de nuestros satélites orbitales y los restos encontrados en la ronda g, indican que matamos a 30 colaboradores en la batalla.

Abraham:

- Esa es una buena noticia, pero estoy preguntando por Jeshua.

Gabriel:

- No hemos encontrado evidencia de la muerte de Jeshua. Sin embargo, t él campo de batalla está contaminado por lo que no podemos descartar que se encuentra entre los combatientes caídos.

Abraham hizo una pausa. Hubo 30 misteriosas desapariciones relacionadas con Jeshua en los últimos cuatro años. Había tres rebeldes asesinados frente a la entrada del túnel en los acantilados de Gomorra. ¿Jeshua sacrificó toda la insurgencia y fingió su propia muerte? ¿O su cuerpo se encontraba en los túneles? En cualquier caso, sin sus hombres, demostró ningún peligro para los ángeles y Abraham ordenó una búsqueda para él.

Abraham:

- Reúne a los ángeles y busca en los túneles a Jeshua. Tengan cuidado puesto que podrían haber establecido trampas para usted.

Gabriel:

- Entendido, despejaré esta entrada y me acercaré a los túneles desde aquí. Voy a instruir a otros a buscar a las otras entradas.

Unas horas más tarde, Jeshua se despertó después de estar inconsciente durante más de 24 horas. Estaba desorientado y no podía recordar lo que pasó. Estaba solo en el campamento, y no había nadie más a quien encontrar. Se sentía débil, pero que g o t levantó sobre sus pies. Jeshua recordado Adam perforación él, y se dio cuenta que necesitaba para detener a los otros antes de salir de los túneles.

Saliendo como grupo fue el equivalente a un suicidio, y que tenía que detenerlos. Muy a su pesar Jeshua se dio cuenta que la entrada se derrumbó. Él había llegado demasiado tarde para salvar a su grupo. Esta comprensión llenó a Jeshua de desesperación. Jeshua pudo ver a los ángeles despejando el derrumbe. Regresó al campamento para encontrar un escondite. Jeshua solo podía pensar en un lugar donde no pudieran encontrarlo, la letrina. Saltó a la letrina, cerró su boca, y luchó para no vomitar mientras estaba flotando en el excremento. Los ángeles Gabriel y Thomas entraron al campamento.

Gabriel:

- Thomas, ¿qué ves?

Thomas

- No mucho. Está bastante oscuro aquí.

Gabriel:

- Pruebe la detección de ADN y la firma de calor.

Thomas

- Su ADN está por todas partes, pero principalmente de la letrina. La misma cosa va para la firma de calor.

Gabriel:

- Parece que estás en servicio de letrinas, Thomas.

Thomas

- Ja, ja, muy gracioso, Gabriel. ¿Cree que Abraham estará satisfecho por mí vadear alrededor de mierda, que llevaba un traje de batalla de 3 millones de Terran de crédito?

Gabriel:

- Me resultaría divertido verlo.
- Muy bien, solo ve y echa un vistazo.

Josué oyó que el enfoque Thomas ed la letrina. Él cerró los ojos, se tapó la nariz, y se dejó caer bajo la superficie.
Gabriel:

- ¿Qué ves?

Thomas

- Mierda, mierda y espera, más mierda.

Gabriel

- Dispara algunas rondas para estar seguro.

Al oír esto Jeshua Se agachó al fondo de la letrina. Thomas disparó una multitud de disparos, que hubieran golpeado y matado a Jeshua si no fuera por la alta densidad del excremento. En cambio, las balas se desintegraron, y la energía cinética de las balas salpicó como una mierda, golpeando a Thomas que no estaba divertido.

Thomas

- ¡Jódete, Gabriel! sabías que iba a suceder, ¿verdad?

Gabriel:

- Entonces, deberías. Todos estos años de entrenamiento en la Tierra y, sin embargo, olvidaste por qué se usan pistolas de lanza en lugar de rifles de alta potencia bajo el agua.

- Sigamos adelante

- Se busca el túnel hacia el sur, mientras que busco el túnel hacia el norte. Nos encontraremos aquí en tres horas.

Cuando los Ángeles se fueron, Jeshua liberó todo el vómito Tenía en la mano. Su primer impulso fue salir de la letrina, pero se dio cuenta de que si lo hacía, él habría extendido excrementos todo el campamento. y los ángeles sabrían dónde se estaba escondiendo. En su lugar, esperó hasta que Los Ángeles pusieran sus pies de los túneles. Jeshua estaba asombrado de que el arma del ángel no lo matara. Él vio esto como una señal de Yahveh, el verdadero dios, de que llegaría el momento de derrocar a Abraham.

Jeshua se bañó en la fuente de agua del campamento. Si bien fue una pena destruir el suministro de agua del campamento, ya no importaba. Sus seguidores estaban muertos, y Jeshua se iba a esconder en otro lugar. No había suficientes setas y el agua en estos túneles para Jeshua para sostener a sí mismo a la espera de una señal de Jehová que se levantase como el Salvador de los edenitas.

Capítulo 79: Pasan algunos años.

Los años siguientes, Jeshua esperó una señal de Yahveh. La señal nunca llegó, y pasaba revolcado su vida lejos en la oscuridad. Él pasaba sus días teniendo alucinaciones vívidas inducidas por el oscuridad y sustancias psicoactivas en los champiñones que él comía. Jeshua se convirtió en enfermizo y se dejó crecer la barba y el pelo largo. Un día, dos años más tarde, Jeshua recuperó su claridad mental y que sabía lo que tenía que hacer.

Mientras tanto, Adina fortaleció sus poderes. Adina pretendió ser la defensora más fuerte de Abraham. Ella tuvo éxito Markus, se convirtió en el sumo sacerdote de su tribu. Usando sus poderes psíquicos, Adina influyó en los otros sacerdotes para designarla para el cargo recientemente creado de Gran Sumo Sacerdotes a y ella controlaría a todos Edén. Para apaciguar a Abraham, ordenó a los edénitas que construyeran un monumento gigante en el Monte Sinaí para conmemorar la derrota de Lucifer a manos de Abraham. Adina calcula que la mejor manera de probar su lealtad era crear un monumento que celebraba cómo Abraham había matado a Lucifer.

Adina estaba esperando su momento. Sus capacidades se hicieron más fuerte cada día, y ella aprendió cómo controlar los ángeles a varios kilómetros de distancia. Tenía que tener cuidado y ocultar sus intenciones. Aunque Abraham no pudo enviar un ángel para matarla, sí pudo usar los cañones láser orbitales para hacer el trabajo. Adina sabía que Abraham siempre tenía un cañón láser dirigido a ella, como uno de los siete soles siguiéndola a su alrededor, mientras que las otras seis estrellas se movían en un patrón sobre el cielo como el tiempo pasaba.

Siguiendo un láser orbital, Adina no pudo buscar a Jeshua e influir en él para que reconstruyera su milicia. No estaba segura de sí estaba vivo, aunque sabía que los ángeles no lo habían encontrado en el campo de batalla en los acantilados de Gomorra. Adina quería buscar a Jeshua, pero no podía moverse libremente sin crear atención no deseada. Adina esperaba que Jeshua la buscara, pero nunca sucedió.

Abraham Goldstein estaba impresionado por su nieta. Adina había logrado cosas que estaban más allá de su imaginación más grande, y ella usaba sus talentos para honrarlo. Abraham nunca podría haber pedido una progenie mejor, y finalmente tuvo un descendiente que lo hizo sentir orgulloso. Sin embargo, Abraham también le temía. Ella era potente, y Abraham temía su reacción si averiguaba la verdad sobre Lucifer. Ese era el enigma de Abraham. Por un lado, quería que Adina supiera que ella era su sangre, pero, por otro lado, temía cómo reaccionaría si descubría la verdad. Adina era la hija de Lucifer, y Abraham y había ejecutado brutalmente a su padre.

Abraham creía que Adina podía controlar lo que veía cuando accedía a su mente. Cada vez que Abraham accedía a la mente de Adina, se encontraba con la alabanza y amor por él y sus acciones. Todos temían y lo amaban en diversos grados, pero solo Adina mostró un amor y admiración unilateral por él. Abraham no lo compraba. Adina tendría sus dudas y temores, como todos los demás, entonces, ¿por qué no podía detectar estas emociones?

También se le ocurrió a Abraham que los ángeles actuaban de manera extraña alrededor de Adina, como si ella los controlara. Abraham decidió tomar precauciones para mantener a Adina bajo su control. Para mantener Adina en su lugar, programaría uno de los láseres orbitales a seguir a Adina alrededor, por lo que siempre la mantuvo su supervisada.

Dos años más tarde, en 2872, se desarrollaron eventos que cambiarían el destino de los edénitas para siempre.

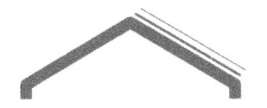

Capítulo 80: Una profecía Zetana.

Ra, Zeus y Brahma estaban observando el Palacio Divino en la Dimensión Divina. Los Zetans habían sido encerrados fuera del Palacio Divino por eones después de que Yahveh creara una grieta dimensional que les impedía entrar. Con sus planetas de origen destruidos que no podían encender los IR otros portales de regreso al universo normal. Los materiales necesarios estaban dentro del Palacio Divino, que estaba detrás de la grieta dimensional. Habían tratado de comunicarse con Yahveh, pero no había señales de vida de su antiguo compañero que los había traicionado y les había prohibido entrar al palacio.

Los Zetans concluyeron que Yahveh estaba muerto, porque de lo contrario, podrían detectar su fuerza vital. Durante el siglo pasado, habían sentido una presencia humana en el Palacio Divino. Habían llegado a la conclusión de que este humano no estaba físicamente ahí, pero que había logrado transportar su mente a la dimensión divina. Si bien esta fue una hazaña tecnológica impresionante, no ayudaría a los Zetans. necesitaban a alguien que entra físicamente en la dimensión divina para traerlos de vuelta. Además, el humano que vivía en el Palacio Divino no podía comunicarse por telepatía, y no podía ayudar a los Zetans.

Si bien la presencia de Abraham en la Dimensión Divina no fue bienvenida, los Zetans todavía estaban entusiasmados con sus perspectivas. Si la humanidad hubiera logrado enviar una mente a la Dimensión Divina, podrían activar los portales en la Tierra.

Había un ser humano con el que los zetanos podrían comunicarse a través de las dimensiones. Esa mujer tenía capacidades psiónicas que no habían encontrado en siglos. Esta mujer tenía lo que su predecesoras carecía; que tenía acceso a la tecnología que permita a ella para abrir los portales, por lo que los zetanos podría viajar a la Tierra y una vez convertido en los maestros de la galaxia.

Era hora de que los Zetans actuaran. Los Zetans estaban un poco ansiosos ya que las oportunidades como esta no se presentaban con tanta frecuencia. Si bien no podían CONOCER el futuro, sus cerebros altamente avanzados les permitieron hacer predicciones precisas que aumentarían la probabilidad de éxito. Se reunieron en un anillo, entrelazaron sus brazos y entraron en trance para poder comunicarse con su huésped humano.

Los Zetans se desconectaron con su anfitrión. Pronto, el futuro sería el suyo propio.

Capítulo 81: Jeshua Vuelve a un estado repentino de claridad mental.

Pasando dos años en soledad, en los oscuros túneles de abajo, Eden volvió loco a Jeshua. El miedo lo condujo, y sintió que alguien estaba mirando por encima del hombro a cada paso. Puesto que no había interactuado con otro ser humano durante dos años, que había perdido su capacidad de comunicarse, y se pasaba el día caminando en los túneles silbantes a enemigos imaginarios y que viven comiendo setas y agua. La locura le hizo olvidar quién era y dónde estaba. Apestaba y no se había afeitado ni cortado el cabello en dos años.

De repente, Jeshua volvió a sus sentidos. Sabía quién era y qué debía hacer. Él se fue de vuelta al campamento abandonado en Gomorra acantilados donde se bañó, se afeitó, y se cambió de ropa. Fue a la entrada del túnel y esperó. Se sentó allí en silencio y en paz. Su tiempo para hacer la diferencia pronto llegaría.

Capítulo 82: A la fuga.

Keila Eisenstein estaba mirando con un par de binoculares de alto grado a través de la ventana trasera de la nave espacial *"Miss Freedom"* que ella ordenó. Las cosas parecían sombrías para su grupo rebelde, la Alianza Humanista Marciana. Habían escapado por poco de una expedición del Consejo Terran que destruyó su base "Freedom First" en el asteroide Sylvia. Desafortunadamente, fueron perseguidos por el archienemigo de Keila, el contralmirante Bjorn Muller, a bordo de su nave de comando "ISS Supreme Earth"

Inspirado por su madre, Susanna, Keila se había unido a la Alianza Humanista de Marte, un grupo rebelde que los suministros de contrabando entre los mundos pobres para ayudarles a eludir del monopolio del comercio Consejo Terran. El monopolio comercial del Consejo Terrano mantuvo a los mundos marginales en la miseria mientras acumulaba riqueza para las familias más ricas de la Tierra. Keila se veía en la foto de su madre, que se había sentido en un collar colgando alrededor de su cuello. Keila extrañaba a Susanna, pero este no era el momento adecuado para llorarla. Su tripulación la necesitaba, y estaban lejos de estar a salvo.

Keila cerró los ojos, y ella vio cómo Susanna era herida y fue succionada hacia el vacío del espacio después de un misil alcanzó su base de asteroides. Keila confió en su visión. Aunque no había visto que sucediera con sus propios ojos, sabía que la visión decía la verdad, sus premoniciones siempre lo fueron.

Keila cerró los ojos y se esperaba que se le iluminara sobre cómo conseguir evitar de lejos de la nave perseguidora. No vio nada y se sentía la desesperación. ¿Era este el final, o ella resolvería algo? Las premoniciones la habían ayudado a innumerables veces a escapar de dificultades abrumadoras. Así fue cómo se había convertido en un héroe para los oprimidos y los más buscados en la lista de eliminación del Consejo Terran. Como solo podía ver la muerte de su madre, Keila abrió los ojos y trató de encontrar una solución. La situación era grave:

- Su nave era más lenta que la de Bjorn, por lo que no podía escapar de él.
- Su barco estaba desarmado, por lo que no podía luchar contra él.
- No había colonias amigas cerca, así que no podía esconderse de sus enemigos.

Keila volvió a cerrar los ojos. Su madre habló con ella en una visión *"Ha llegado el momento... ha llegado el tiempo para salvar Eden del tirano Abraham"*.

Pero, ¿qué significaba esta visión? Susanna le había dicho a Keila que creció en un mundo sin tecnología, que estaba gobernado por un dictador que decía ser Dios. Pero no había un lugar llamado Edén en el sistema solar y Susanna se había negado a llevar a Keila allí. Keila nunca había creído en la existencia del Edén. Ella sabía que la mayor parte de las entradas y salidas del sistema solar, y que nunca había oído hablar de ese lugar de cualquier otra persona, pero su madre. *"Pero la visión tiene que significar algo",* pensó Keila y convocó a su co-capitán Sven para discutir sus opciones.

Keila

- ¿Cómo se ve? ¿Tiene algún informe de la base Freedom First?

Sven:

- No. Se debe asumir que la base está destruida. Usted vio la armada enviaron a matarnos.

Keila

- Mis esperanzas y oraciones están con nuestros aliados que estaban allí.

Sven:

- Las esperanzas y las oraciones no ganan guerras. Las acciones lo hacen.

Keila

- Nunca quise esta guerra. Quería arreglar las cosas. Esperaba que pudiéramos vivir en paz y armonía.

Sven:

- Bueno, nuestros enemigos vieron las cosas de manera diferente.

- ¿Has hecho planes todavía, o le sigues haciendo caso a tus "*presentimientos*"?

Keila hizo una pausa. Ella no gustaba del escepticismo de Sven, pero podía empatizar con el. Sven era racional y un piloto altamente calificado, pero carecía de imaginación e inspiración divina. Ella entendió que su regalo estaba más allá del entendimiento de la mayoría de las personas.
Keila

- Mi madre me habló.
- Es hora de que salvemos el Edén.

Sven:

- ¿Hablas en serio? ¿Estamos en medio de una crisis, y vamos a dejar la seguridad en las manos de tu madre y las historia de la niñez?

Keila

- ¡No te atrevas a llamar mentirosa a mi madre después de todo lo que hizo por ti!

Sven retrocedió. Este no era el momento de discutir. Además, Keila y Susanna los habían salvado muchas veces en el pasado.
Sven:

- Me disculpo Keila.

- No quise decir que Susanna era una mentirosa.

- Yo creo que tuvo una infancia traumática y Eden era su mecanismo de defensa.

Keila

- Disculpa y aceptó.

- Ahora, mira este mapa de esta parte del sistema solar. Si el Edén existiera, ¿dónde crees que sería?

Sven:

- En ninguna parte.

Keila

- No es útil, Sven. ¿Qué pasa con B528A y B528B?

Sven:

- Estaciones de investigación reclamadas por la Casa Goldstein
- Muy probablemente hostil.

Keila

- Casa Goldstein? No son parte del Consejo Terrano, ¿verdad?

Sven:

- Solían ser. Fueron la facción más poderosa de la Tierra en un momento, pero declinaron después de la muerte de Abraham Goldstein. Finalmente, perdieron su asiento en el Consejo Terrano y la Casa Bolívar los reemplazó.

Keila

- Hmm. Abraham Goldstein…
- Susanna mencionó liberar a Edén del tirano Abraham.
- B528A debe ser el Edén.
- Establece el rumbo para Eden, Sven.

Sven:

- No estoy seguro de esto…

Keila

- No tienes que creer, Sven, solo hazlo.

Sven:

- Entendido, Keila.
- He configurado el curso para B528A.

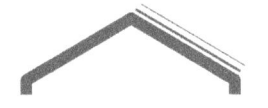

Capítulo 83: Keila aterriza en Edén.

12 horas después, la señorita Keila estaba fuera del Edén. Estaba ominosamente silencioso cuando pasaron junto a Eden. Abundaban los sistemas de armas en el lugar, pero no se produjo un solo disparo contra. Keila entró en una de las cápsulas de emergencia en Miss Freedom. La tripulación se había negado a la tierra en el asteroide, ya que parecía como sus perseguidores habían renunciado a la persecución. Sven había tratado de convencer a Keila de que no fuera al Edén, pero ella lo había respaldado. Sus visiones le habían dicho que era el momento de guardar el Edén y tenía más fe en su visión s que ella tenía en Sven y el resto de la tripulación. Se separaron, y Sven le dio un transmisor de radio con un alcance de 1/3 unidad astronómica (50,000,000 kilómetros), para que pudiera comunicarse con una nave amiga cuando necesitaba que la recogieran.

Keila miró a la señorita Freedom mientras sus cápsulas de emergencia se dirigían a Eden. De repente, vio algo que la aterrorizó. La nave de mando de Bjorn se acercaba desde el lado ciego encima de Miss Freedom. Keila se levantó y usó el radio para advertir a Sven y la tripulación, pero ya era demasiado tarde, y un momento más tarde la señorita Libertad fue destripado por el fuego de la nave enemiga. Presa del pánico para escapar, Keila desconectó el interruptor de seguridad de su cápsula de escape y se estrelló contra Eden. Se estrelló cerca de Gomorra y sus acantilados, y perdió la conciencia hasta el impacto.

Capítulo 84: Una batalla en las puertas.

Abraham estaba meditando cuando Nuriel trató de alcanzarlo. Abraham entró en la mente de Nuriel para ver lo que vio, y fue una noticia preocupante. Fuera del Centro de Control Divino, había un buque de guerra del Consejo Terrano, así como los escombros de otra nave.

Abraham entró en pánico; ¿había el Consejo enviado al ejército para detenerlo? Si lo hubieran hecho, ese sería el final de él, ya que los restos de la Casa Goldstein no vendrían a su defensa. Abraham se calmó. Estaba en una estación de batalla bien armada más que capaz de sacar un solo buque de guerra. El Consejo Terran lo sabía, por lo que, sí que habían llegado después de él, ellos han llegado en vigor y no con una sola nave.

Abraham decidió comunicarse con el recipiente a través del generador de hologramas. Abraham habló a través de Nuriel, ya que su cuerpo robótico podría no ser bien recibido

Abraham (a través del cuerpo de Nuriel):

- Contralmirante Bjorn Muller, ha ingresado y descargado sus armas en un área restringida, indique su intención.

Bjorn Muller:

- El Consejo de Terran es el legítimo propietario de la totalidad solar sistema. Entonces, estás áreas restringidas no nos conciernen, Nuriel.

- Hemos destruido una nave hostil en esta área. La hostil nave pertenecía a la infame penal Keila Eisenstein.

Abraham:

- Muy bien.

- No deberías haberte metido. Les puedo asegurar que presentaremos una queja con sus superiores.

- Ahora vete y déjanos ocuparnos de la nave destruida.

Bjorn:

- Me temo que irse no es una opción.

- Creemos que Keila escapó de la nave y aterrizó en la superficie del B528A. No nos iremos sin aprehenderla.

- Enviaremos a nuestros hombres a buscarla.

La actitud de Bjorn enfureció a Abraham. Era un intruso que intervino y comenzó a hacer demandas. Abraham no podría permitir que los funcionarios del Consejo Terran a tierra en el Edén a la mirada de un sospechoso. En el Abrahameon, Abraham afirmó que la Tierra fue destruida y que la gente en el Edén era todo lo que quedaba de la humanidad. Tener tropas extranjeras con tecnología avanzada en busca de un rebelde aplastaría la ilusión de la divinidad de Abraham. Esto sembraría la disidencia que era imparable, incluso con los poderes que le dio el chip de tecnología divina.

Abraham apuntó todos los láseres orbitales a la nave de Bjorn y habló:

- No permitiré eso. Eden es propiedad privada y no está bajo la autoridad del Consejo Terran.

- Esto se decidió en la reunión del Consejo Terran en 2785. se mantendrá de esta manera a perpetuidad.

Bjorn:

- ¿Estás loco?

- Usted es una amenazando una nave de mando Consejo Terran. ¡Atácanos, y toda la flota te perseguirá

Abraham:

- si. Pero estarás muerto mucho antes de que lleguen aquí.

Bjorn:

- Esto es inaceptable!

Abraham:

- Su intrusión en mi propiedad privada es inaceptable.

- Pero te dejaré vivir si te retiras.

- Mueve tu nave al lado oscuro del Edén. Enviaré hombres buscando al fugitivo.

Bjorn Muller se volvió silencioso. La actitud de Abraham lo dejó perplejo y no sabía cómo continuar. Si Bjorn hiciera caso a las advertencias y enviara hombres en busca de Keila, podría conducir a una confrontación fatal. Pero Bjorn no pudo dar marcha atrás, ya que tenía que cuidar la reputación del Consejo Terran. Bjorn encontró un término medio.

Bjorn:

- Te daré tres días para entregarnos Keila. Si no lo haces, atacaremos.

Abraham:

- Muy bien
- Resolveremos esto. Ahora lleva tu nave al lado oscuro del Edén.

Abraham observaba mientras el buque de guerra del Consejo Terrano viajaba al lado oscuro del Edén. Se pondría en contacto con el Consejo Terran y se aseguraría de que este alborotador fuera enviado a casa y reprendido. Abraham les recordaría el acuerdo hecho en 2785 cuando se le otorgó a Eden el estatus de su dominio a perpetuidad.

Si bien este problema se evitó, el peor problema aún estaba allí. Un extraño estaba corriendo con el conocimiento crítico y la tecnología moderna en Eden. Se necesita para despertar todos los ángeles y enviarlos a encontrar y eliminar este extraño antes de causar más problemas.

Capítulo 85: Pánico en el Edén.

Mientras tanto, los edenitas eran presa del pánico y creían que el final estaba cerca. Habían visto la explosión en el cielo cuando la nave de Keila explotó. Estaba claro para ellos que algo estaba mal cuando seis de los siete soles se detuvieron y en su lugar iluminaban la nave espacial en el cielo. El giro de los láseres orbitales causó que la superficie del Edén tuviera una noche repentina y helada mientras la nave espacial alienígena estaba iluminada y altamente visible. Finalmente, los soles regresaron y el barco extranjero desapareció, pero el evento había causado dudas significativas entre los Edénitas, y se produjo el caos.

Adina vio su oportunidad de alejarse del satélite que la seguía. Sabía que no sería lo primero en lo que pensaría Abraham, y esta era la oportunidad que había esperado. Adina se subió a su caballo y galopó hasta la entrada más cercana a los túneles de mantenimiento. Necesitaba usar esta ventana de oportunidad para encontrar a su hermano. Adina entró en los túneles. Las redes de túneles bajo el Edén eran vastas, pero estaba segura de que descubriría a Jeshua. La Providencia había causado la explosión en el cielo, y la llevaría a Jeshua. Juntos, encontrarían una manera de deponer a Abraham, para que ella pudiera gobernar el Edén.

Capítulo 86: Una belleza de otro mundo.

Jeshua escuchó un fuerte golpe cerca de la entrada del túnel en Gomorra Acantilados. Sintió un momento de miedo; ¿Habían decidido los ángeles ir a buscarlo otra vez? Jeshua ignoró el miedo. El miedo lo había mantenido en la oscuridad durante los últimos dos años, y era hora de actuar. Si la muerte hubiera venido por él, la aceptaría, y si fuera su salvación, la abrazaría. En cualquier caso, ya no era hora de que se escondiera.

Jeshua salió del túnel y vio los restos estrellados. Se veía diferente de todo lo que había visto en el Edén, aunque la tecnología les recordaba a los ángeles. Se acordó de lo que Adina le había dicho; que la Tierra todavía existía y que allí vivían humanos. ¿Se trataba de algunos de estos humanos y por qué habían venido?

Jeshua abrió la escotilla a la plataforma de escape destrozada. Dentro de la plataforma de escape, había una mujer inconsciente, la mujer más hermosa que había visto en su vida. Se veía muy diferente de todos los demás humanos en Eden, y su ropa y peinado eran diferentes. Ella era una belleza de otro mundo. Jeshua le dio una suave palmada en el hombro. Ella no respondió. ¿Estaba ella muerta? Jeshua le tocó la garganta para sentir su pulso. Tenía un pulso débil pero estable.

Jeshua se dio cuenta de algo. Que uno de los soles no tardaría en ser recto en la parte superior de ellos, y cuando llegará, Abraham averiguaría sobre ellos y enviará a sus ángeles para matarlos, o matarlos de plano con sus láseres orbitales. Joshua había visto personas que están siendo asesinados por los soles en el pasado, ya que era uno de las formas favoritas de Abraham de matar a la gente; incinerándolos con un rayo caliente de luz solar concentrada. Joshua se reunió a su fuerza y se levantó Keila fuera de la cápsula de escape. Después de eso, arrastró a Keila a la relativa seguridad de los túneles.

Medio minuto después, el satélite descubrió la cápsula de escape de Keila, que le hizo saber a Abraham sobre su ubicación. Envió a Gabriel y Nuriel a investigar mientras los otros ángeles todavía estaban siendo revividos del sueño criogénico y no pudieron actuar hasta que se recuperaron.

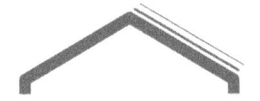

Capítulo 87: Deseo carnal en la cueva.

Keila regresaba de la inconsciencia a un estado de sueño. Ella tuvo otra visión. En la visión, ella tuvo sexo seductor y erótico con un extraño atlético en una cueva, con un anillo de fuego a su alrededor. El sexo era pulsante y cada vez más fuerte hasta que llegó al clímax, y ella se despertó.

Para sorpresa de Keila, se despertó en una cueva mirando a un extraño. Este extraño no era tan atractivo como el de sus visiones. Sus rasgos faciales eran similares, pero se veía enfermo y desnutrido. ¿Era este hombre un amigo o un enemigo? Definitivamente no era un oficial de las fuerzas armadas del Consejo Terrano. ¿Pero quién era él y qué era este lugar? Todo en la cueva parecía antiguo, y no tenía idea de por qué no usaban iluminación eléctrica para hacer que el área fuera más habitable.

Keila recordó lo que su madre le había contado sobre Eden. Era un mundo terraformado que albergaba un culto extraño, que vivía como la gente en la antigüedad. Los cultistas adoraban alguien llamado Gran Maestro Abraham. Keila había asumido que esta era una de las historias infantiles inventadas de su madre. Pero las visiones la habían llevado hasta allí, y ella solo podía hacer lo que le mostraban.

Ella volvió a cerrar los ojos. *"Sigue la visión"*, pensó. No sabía por qué estaba obteniendo visiones, pero sabía que eran de origen divino. Si bien había preferido poder elegir qué premoniciones vería, solo podía sacar lo mejor del plan de Dios para su vida. Ella tuvo la visión erótica de nuevo. Ella vaciló un poco; El hombre frente a ella no era atractivo en la vida real. Por otra parte, ¿qué daño podría hacerle? Tal vez la razón por la que tuvo relaciones sexuales con el hombre no fue por su placer, sino por salir adelante. Haría lo que fuera necesario para deshacerse del tiránico cultista Abraham.

Keila volvió a mirar a Jeshua. Se dio cuenta de que estaba lleno de deseo sexual. Keila decidió ir a por ello. Las visiones le dijeron a tener relaciones sexuales con el desconocido, y ella serían más bien estar en control de su vida de haber sido violada. Jeshua correspondió, y tuvieron relaciones sexuales. Todo terminó después de un par de minutos. Keila suspiro de alivio. El sexo era mediocre, pero había aliviado su estrés. Ella se dio cuenta que no había dormido mucho últimamente y que el accidente le había lesionado. Se echó hacia atrás y se durmió en los brazos de Jeshua.

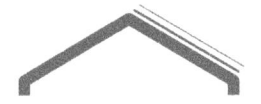

Capítulo 88: Adina interviene y salva a Jeshua.

Jeshua miraba a Keila, que dormía en su hombro. Ella era hermosa y misteriosa. No habían hablado mucho antes de que ella lo sedujera. Le había sorprendido, pero fue un alivio del miedo y la paranoia que habían dictado su vida. Jeshua había aceptado que iba a morir hoy, así que siguió su curiosidad e investigó el accidente. Él había descubierto este ángel enviado a él para mostrarle el paraíso.

Jeshua nunca había estado con una mujer antes. ¿Estaba enamorado? No estaba seguro. La manera edénita tenía que ver con amar y adorar al Gran Maestro Abraham. La unión entre el hombre y la mujer a través del matrimonio era necesaria para la procreación, pero las emociones entre ellos eran intrascendentes. Si bien Jeshua era un oponente activo de Abraham y sus enseñanzas, nunca antes había reflexionado sobre la emoción del amor y la atracción, por lo que no sabía su posición sobre el tema. Todo lo que sabía era que había encontrado el paraíso entre las piernas de Keila y que quería volver allí tan pronto como sea posible.

Josué levantó la vista y se dio cuenta de que estaba en problemas. Gabriel y Nuriel se pararon junto a su cama, mirándolo, Keila se dio cuenta de que no tenía sentido la resistencia o tratar de escapar, entonces sacó a Keila hacia él y la abrazó. Si se iba a morir, quería morir en sus brazos. Tomó un respiro profundo. Él estaba listo. Pero el tiro nunca llegó. Levantó la vista de nuevo; los ángeles todavía estaban parados allí, sin darse cuenta de su ubicación, mirando directamente a través de él. Miró a Keila. Es que estaba despierto, temblando con miedo. Jeshua oyó los ángeles hablar.

Gabriel:

- Lo que está pasando, puedo olerlo desde esta cama, pero no puedo verlos.

Nuriel

- ¿Quizás la perra extranjera trajo algún tipo de dispositivo de camuflaje?

Gabriel:

- Eso es negativo. He escaneado todos los espectros diferentes, y los habría detectado.

Nuriel

- Solo dispara a la cama entonces.

Gabriel:

- cierto.

Cuando Gabriel sacó su arma, Keila arrastró a Jeshua fuera de la cama. Ellos corrieron en los túneles mientras que Gabriel estaba disparando la cama a pedazos.

Nuriel

- ¿Los conseguiste?

Gabriel:

- negativo; no hay sangre y el olor de ellos se ha ido.

Mientras tanto, Adina observó a los ángeles a través de sus ojos. Fue una llamada cercana, y estaba feliz de haber accedido a sus mentes cuando lo hizo. A través de su habilidad para controlar sus mentes, Adina había controlado su visión para que no pudieran ver a su hermano Jeshua y su misteriosa mujer. Afortunadamente, su hermano había hecho un recorrido por ella en vez de ser pulverizado por la multitud de balas de destrucción de la cama en la que la yacían.

Adina sintió frustrada pues había entrado en los túneles desde la parte equivocada del Edén. Ella debió haberse dado cuenta de que Jeshua iba a volver a las cuevas cerca de los acantilados de Gomorra. Esa parte era su "hogar", y allí es donde había pasado la mayor parte del tiempo desde que se escondió de Abraham y sus matones. Sus especiales poderes hicieron capaz de ver y conocer todo lo que una persona entendía, pero este regalo también hizo su ciega de cómo las personas no estaban pensando en banalidades. Esta incapacidad no fue un gran problema en Eden, donde todos tenían un chip divino implantado al nacer, pero la había hecho incapaz de entender a su hermano. Ella contempla en encontrar a su hermano y su mujer misteriosa, pero decidió no hacerlo. Las redes de túneles bajo Edén tenían 50 kilómetros de longitud, lejos de su posición. Encontrarlo en la oscuridad seria como encontrar una aguja en un pajar. Además, había otra razón más urgente. Abraham pronto comenzaría a buscarla, y cuando la encontrara, era mejor que fuera una buena chica difundiendo su palabra que un rebelde que acechaba en los oscuros túneles debajo del Edén.

Adina volvió a la superficie y se fue de vuelta a casa. Estaba pensando en la misteriosa mujer semidesnuda que había visto a través de los ojos de los ángeles. ¿Quién era ella? Adina sabía que un intruso se había estrellado contra Eden y que Abraham estaba desesperado por encontrarla y detenerla. La puta extranjera no había perdido el tiempo en seducir a Jeshua, pero ¿cuál era su final? ¿Era una aliada potencial o valía más como homenaje a Abraham?

Adina se dio cuenta que tenía los medios para encontrar a cabo, al mismo tiempo que muestra su fachada amigable a Abraham. Sus poderes psiónicos habían crecido tanto que podía controlar simultáneamente una multitud de humanos. Entonces, todo lo que necesitaba hacer era enviarlos a buscar a Jeshua. Si encontraba a Jeshua, hablaría con él a través de su anfitrión, y si Abraham detectaría y matarían a los humanos, entonces no habri nada que los uniera a ella. Adina llegó a casa y fue a la sala de meditación en el templo que estaba supervisando. A diferencia de los ángeles y Abraham, ella podía controlar a los humanos directamente. Ella no sabía por qué este era el caso, pero sabía que ni Abraham ni los otros ángeles podían hacerlo. Adina entró en un profundo estado de meditación. Necesitaba identificar e influenciar a los humanos alrededor de las entradas del túnel para buscar a Jeshua. Si lo hiciera, uno de ellos encontraría a Jeshua, y ella establecería contacto. Fue un movimiento peligroso para los humanos que ella influyó, ya que entrar a los túneles estaba prohibido a los edénitas. Por otra parte, para Adina, los humanos individuales del Edén eran prescindibles; aunque no buscó castigarlos ni atormentarlos, no le importó si Abraham lo hizo, si podían servir a su causa.

Capítulo 89: Abraham da una orden fatal.

Abraham:

- Está todo en el vídeo capturado por su cámara de cascos.

- Estaban justo en frente de tus ojos; Estuviste mirando al hijo de Lucifer y su puta extranjera durante siglos, y no hiciste nada. ¡Cuando se escapan y empiezas a disparar a su cama! Explíquense

Gabriel:

- Te lo juro, gran maestro Abraham. Nosotros no podíamos verlos. Podíamos olerlos, pero no podíamos verlos.

- Eventualmente, les disparamos a su cama porque consideramos que podrían estar usando algún tipo de dispositivo de ocultación para mantenerse fuera de la vista.

Abraham:

- Bueno, deberías haber disparado cuando todavía estaban allí.

- se supone que son Soldados de elite. Pero no podías ver dos fugitivos importantes frente a tus propios ojos.

- Ni siquiera usaban ningún dispositivo de camuflaje. son visibles en su cámara de casco, que está filmando el espectro visible de la luz.

- La próxima vez, usa tus instintos. si puedes olerlos, ¡dispara!

Gabriel:

- Sí, señor

Abraham:

- ¡Despedidos, ángeles!

Cuando los ángeles salieron de la habitación, Abraham se sentó frente a una terminal de computadora. Había elegido no castigarlos por su fracaso. Que le faltaba en mano de obra, y él sabía que le dijeron la verdad. De hecho, no pudieron ver a Jeshua y la mujer extranjera. La gran pregunta era por qué no podían ver a Jeshua y Keila. Alguien estaba manipulando sus capacidades cognitivas. ¿Pero quién podría ser? Abraham había experimentado episodios similares en el pasado, donde los ángeles se habían desmayado sin razón aparente.

¿Adina podría estar detrás de esto? Ella tenía poderes psiónicos más fuertes que los ángeles, a pesar de tener el mismo chip implantado.

Lo que convirtió a Adina en un culpable poco probable fue su intenso celo por Abraham y su ideología. Ella era su más fuerte defensor en el Edén y el único en el Edén, que no mostró duda s en confiar en sus intenciones. ¿Pero eran estos sus verdaderos sentimientos? Abraham sintió que Adina lo estaba dirigiendo y mostrándole lo que quería ver en lugar de lo que realmente sentía. Esto parecía inverosímil pues el chip de Dios se supone que tienen acceso total a los pensamientos y sentidos de las personas conectadas a un chip de niveles más bajos. Abraham decidió que Adina no era el que lo estaba saboteando y lo estaba distrayendo cuando había una amenaza real sobre el Eden, Keila

Al estar separado de la Casa Goldstein, Abraham no tenía informes detallados de inteligencia sobre Keila Eisenstein, pero había mucha información en la Spacenet. Keila fue uno de los líderes de la Alianza Humanista de Marte, un grupo revolucionario que luchó por los oprimidos y odiaba el Consejo Terran 's dominio sobre el sistema solar. A pesar de su corta edad de 22 años, Keila había llegado a la lista de los 10 para las personas perseguidas por el Consejo Terran, y había una Recompensa de 10 millones de Terran Créditos sobre su cabeza. Nada de esto explicaba lo que estaba haciendo en el Edén, pero luego Abraham vio quién era la madre de Keila.

Susanna había sido una oferta única ya que se había ofrecido voluntaria para ser seleccionada. Este comportamiento estaba en contra de las reglas, pero a medida que habían recibido una gran oferta para ella, se adelantó y le vendió a Mahmoud Rashid. Abraham trató de recordar qué más había sucedido ese día hace 32 años. Recordó que se habían olvidado de borrar los recuerdos de Susanna y desconectar el chip de la tecnología divina de su cerebro.

Susanna lo sabía todo, y si conocía a las personas adecuadas, podría haber descubierto cómo quitar y aplicar ingeniería inversa al chip de tecnología divina. Eso explicaría por qué su peligrosa hija había aterrizado en Edén, y que también ha confirmado de Keila razón para venir

Afortunadamente, Keila había perdido al resto de su tripulación cuando el Consejo Terran destruyó su nave. Keila no tenía ningún arma, de lo contrario, habría atacado a Gabriel y Nuriel. Aunque logró mantenerse oculta de la visión de los ángeles, no pudo enmascarar su aroma. Abraham usaría esto para su ventaja. Se puso en contacto con Gabriel:

- Gabriel, tengo una tarea para ti.

- Conduce a un grupo de cuatro ángeles a los túneles en los acantilados de Gomorra. Dispara a todo lo que huela a Jeshua o Keila. Echemos a estos bastardos.

Gabriel:

- Copiado, señor. Reuniré un grupo y me moveré de una vez.

Capítulo 90: Keila organiza una trampa.

Keila estaba mirando hacia el techo con Jeshua encima de ella y se movían rítmicamente. No fue muy agradable, pero tampoco fue el fin del mundo. A lo largo de su vida, había sido torturado por Bjorn Muller y otros delincuentes, tener relaciones sexuales con un hombre poco atractivo fue algo que no era importante. Se sintió perpleja porque Jeshua estaba pensando en el sexo cuando fueron perseguidos por hombres armados. Jeshua parecía tan seducido por ella como si nunca antes hubiera estado con una mujer. No importa, Jeshua era su aliado por ahora, y necesitaba aliados para escapar de este lugar con vida, especialmente con el Consejo Terran en su camino. Podía sentirlo venir, y ahora podían concentrarse en la desafiante tarea en cuestión.

Keila

- ¿Te sientes mejor ahora, chico grande?

Jeshua

- si. Siento que estoy en el cielo. Te he estado esperando toda mi vida.

Keila

- yo también

Keila se obligó a sonreír antes de cambiar a un tono más serio.

- Pero para que podamos permanecer juntos, necesitamos encontrar una manera de matar a esos hombres antes de que nos maten. Entonces podemos dejar este lugar.

Jeshua

- No, no hay necesidad de eso, podemos escondernos. Yo sé que estas cuevas mejor que ellos, por lo que nunca nos encontrará. Aquí hay suficientes setas y agua para vivir en paz, mientras que Abraham puede gobernar a los habitantes de la superficie.

Keila

- ¿Pero no quieres venir conmigo y ver mi casa? Es mucho más acogedor que estos túneles húmedos.

Jeshua

- Tu casa?
- ¿No vives con Abraham y los ángeles en el Centro de Control Divino?

Keila decidió jugar para ver si podía lograr que Jeshua cumpliera.
Keila

- Sí lo hago.
- ¿Cómo te diste cuenta de eso?

Jeshua

- Porque mi hermana me dijo que los ángeles no eran dioses, sino hombres.

- Los hombres necesitan mujeres. Por lo tanto, no deben ser mujeres en el control divino Centro.

Keila

- Sí, tú y tu hermana son geniales.

- Los ángeles masculinos son los matones malos, y los ángeles femeninos son encantadores.

- Si me ayudas a tomar el control de Eden, las cosas serán mucho mejores. Podrás vivir en la superficie con tus amigos en paz y armonía.

Jeshua

- Solía tener amigos.

- Mi hermana me dirigió a personas que eran como yo.

- Vivíamos juntos en las cuevas como familia.

- Pero entonces mi hermana quería pelear contra Abraham, así que mis amigos salieron a pelear. Entonces todos murieron, y quedé yo solo en los túneles.

Keila

- Bueno, no soy tu hermana.

Jeshua

- Y tú quieres lo mismo. Quieres pelear contra Abraham y robarle su poder.

Keila

- Y qué quieres?

Jeshua

- Ya te lo dije. Quiero quedarme aquí contigo.

Keila comenzó a frustrarse con Jeshua. Si no se le iba a ser útil estaba mejor abandonarlo y averiguar esto por sí misma. A continuación, una vez más, Jeshua parecía ingenuo, estúpido, y fuera de contacto. Keila decidió hacer un último intento de jugar bien antes de decirle a Jeshua que se la follara.

Keila

- Me encantaría quedarme aquí contigo, pero no puedo.

- Ya ves; Necesito comida de ángel que solo puedo encontrar en el cielo; de lo contrario, moriré.

Jeshua

- Mi hermana nunca me habló de la comida de ángel. Creo que estás mintiendo.

- Sin embargo, estaba lista para morir hoy. Pero, aquí estoy, unido con la mujer más bella del mundo.

- Haré tu voluntad.

Keila

- Me alegra escuchar eso, Jeshua.

Jeshua

- Entonces, ¿cómo planeas matar a los ángeles?

Keila

- Bueno, noté que podían olernos, pero no podían vernos.

- Su comandante va a creer que estamos usando un dispositivo de ocultación experimental que oculta nuestras imágenes. Entonces, con eso en mente, disparará a nuestra firma de olor.

Jeshua

- ¿Qué significa eso?

Keila

- Si no pueden vernos, dispararán a cosas que huelen a nosotros. Si podemos hacer que huelan a nosotros, podrían dispararse el uno al otro.

Jeshua

- ¿Cómo vas a hacer esto?

Keila

- Solo escucha, y te diré cómo se desarrollará esto.

Después de eso, Keila describió cómo iba a atraer a los ángeles para que se mataran entre sí. Era un plan complejo y desafiante, pero era la única opción que tenían a la mano. Keila conocía el armamento que Gabriel y Nuriel tenían. Llevaban trajes mecanizados con gruesa armadura impenetrable a las armas primitivas que tenían a mano. Los exoesqueletos también hacia a los ángeles poderosos, y con reflejos rápidos lo que hacía imposible de dominarlos. Su única oportunidad era hacer que los ángeles se mataran entre sí. Afortunadamente, hay una razón por Keila era los individuos más buscados en el sistema solar.

Capítulo 91: Abraham se da cuenta de los bloqueos de los túneles.

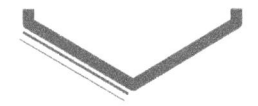

Los días posteriores a la aparición y destrucción de la nave espacial alrededor del Edén, la sociedad edénita descendió al caos. El miedo y la confusión se extendieron entre la población a medida que la aparición de otros humanos contradecía la afirmación en Abrahameon de que Edén era el último bastión de la humanidad. Lo que hizo el caos peor era que las escrituras religiosas de Abraham se centran en el control a través del miedo, el poder y la obediencia, por lo que los valores más suaves como el amor y la compasión no eran enfatizados. Por lo tanto, cuando había dudas acerca de los poderes de Abraham, la sociedad edenita era conducida a un caos, con asesinatos, saqueos y violaciones en un nivel endémico.

Abraham hizo lo que pudo para detener el caos. Resultó que no podía hacer todo lo que quería. Si bien Abraham podía matar a todos los miserables pecadores, esta no era una opción práctica, ya que mataría a la mayoría de la población y lo dejaría con muy pocos sujetos para gobernar.

El problema era que había controlado a sus súbditos a través del miedo y el control, y cuando había dudas sobre sus poderes, las telas de la sociedad colapsaron. En esa etapa, él solo tenía autoridad directa sobre los ángeles, y solo sumaban 20, en comparación con los más de 10,000 humanos en el Edén. La guardia del templo y la milicia religiosa se habían disuelto, y estaban contribuyendo al caos en lugar de sofocarlo. Dado que se necesitaban unos pocos ángeles para controlar y apoyar el Centro de Control Divino, y unos pocos para perseguir a Keila, eso significaba que solo un puñado de ángeles podían salvarse para vigilar a Eden e intentar restablecer el orden. Desde lapso de Edén más de 30.000 km cuadrados, era una tarea gigantesca.

Afortunadamente, el tiempo estaba de su lado. Tan pronto como él había capturado Keila y conseguido el Consejo Terran q su espalda, tendría todo el tiempo del mundo para restaurar el orden en el Edén.

Cuando Abraham examinó a todos los humanos conectados a la tecnología divina, notó que muchos de ellos estaban explorando los túneles de mantenimiento que se encontraban debajo de la superficie del Edén. Su primera reacción fue rabia y furia. Se prohibió a los humanos entrar en los túneles de mantenimiento ya que *"eran la puerta de entrada al infierno"* y deseaba castigar a todos los delincuentes. Pero entonces un pensamiento pragmático dominó su mente: que los seres humanos que caminan alrededor de los túneles le ayudarían a encontrar Keila. Se decidió a verlas de lejos para ver cómo su incursión en los túneles se desarrollaba.

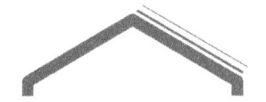

Capítulo 92: Adina y Jeshua se preparan para atacar a Abraham.

Finalmente, uno de los humanos que deambulaban por los túneles de mantenimiento se encontró con Keila y Jeshua. Afortunadamente, Adina notó su presencia primero. Adina tomó el control sobre Elizabeth y habló a través de ella.

Adina

- Jeshua y Keila. No tengan miedo Pues tu hermana está hablando a través de mí.

Keila a Jeshua:

- ¿Qué pasa con esa mujer? Nunca he visto a nadie con una expresión como esa, parece un zombi.

Jeshua

- Mi hermana tiene poderes extraordinarios. Vamos nosotros ver lo que tiene que decir.

- Gracias por contactarme, hermana. Ha sido un largo tiempo.

Adina

- Si, dos años

- No podría contactarte ya que no tienes un chip de tecnología divina implantado, y no quería enviar a otros a buscarte, ya que eso podría ponerte en peligro.

Jeshua

- Entonces, ¿por qué te pones en contacto con mí ahora?

Adina

- La llegada de tu amigo especial ha sumido a Eden en el caos.

- Los edenitas vieron la otra nave espacial destruida con sus propios ojos. Eso demostró que Abraham estaba mintiendo, que las personas en el Edén no son las únicas que quedan de la humanidad.

- Hemos estado planeando liberar a Eden de Abraham por cinco años. Y no habrá un mejor momento que ahora.

Jeshua

- Lo sabemos. Tenemos un plan en marcha.

Adina

- ¿Cuéntame sobre eso?

Keila

- No te conozco, y no estoy compartiendo mis secretos con un extraño.

Adina

- Bien, entonces no te ayudaré.

Jeshua

- Por favor hermana, Keila está un poco nerviosa después de todo lo que le ha pasado. Una ayuda sería mucho más apreciada.

- Planeamos matar a Gabriel y Nuriel que estaba al acecho en estos túneles.

Adina

- Todavía lo están, están aquí abajo con otros dos. Cerca de cinco kilómetros de distancia.

Jeshua

- Sólo se planificó que dos ángeles pudiesen distraer a los otros dos?

Adina

- Veré qué puedo hacer.

Jeshua

- bien.
- La trampa está por aquí. ¿Quieres que les alerte de nuestra posición?

Adina

- Voy a lanzar mi control sobre Elizabeth. Entonces Abraham sabrá dónde estás y que estás desarmado. Eso los atraería directamente.

Jeshua

- Excelente, deberías hacer eso.

Adina

- Adiós, hasta que nos volvamos a ver.

Adina liberó el control de Elizabeth, quien entró en pánico y comenzó a gritar de terror. Abraham notó su elevado estado emocional y se regocijó por lo que vio. Su decisión de no castigar a los pecadores que se habían aventurado en los túneles había dado sus frutos, y ahora sabía la posición de los fugitivos y que estaban desarmados. Enviaría su fuerza de ataque para interceptarlos en el puesto de su escape, e iba a enviar a esta mujer frenética para atacarlos. Ella era, después de todo, prescindible.

Después de una breve lucha, Jeshua y de Keila dominaron a Elizabeth. La dejaron atada y amordazada pero consciente. Se quedaron cerca de ella para darle a Abraham una falsa sensación de seguridad antes de llevar a cabo la emboscada.

Capítulo 93: Un ataque a dos bandos.

Adina cuenta de que los persiguen cuatro ángeles a sólo tres kilómetros lejos de la posición de Jeshua y de Keila y se estaban acercando rápidamente. A pesar de que iban a pie, las velocidades de circulación de los ángeles eran mayores a 60 kilómetros por hora debido a la estimulación eléctrica del exoesqueleto. Por lo tanto, llegarían a Jeshua en menos de tres minutos. Adina no conocía los detalles del plan de Jeshua, pero sabía que estaba destinado a matar a dos ángeles, y había prometido distraer a los otros dos. Adina respiró hondo. Ella pensaba que después de hoy su vida no sería más. En cierto modo, era extraño que Abraham no la había matado ya, considerando que no tenía ningún problema en matar a la gente que percibía como amenazas.

En la superficie, el ángel Eremiel estaba dando instrucciones a la milicia religiosa sobre cómo restablecer el orden en su pueblo. Adina se concentró y envió al ejército a la locura. Para Eremiel de choque le saltaron y se tira el arma de la mano y trató de dispararle. Este intento de ataque no tuvo éxito ya que el código de activación del arma estaba en el guante Eremiel, y el arma no dispararía sin él. Eremiel intentó volar, pero el peso de los humanos que intentaban derribarlo le impidió levantar. Eremiel activa el campo eléctrico en su traje de combate y electrocutó las milicias que atacan a los hombres. Sin embargo, habilitar el campo electromagnético provocó un corto circuito en su traje, ya que había recibido un daño contundente del ejército que lo golpeaba con sus armas primitivas.

Eremiel se sintió débil. Como los circuitos eléctricos se rompieron, llevaba un traje engorroso sin ayuda. Se puso de rodillas. Estaba mirando a la multitud enojada a pocos metros de él. Algunos de ellos yacen muertos en el suelo quemado por la electrocución, pero los otros estaban aún más enojados. Se puso en contacto con todos los ángeles cercanos para la evacuación inmediata.

Gabriel recogió la misión de transmisión mientras pasaba por los túneles debajo de Eremiel. Ordenó a los demás que se detuvieran.

Gabriel:

- Eremiel está en peligro. Haniel y Hamshal, salgan a la superficie y ayúdenlo a defenderse de la mafia campesina.

Haniel

- Maestro Gabriel, Abraham nos ordenó centrarnos en matar a los dos fugitivos.

Gabriel:

- Deja que Nuriel y yo nos encarguemos de ellos. Están desarmados y no deben representar una amenaza.

- Eremiel está en peligro. No podemos permitir que una mafia campesina mate a uno de los nuestros.

Haniel

- Entendido, señor

Dicho esto, Haniel y Hamshal corrieron a la superficie donde la milicia controlada mentalmente por Adina, había puesto una trampa. Cuando se apresuraron a salir de los túneles, el ejército los prendió fuego derramando aceite de oliva sobre ellos y prendiéndoles fuego. Haniel y Hamshal cuyas armaduras todavía estaban intactas estaban protegidos por la incorporada en el enfriamiento en la armadura, mientras que Eremiel fue asado en su conjunto. Abraham decidió controlar a los dos ángeles directamente. Enfocando sus esfuerzos en Haniel y Hamshal, perdió la visión y se concentró en Gabriel y Nuriel que habían alcanzado sus objetivos en los túneles de abajo.

Mientras tanto, Gabriel y Nuriel captaron la visión de Jeshua y Keila. Estaban corriendo por caminos separados en diferentes túneles. Gabriel y Nuriel se separaron para correr tras ellos. Después de una corta carrera, Gabriel llegó a una plataforma con una cueva maloliente llena de humo debajo. El humo era tan espeso que no podía ver nada allí. Él no podía oler Jeshua o Keila tampoco. De repente, escuchó una llamada "ahora" y golpearon a Gabriel con un recipiente lleno de líquido. Después de eso, se pudo ver que la firma olor de Jeshua aparecía en el otro lado de la habitación. Recordó sus órdenes, levantó su arma y disparó una multitud de balas. Gabriel sintió que alguien le había disparado. Se dejó caer al suelo. Lo último que vio Gabriel fue la cara de Jeshua antes de que todo se volviera negro.

Todo había ido según lo planeado. Después del primer encuentro de Keila y Jeshua con los ángeles, Keila había predicho que dispararían a su firma olfativa si se encontraban de nuevo. Había estado luchando contra la evasión y equipos de ataque del Consejo Terran desde hace años, y sabía qué tecnologías y tácticas eran utilizadas. Al asegurarse de que los ángeles los olían, Keila hizo que se dispararan entre sí. Para asegurarse de que los ángeles se olieran entre ellos, habían llenado dos pequeños recipientes de arcilla con su propia sangre y los habían sellado, para crear un recipiente lleno de sangre que se salpicaría al impactar. Ellos habían elegido el lugar de la emboscada cuidadosamente. La establecieron en una cueva con dos caminos diferentes que conducían a dos plataformas diferentes con vistas a la cueva. En la cueva, había un tipo de hongo que emitía un gas muy espeso y maloliente que bloquearía la visión de los ángeles y enmascararía el olor de Jeshua y Keila. Una vez que arrojaron los contenedores de sangre, este olor sería lo suficientemente fuerte como para ser captado por los sentidos mejorados de los ángeles engañándolos para que se dispararan entre ellos.

Keila se vistió primero. El traje de ángel que obtuvo del cadáver de Nuriel era demasiado grande para ella, pero aún estaba operativo. Se dirigió a Jeshua, que estaba luchando por abrir el traje y sacar el cadáver de Gabriel. Con la ayuda de Keila, terminó en un par de minutos. El traje de Jeshua también estaba operativo.

Keila

- ¡Mejor nos damos prisa!

Jeshua

- ¿Para hacer qué? Tenemos armas y Armadura. Podremos luchar contra ellos aquí si se atreven a bajar.

Keila

- No, les llevaremos la batalla, ¡esa es la única forma!

Jeshua

- Eso es suicidio; los láseres orbitales nos derribarán.

Keila

- Sé lo que se supone que debo hacer aquí. Voy con o sin ti.

Jeshua

- ¡Voy contigo! No quiero vivir sin ti.

Keila

- Estoy feliz de escuchar eso.
- La providencia nos hará ganar esta batalla.

Después de decir esto, Keila y Jeshua corrieron a la salida más cercana. Una vez que llegaron a la superficie, comenzaron su ascenso al Centro de Control Divino.

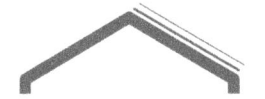

Capítulo 94: Adina distrae a Abraham.

Abraham pudo sentir un dolor agudo cuando Gabriel y Nuriel murieron. Sin embargo, a través de un extraño giro del destino, no notó sus muertes, ya que Eremiel murió al mismo tiempo. Momentos después, los láseres orbitales se colocaron en posición y Abraham causó estragos en los rebeldes. Ellos trataron de huir al ver el fuego que baja del cielo, pero Abraham no les dejó moverse y mató a todos.

Abraham vio el campo de batalla a través de los ojos de Haniel, y fue una escena que le rompió el espíritu. Toda su milicia religiosa yacía muerta en el campo. Había 250 hombres muertos, hombres que debían hacer su apuesta por el Edén. Eremiel estaba muerto más allá de la resurrección quemada hasta los huesos. Sin tropas humanas, no podría restaurar el orden de Edén en años. Su número de ángeles era menguante, y no eran fáciles de reemplazar. Abraham consideró matar a todos a Edén y empezar de nuevo. Sería fácil de hacer. Si desactivamos la capa que cubría la nanotecnología Edén, su atmósfera escaparía hacia fuera en el espacio, puesto que la gravedad del Edén no era lo suficientemente fuerte como para mantener una atmósfera. Sin una atmósfera, todos los seres vivos del Edén morirían en cuestión de minutos. Abraham se detuvo. Había invertido tanto tiempo y dinero para crear el Edén que era demasiado laborioso y desmoralizador reemplazar toda su población con nuevos temas.

En cambio, Abraham se centró en encontrar al culpable detrás del caos, y tenía una clara sospechosa, Adina. Al rastrear las conexiones de los hombres caídos en el campo de batalla, la conclusión fue clara: Adina tenía la culpa, y ella era mucho más fuerte de lo que Abraham había predicho. Se puso en contacto con ella. Para su sorpresa, ella le permitió conectarse con su mente. Abraham estudió su posición. Estaba sentada a la intemperie en un acantilado en el Monte

Sinaí con vistas al paisaje. Adina era un blanco fácil para su láser orbital; todo lo que necesitaba hacer era ponerlos en posición.

Abraham comenzó a hablar con Adina para distraerla y evitar que corriera por seguridad. El láser orbital estaría en una posición adecuada en 10 minutos.

Abraham:

 - Adina, mi querida nieta, ¿qué has hecho?

Adina

 - Nunca me has llamado nieta antes.

Abraham:

 - Tú sabe quién eres, ¿por qué ocultarlo de que por más tiempo?
 - También conozco tus secretos; te has estado escondiendo bien.

Adina

 - Lo siento por las familias de esos hombres. Desafortunadamente, la lucha por la libertad a menudo tiene un alto costo.

Abraham:

 - Libertad...

 - ¿Sabes lo fácil que sería para mí eliminar a todos los seres vivos de este mundo dejando salir el aire en la inmensidad del espacio?

 - Dime, ¿por qué debería dejar que los demás vivan después de que te mate?

Adina

 - Bien conociéndote.

 - La compasión, la decencia común y la humanidad salen por la ventana.

- Diría tu razón para no matar a todos es porque eres impotente sin sujetos. Sin ellos, Eden no es más que una pieza de roca sin valor.

Abraham:

- De hecho, eres mi nieta. Una lástima que tu naturaleza traidora te gane el mismo final que Lucifer, tu doble padre.

Adina

- Sabiendo esto, ¿qué me impide esconderme en los túneles como lo hizo mi hermano?

Abraham:

- Si lo haces, voy a vaciar la atmósfera de Edén matándote a ti y todos los demás.

- No compartiré poder contigo después de tu traición.

Adina

- Muy bien. Supongo que me sentaré aquí durante los próximos minutos hasta que su láser esté en posición. Y luego veremos si tienes lo que se necesitas.

Abraham:

- Vas a ver. ¡Te daré una muerte dolorosa, maldita traidora!

Adina alzó la vista al cielo. Podía ver uno de los soles / satélites orbitales acercándose al cenit sobre ella. Una vez que se alcanzó el pico del cielo su vida iba a ser terminado. A menos que Joshua y de Keila lograran entrar en el CCD y matar a Abraham antes de que sucediera. No era probable que ocurriera, pero era su única esperanza. Adina se sentía tranquila y serena, toda su vida había llegado a esto. Ahora todo lo que podía hacer era distraer a Abraham por unos minutos más esperando lo mejor.

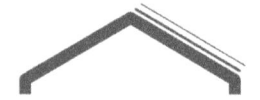

Capítulo 95: Entrando al Centro de Control Divino.

Keila miró hacia el asteroide que albergaba el Centro de Control Divino. Estaba a menos de un kilómetro distancia, y esperaba que pudieran llegar tan lejos. Ella estaba con un dolor increíble. Los agujeros de bala en su traje de ángel eran pequeños, pero eran lo suficientemente grandes como para que entre la congelación y bajo presión del aire desde el espacio tocaran su cuerpo. El frío no era el problema principal, pero sí la baja presión. Incluso la respiración más pequeña que tomó expandió sus pulmones como un globo y le causó un dolor intenso. Si ella hiciera un soplo de tamaño medio, sus pulmones iban a estallar, y si ella le cortase el suministro de aire, se sofocarían. Miró a Jeshua, justo detrás de ella; Parecía estar luchando aún más. Ella había recibido entrenamiento simulado para este tipo de escenario, mientras que todo lo que él había recibido era su instrucción rápida *"Solo respiraciones superficiales, de lo contrario sus pulmones explotarán".* Llegaron a la esclusa de entrada a la estación espacial. Keila rogó al Verdadero Hacedor que no se enfrentara a un sistema de seguridad en la puerta difícil. Por fortuna, La única seguridad era una cámara que escaneaba el código en su casco. Una pantalla mostró "Bienvenido de nuevo, Nuriel" y ella y Jeshua podría entrar en la esclusa de aire. el aire se volvió presurizado, y pudieron respirar normalmente, descansando en el suelo agotados.

Abraham se sorprendió cuando vio una notificación de que Gabriel y Nuriel habían ingresado al Centro de Control Divino. Intentó conectarse con ellos, pero no hubo conexión, solo un aviso que decía que los sujetos estaban muertos. Abraham se había olvidado de ellos en los últimos 30 minutos, y se dio cuenta que Adina lo había engañado. Se puso en contacto con Adina con una transmisión final:

- Me traicionaste. La puta extranjera está aquí por tu engaño. Ahora todos morirán.

Abraham configuró todos los láseres orbitales para apuntar a Adina, y también configuró la capa de nanotecnología que protege la atmósfera de Eden para apagarse en 10 minutos. Si él muriera, todos morirían. Luego tomó el control del ángel Abaddon. Abaddon fue uno de los luchadores más temibles que le quedó, llamado así por el ángel de la destrucción en el libro sagrado original. Lo que le faltaba en la personalidad, lo compensaba con su capacidad destructiva.

Con las capacidades destructivas de Abaddon, Abraham sometió a Keila y Jeshua al dispararles en las piernas y los brazos. Abaddon caminó hacia Keila para dispararle en la cabeza con su pistola cuando Adina intervino. Ella trató de tomar el control de Abaddon y obligarlo a suicidarse. Abraham notó esto y lucharon por la autoridad sobre los ángeles con sus mentes. Finalmente, la lucha se volvió demasiado para ellos, y ambos quedaron inconscientes por la explosión psiónica que ocurrió. Adina se cayó de la repisa en la que estaba parada. Esta caída ocurrió al mismo tiempo que los láseres orbitales fueron disparados contra ella, evitando que la golpeen. Cayó 50 metros y aterrizó en un agujero donde el láser no podía golpearla desde la órbita.

Keila levantó la vista; y ella vio Abaddon que yacía muerto a su lado con un agujero en la cabeza. Miró a Jeshua, que estaba herido pero vivo. Se sacó sus trajes de ángeles rotos y se arrastró hasta la habitación de al lado donde el cerebro de Abraham y su cuerpo robótico estaban conectados al acelerador de partículas que transfiere su mente a la dimensión divina.

Capítulo 96: Jeshua confronta a Abraham en la dimensión divina.

Jeshua

- ¿Qué demonios es esa cosa?

Keila:

- Ese es el cerebro de Abraham Goldstein, insertado en un robot de soporte vital.

Jeshua:

- No sé lo que eso significa.
- ¿Cómo lo matamos y salvamos a mi gente?

Keila:

- Para matar a Abraham, tendrás que viajar a la Dimensión Divina y matarlo allí.

Jeshua

- Bien, ¿cómo hago eso?

Keila:

- Te ayudaré.

Keila cerró los ojos por un momento. Como si esperara la visión de cómo continuar, le vino claramente a la mente. parecía ser así todo en su vida: Cuando Keila cerraba los ojos, la respuesta vendría. Ella conectó Jeshua al acelerador de partículas y envió su mente a la Dimensión Divina.

Jeshua se despertó en el patio de la Dimensión Divina. El lugar estaba tranquilo como si el tiempo se detuviera allí. Jeshua miró a su alrededor; vio a un anciano con una túnica y un bastón sentado todavía debajo de un árbol de loto. A pesar de nunca haber visto a Abraham antes, Jeshua sabía que era él. Se acercó al viejo.

Jeshua

- Abraham! ¡Levántate! Es hora de que pagues por tus crímenes.

Abraham se puso de pie.
Abraham:

- Jeshua ¿verdad? Nos encontramos por fin. Tienes un carácter difícil de alcanzar.

- Te pareces mucho a tu padre.

Jeshua

- Nunca conocí a mi papá, pero sé lo que está bien.

Abraham:

- Por favor dime, Jeshua. ¿Quién decide lo que es correcto?

- Tu padre decidió su destino cuando eligió esconderte de mí.

- Entonces tu hermana decidió tu destino cuando te usó para rebelarte contra mi regla para ponerla en el poder porque no podía hacerlo ella misma.

- Y finalmente, tu "amor" recién descubierto decidió tu destino cuando te envió aquí para enfrentarme. Dime, ¿cómo crees que saldrás de él?

Jeshua

- Hicieron lo que pensaron que era correcto. Esa es la diferencia entre usted y ellos.

Abraham:

- no. verás, también hago lo que creo que es correcto. Hacer lo que uno piensa que es correcto no es una medida correcta de moralidad. La mayoría de las personas pueden justificar sus acciones de alguna manera.

Jeshua

- ¿Y cómo justificas tus acciones, monstruo asesino en masa?

Abraham:

- Fácil Hice lo que hice porque estaba destinado a hacerlo.

- Durante miles de años, la humanidad siguió a los dioses. Yo también lo hice. Yahveh era el dios de mi pueblo. Un buen dios que nos dio moralidad y un propósito para vivir.

- Pero Yahveh fue un engaño. Era un gravamen de un conjunto avanzado de especies de otro planeta. El era un Zetan.

- Cuando vine aquí, ya se había suicidado.

Jeshua

- ¿Cómo justifica algo de esto tus acciones?

Abraham:

- Ya ves, Yahvé nunca fue un dios. Sin embargo, los humanos creían que él era un dios debido a su tecnología superior.

- A través de la providencia, encontré esta tecnología. Gasté mi riqueza creando un mundo donde la humanidad podría creer en algo nuevamente. Cree en mi.

- Creé un mundo donde los hombres podían creer en algo que era más grande que ellos, tal como lo hizo Yahveh.

Jeshua

- Pero no te siguen por amor. Te siguen por miedo. Las personas necesitan libertad para ser felices y prosperar.

Abraham:

- libertad?

- Los últimos días de caos total y la destrucción pueden ser tomados como la libertad. No creo que haya hecho a nadie más feliz.

Jeshua

- Porque la gente carece de amor. La sociedad edénita no se basa en el amor. Se basa en reglas y compromisos.

Abraham:

- Muy pronto, el amor será el menor de sus problemas. El aire, por otro lado, será su problema.

Jeshua

- ¿Por qué es eso?

Abraham:

- Porque corté el suministro de aire a Eden cuando supe que estaba derrotado.

- Dentro de 5 minutos los Edenitas se asfixiarán y morirán. Mientras estás atrapado aquí conmigo.

Jeshua

- No, porque te mataré primero.

Jeshua saltó sobre Abraham y le lanzó una fuerte ráfaga de golpes en la cara. Abraham lo golpeó con su bastón, y Jeshua voló varios metros. Él miró a Abraham con temor.
Abraham:

- Parece que no lo entiendes. Tu cuerpo no está aquí, solo tu mente.

- Podemos seguir golpeándonos hasta el final de los tiempos, hasta que salgamos o nuestros cuerpos mueran.

Jeshua

- ¿Eso es así?
- Tu cabeza no se ve tan bien.

Abraham:

- Esa perra, ella nos mató a los dos

Jeshua se sorprendió cuando miró a un pozo para ver su reflejo. Abraham tenía razón; También tenía sangre fluyendo a través de un agujero en su cabeza. Jeshua cayó al suelo y todo se oscureció.
Keila dejó la pistola humeante. Matar a Jeshua había sido difícil pero necesario. Keila nunca había incluido a Jeshua en sus planes a largo plazo, y sus visiones le habían demostrado que al final tenía que deshacerse de él. Ella había dudado en apretar el gatillo cuando estaba inconsciente y enchufado al acelerador de partículas.

Keila había querido despedirse y decirle por qué tenía que morir, pero no podía hacerlo de esa manera. En los pocos días, habían estado juntos, ella había conectado con él, y no sabía qué s que tenía que matarlo. Keila tragó saliva y lágrimas mientras bajaban una a una por sus mejillas.

Keila se recuperó; Este no era el momento de ser débil. Keila ingresó un comando en la terminal de la computadora para reactivar la atmósfera de Eden. Cerró las puertas e hizo que el replicador de partículas creara un nuevo chip de tecnología divina. Keila tendría que esperar un par de horas para que el replicador de partículas cree un nuevo chip de dios. Una vez que se había insertado el chip de Dios en su cerebro, ella estaría en el control del Edén, y no se conformaría con esta pequeña roca. Ella tenía planes mucho más grandes para el sistema solar.

La historia continúa en "La Divina Sedición"

Don't miss out!

Visit the website below and you can sign up to receive emails whenever Martin Lundqvist publishes a new book. There's no charge and no obligation.

https://books2read.com/r/B-A-QIOG-SNXJB

BOOKS 2 READ

Connecting independent readers to independent writers.

Also by Martin Lundqvist

Divine Space Gods
Divine Space Gods: Abraham's Follies
Divine Space Gods II: Revolution for Dummies
Divine Space Gods III: Rangda's Shenanigans

La Trilogica Divina Zetan
La Divina Disimulación

Sabina räddar framtiden
Sabinas jakt på den heliga graalen

Sabina Saves the Future
Sabina's Pursuit of The Holy Grail
Sabina's Quest to Open the Portal in the Sun Pyramid
Sabina's Expedition to Stop the Apocalypse

The Banker Trilogy
The Banker and The Dragon
The Banker and the Eagle: The End of Democracy

The Divine Zetan Trilogy
The Divine Dissimulation
The Divine Sedition
The Divine Finalisation

Standalone
Matt's Amazing Week
James Locker The Duality of Fate
The Portal in the Pyramid
Money Laundering in the Laundromat
Pyramidportalen
Matts Fantastiska Vecka
Divine Space Gods Trilogy
Sabina Saves the Future: Complete Trilogy
Diez Historias Aleatorias y Muy Cortas
Ten Random and Very Short Stories
10 zufällige Kurzgeschichten Volumen 1
Dieci Storie Casuali e Molto Brevi
Dix Histoires Aléatoires et Très Courtes
Cinco Historias Aleatorias y Muy Cortas
Five Random and Very Short Stories
The Fall of Martin Orchard
Masa Depan Putri Sabina
La Caída de Martin Orchard
El Banquero y el Dragón
A Sedição Divina
Dieci storie casuali e molto brevi. Vol 2
Δέκα Τυχαίες και πολύ Σύντομες Ιστορίες Volume 2
The Coldvir-20 Killer
10 zufällige Kurzgeschichten Volumen 2

Watch for more at martinlundqvist.com.

Lightning Source UK Ltd.
Milton Keynes UK
UKHW021102231120
373920UK00004B/352

9 781922 535054